妖かしの子

妖国の剣士❷

新装版

知野みさき

角川春樹事務所

本書は、二〇一三年十月にハルキ文庫として刊行された
『妖かしの子　妖国の剣士2』に、加筆修正を加えた新装版です。

目次
Contents

安良（やすら）国全図

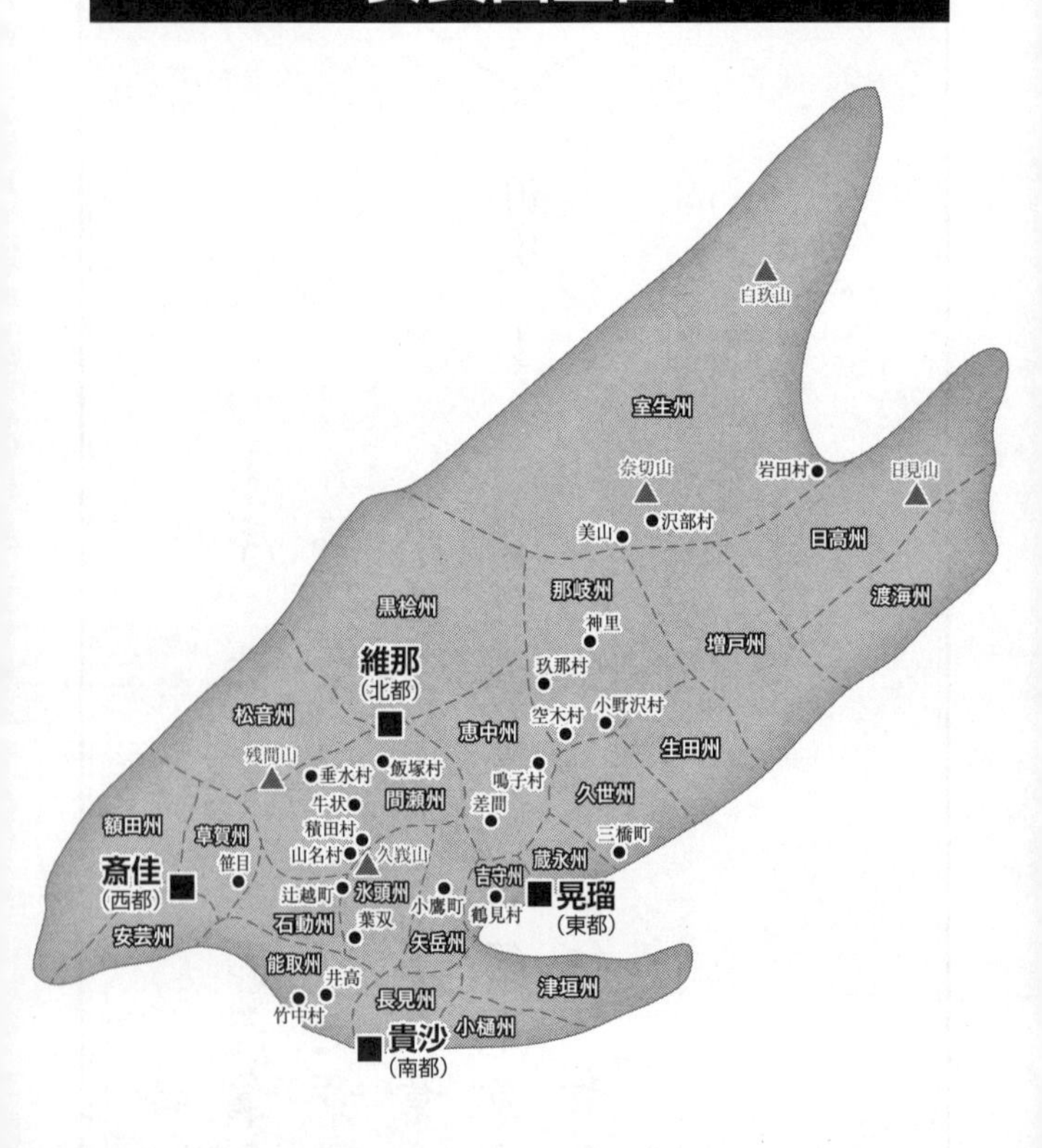

安良国は、四都と大小二十三の州からなる島国である。滑空する燕のような形をしていることから「飛燕の国」と称されることもあり、紋にも燕があしらわれている。東は「晁瑠（あける）」、西は「斎佳（さいか）」、南は「貴沙（きさ）」、北は「維那（いな）」が、安良四都の名だ。

東都・晃瑠（あける）地図

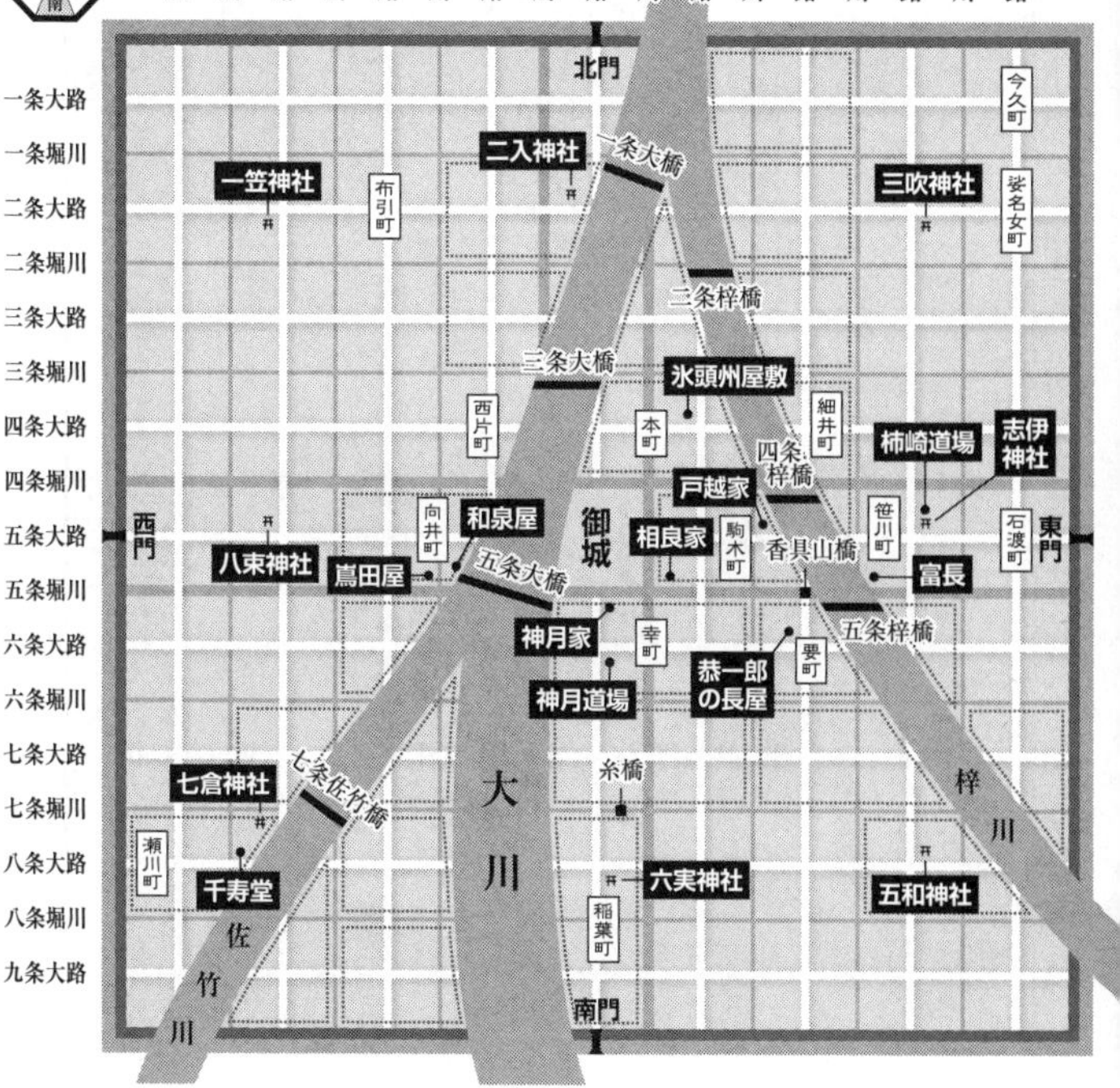

本国一の都である晃瑠は、川に隣するところ以外、碁盤のごとく整然と区画されている。東西南北を縦横する大路は十八、その間を走る堀川は十六、御城を囲む町の数は六十三である。三里四方の都は大きく、妖魔を防ぐ防壁に囲まれており、政治と経済を担う場である。

登場人物

Character

黒川夏野（くろかわなつの）
攫われた弟を探して、氷頭州から晃瑠へやって来た男装の女剣士。

蒼太（そうた）
恭一郎と暮らす片目の少年。「山幽」という妖魔。

鷺沢恭一郎（さぎさわきょういちろう）
天才剣士。晃瑠で高利貸の取立人を生業としている。

真木馨（まきかおる）
恭一郎が通う剣術道場の、友人にして師範。

樋口伊織（ひぐちいおり）
恭一郎の友人にして指折りの理術師。那岐州住まいで、偽名は筧伊織。

椎名由岐彦（しいなゆきひこ）
夏野の兄の幼馴染み。晃瑠で氷頭州の州司代を務める。

伊紗（いさ）
幻術を使う「仄魅」という妖魔。女に化けて晃瑠で暮らしている。

安良（やすら）
現人神にして国皇。現在は二十五代目。

妖かしの子

Sword Fighters Of Yasura

妖国の剣士2【新装版】

序章
Prologue

陽が陰った。

西から伸びてくる灰色の雲を見上げて、黒川夏野は顔をしかめた。

街道を離れて既に二刻。目指す那岐州空木村まで、早足でも更に二刻はかかる。

——着くまで降らねばよいが。

のんびり休んでいる暇はなさそうだ。握り飯の残りを口に入れてしまうと、夏野は立ち上がり、荷物を背負い直して足を速めた。

妖魔の多くは夜行性で、日中は滅多なことでは姿を現さぬ。しかし、陽の光が届かぬほどの悪天候となれば、昼間から動き出すものも少なからずいる。日暮れまでには充分時があるものの、村に——結界の中に——着くまでは己の剣だけが頼りであった。

黙々と歩いて、半刻ほど経っただろうか。

後をつけて来るものの気配を感じて、夏野は柄に手をかけ振り向いた。

見通しのよい草原の中の一本道に、一つ、近付いて来る影がある。足を止め、夏野はその正体を見定めるべく影を見つめた。

人の姿をしていることは間違いない。黄色の着物からして女だろうと見当をつけた影はみるみる近くなり、立ち止まっている夏野を見下ろした。

六尺はあろう大柄な女だった。

つい不躾に足元から顔まで見上げた夏野に、ぶっきらぼうに女は問うた。

「おぬし、一人か？」

「はい」

鮮やかな山吹色の着物を膝までたくし上げ、腰草鞋こそあれ笠も持たず、背負っている風呂敷包みは小さい。身軽な身なりからして近隣の村の者だろうが、背丈だけでなく、横柄な所作から、武家の出かもしれないと夏野は思った。

「どこまで行く？」

「空木村へ」

「そうか」

少しばかり興を覚えた様子で、今度は女が夏野を上から下まで眺めた。

「女だてらに、勇ましいな」

女の言葉に夏野は内心驚いた。

裾をからげた木綿の着物は青鈍色。股引に脚絆、手甲を付けた手を黒鞘の剣の柄に添えている夏野は、どこから見ても旅の少年剣士である。道中の宿でさえ、夏野を女だと見破った者はいなかった筈だ。

只者ではない、と、夏野は気を引き締めた。

「あなたは、どちらまで？」

「小野沢……」

つぶやくように女が口にした村の名は、空木村から三里ほど東でそう遠くない。やがて分かれ道を迎えるが、途中までは同じ一本道だ。

どちらからともなく促して、二人は並んで歩き出した。

しばしとはいえ、同行するからには名乗るべきかどうか夏野が迷っていると、沈黙を破って女が先に切り出した。

「……空木には、ひとかたならぬ術師がおるようだな？」

樋口様のことだろうか。

そう思ったが、女の素性が判らぬ以上、下手なことは言えなかった。

都を始め、民人の住む町村に妖魔除けを施すことができる理術師の中でも、国に僅か五人しかおらぬ理一位の称号を持つ樋口伊織こそ、夏野を空木村に招いた人物である。しかし村では表向きは建築士を生業としており、理術師であることは隠して、名も筧伊織と偽っている。伊織の身分については口外せぬよう、事前に固く口止めされていた。

「さあ？　何分、初めて訪ねる村でして。師匠の口利きで剣の修業に参るのです」

もっともらしい嘘を混ぜて夏野は応えた。

「そうか。ならば村のことは知らぬのだな」

顔は変わらぬが、声には微かに落胆の響きがあった。

「空木村に何か？」

興を覚えて、夏野は反対に問うてみた。

ちろりと、推し量るように夏野を見やって女は応える。

「護りの堅い村だと聞いたことがあるだけだ。私は子供を探しておるのだ」

「子供を？」

「そうだ。随分前に行方知れずになってな。此度は噂を聞きつけてここまで来た」

「小野沢村にいる、と？」

「風の噂だ。この辺りの村にいるようだ、という。空木村にいるやもしれん」

「そうですか……」

大股の女に歩みを合わせ、早足に寄り添いながら、夏野は黙り込んだ女を見上げた。

行方知れずの子供と聞いて、夏野の胸は疼いた。

夏野の弟の螢太朗は、子守をしていた夏野が十二歳の時に拐された。

まだ二歳にもならぬ赤子だった螢太朗を攫ったのは、氷頭州の州司を務めていた夏野の父親・卯月慶介に仕える者たちだった。

慶介の跡を継いだ現州司の卯月義忠は、戸籍の上では夏野の腹違いの兄だが、実は慶介の甥であった。その秘密を知って保身に走った用人二人が、嫡男の螢太朗が跡継ぎにならぬようにと、義忠の知らぬうちに螢太朗を暗殺したのである。

手を下した者たちは慶介と義忠、更に義忠の側近の椎名由岐彦によって秘密裏に始末されていたが、夏野が全てを知ったのは昨年の秋——己の過失から螢太朗が攫われたと思い込んでから五年の月日を経た後であった。慶介は夏野が真実を知る前に病死している。

それが兄たちの思いやりだったとはいえ、螢太朗の死を知らなかった五年間、夏野は後悔に苛まれ、くる日もくる日も螢太朗の無事を祈ってやまなかった。

ゆえに女の話を聞いて、並ならぬ同情心が夏野の内に芽生えた。

たとえ風の噂でも、確かめたいと思う女の気持ちが痛いほど判る。

「あの」

「なんだ？」

「何か、その子の手がかりとなるようなものはありますか？　空木に着いたら、村の者に訊ねてみます。何か判りましたら、小野沢の役場にでも知らせましょう」

女は足を止め、改めてじっくりと夏野を見つめた。引き締めていた口元を緩めて、微かに笑みを浮かべる。

「奇特なことだ。だが助かる。私は……宮本苑という」

「黒川夏野と申します」

「手がかりといえるものはあまりないが、行方知れずになったのは五年ほど前だ。今、どんな姿をしているかは判らぬ。しかし、年の頃はそう……十になろうかという男児だ」

「十くらいですね」

「ああ」

「その子の名は……？」

「……太郎(たろう)というが、今はなんと呼ばれているやら。この五年で少しは学んだやもしれぬが、言葉が不自由な子でな。誰(だれ)かに拾われたとしても、己の名も名乗れなかったのではないかと思う」

「言葉が……」

はっとして、夏野は口を濁した。

幸い、再び歩き始めた苑は夏野の動揺に気付かなかったようである。

太郎などという名は嘘に違いない。

年の頃は十歳かそこらの、言葉が不自由な男児。

東都に住む、己と「つながっている」少年を思い出し、夏野の足が緩んだ。

先を行く苑の背中を見上げた夏野の左目が、今になってうっすら翳(かげ)る。

――この女、やはり。

「どうした？」

影が見えたのは一瞬で、苑が振り返った時には消えていたが、夏野は確信していた。

人に化け、人語を解する妖魔は、俗に「妖(あや)かし」と呼ばれている。

人の姿をしているものの、苑は妖かしに違いなかった。

「いえ……そのような子が行方知れずとは、さぞ気がかりでしょう」

あくまで平静を装いつつ、夏野は苑を見つめた。

苑も夏野をじっと見つめ返す。

やがて苑の方から目をそらすと、低く静かな声で言った。

「──言うまでもない」

黙り込んでしまった苑について歩きながら、どうしたものかと夏野が迷ううちに岐路へ着いた。

別れ際、真剣な眼差しで苑が訊ねる。

「空木で太郎と思しき子を見かけたら、知らせてくれるか？」

「……ええ」

「恩に着る」

にこりともせず、横柄な物言いのままだが、苑は小さく頭を下げた。

それからぷいっと身を返すと、右の道へ足を向けた。

苑の後ろ姿が小さくなるのを見送ってから、夏野は左の道へ折れて、先を急いだ。

僅か三町ほど足を進めた時、ざざっと遠くで──苑が去って行った方から──草木が揺れる音が聞こえた。

とっさに身構えたものの、草木に紛れて苑どころか分かれ道さえも、もう見えぬ。

柄に手をかけ、ぐるりと夏野は辺りを窺った。

風はなきに等しく、降り出す前の大気は重く、生暖かい。

ばさっ。

遥(はる)か頭上で羽音がした。

慌てて夏野が空を見上げると、今にも泣きだしそうな雲に影が一つ、あっという間に上昇して雲の合間に消えて行く。

そのまましばし天を見据えていると、きらりとゆっくり、光るものが舞い落ちて来る。

五間ほど離れた所に落ちたそれを、柄から離した手で夏野は拾い上げた。

狗鷲(いぬわし)の尾羽より一回り大きな、金色(こんじき)の羽根。

――樋口様に伝えねばならぬ。

手早く羽根を懐(ふところ)に仕舞うと、夏野は駆け出した。

第一章 Chapter 1

「金翅の羽根だな」

夏野が差し出した羽根を一目見て、樋口伊織は言った。

それから「楽にしなさい」と、膝を詰めている夏野に微笑む。

足は崩さぬが、伊織の言葉に甘えて、夏野はいからせていた肩を緩めた。ようやく事のあらましを話すことができて、緊張もほぐれてきたところである。

——二つの小山の間に切り開かれた道を小走りに駆け、夏野が那岐州空木村に着いたのは七ツを過ぎた頃。村の出入り口には番屋はなく、村名が刻まれた、結界を示す石柱が通りの両端に立っているだけだった。

並みの人間には見えぬ結界だが、その効力と重要さは幼い頃から重ね重ね言い聞かされてきた。結界の中に入ったと知っただけで、人心地ついて夏野の足は軽くなった。

なだらかな丘の下には、二条の大きな川と田植え前の稲田が広がっている。

空木村は那岐州の中では州府の神里に次いで広く、人も多い。沼や湖は少ないが、川を中心に開拓された水郷だ。水と耕土に恵まれた平野では稲作が盛んで、村人のほとんどが農民だが、南北に走る街道沿いには万屋や小間物屋、呉服屋などの他、茶屋、飯屋、居酒屋、宿屋が連なっていて、ちょっとした賑わいを見せている。

伊織の家は村の北東、夏野が入って来た南の出入り口からは、ほぼ対角にあたるところにあった。

案内書きを片手に、途中で通りすがりの農夫に一度道を訊ねた。雑木林の中に見え隠れする伊織の家にたどり着くと、ちょうど暮れ六ツを知らせる鐘が鳴った。

重みに耐えきれなくなったような黒い雲から大粒の雨が降り出したのはその直後であったが、既に汗みずくだった夏野は着いてすぐに、伊織の妻・小夜に風呂を勧められた。

風呂の後には、小夜の心尽くしの夕餉が待っていた。一刻も早く伊織に道中の出来事を伝えたいと逸る気持ちはあったが、まだ十八歳の少女――否、剣士である。形ばかり遠慮しつつも、飯をお代わりして、綺麗に膳を平らげた。

術や妖魔のことは、小夜の前では語らぬようにと、前もって文で告げられていた。

ゆえに夏野は沈黙を守り、夕餉ののちに案内された伊織の書斎ともいえる離れに入ってからやっと、苑のことを話すことができたのだ。

「その宮本苑と名乗った女が、金翅となって飛び去ったと？」

「はい」

迷わず頷いてから、夏野は慌てて付け足した。

「直に変化を見てはいないのですが、でも左目に、それらしき影が」

「蒼太の目が教えてくれるのであったな」

「はい。ですが、本日はどうも調子が悪く」

いつもならすぐに影を映すことで妖魔を知らせる左目が、今日はしばらく応えなかったのだと、しどろもどろに夏野は話した。

「そう硬くなることはない。黒川殿がそう言うのなら、女は金翅だったのだろう。金翅は人に化けるのがうまい。熟練した者なれば、蒼太の目を誤魔化すこともできよう」

信じてもらえたことが嬉しくて、夏野は小さく頭を下げた。

金翅は人より一回り大きく、金色の羽と尾を持つ、猛禽類に似た妖魔である。人に化けるのは得意なようだが、気性が激しく短気なせいか、わざわざ結界を破ってまで人里を襲うことは滅多にない。

「それで、その女が探しているのが、十くらいの言葉が不自由な男児とな？」

「ですから、蒼太のことではないかと……」

「うむ。ありうる話だ」

蒼太は昨年の秋、夏野が東都・晃瑠で出会った山幽という妖かしの子である。

見目姿は十歳くらい。人語に慣れていないため、いまだ言葉に不自由している。

蒼太に出会う前、まだ弟の螢太朗の死を知らなかった夏野は、螢太朗の噂を聞きつけて晃瑠へ向かう道中で、神社に封印されていた妖かしの目――蒼太の左目――を己の左目に取り込んでしまった。

以来、二人は目を通して「つながっている」。人に化けた妖かしは左目で見抜くことができ、火急の時のみだが、蒼太の見るものや思いが伝わることもある。

山幽は樹海に住む妖魔の一族で、角を除けば最も人に似ており、「日に百里を駆ける」という脚力と、多少の念力を備えている。

六年ほど前、仲間の一人に嵌められて同族の赤子を殺し、その心臓を食んだ咎で、蒼太は山幽の印である角と、左目の視力を取り上げられて一族から追放された。

そればかりか、恨みを募らせた赤子の母親・サスナによって、広義では仲間ともいえる他種族の妖魔から追われる身となったのである。伝え聞いた噂によると、蒼太の首を挙げた者には、山幽の宝といわれる紫葵玉が与えられるらしい。

角がなければ妖力は使えぬ。

五年間、蒼太は一人で逃げ続けた。

そんな蒼太が昨春に出会ったのが、伊織の昔馴染みの鷺沢恭一郎だ。

恭一郎は安良一とも噂される剣士だが、仕官はせずに、東都で高利貸の取立人をして暮らしを立てている。若き頃、山幽を妻に娶ったものの、とある狂女の陰謀によって妻を失ったという、並ならぬ過去を持つ男であった。

亡き妻と同族の蒼太に縁を感じた恭一郎は、蒼太の角を取り戻してやり、友にして理術師の伊織の助けを借りて、俗に「妖魔知らず」といわれる東都に蒼太をかくまうことにした。二人が晃瑠で共に暮らすようになって、もうじき一年になろうとしている。

予期せず蒼太の目を取り込んでしまったこともあるが、夏野が晃瑠の幼児誘拐事件の始末と共に、螢太朗の行方――暗殺死――の真相を知ることができたのは、この二人の力添えがあったからだ。

なればこそ、苑の話は聞き捨てならなかった。

「小野沢か。空木の探りを入れるために黒川殿に言い繕ったのか、本当にそういう噂が妖魔どもの間で流れているのか……だが、そう案じることもなかろう。小野沢に向かったとて、そう容易く村の結界は破れぬし、たとえ入り込むことができたとしても、金翅ならむやみやたらに人を襲うことはあるまい。蒼太がいないと判れば、速やかに引き上げることだろう。――だが、そうだな。念のため玖那には文を送っておくか」

玖那村は空木村から五里ほど北に位置する、蒼太と恭一郎が出会った村である。蒼太が玖那村にいたのは一年も前の話だが、苑の聞いた噂が本当なら、蒼太を狙う妖魔が玖那村の結界破りを試みないとも限らない。

「あの……蒼太や、鷺沢殿には知らせなくともよいでしょうか?」

おずおずと訊いた夏野に、伊織は微笑んだ。

「蒼太が心配か?」

「当然です。いまだこうして、蒼太をつけ狙う者がいるなど――」

「おぬしはそう言うがな。まだたった六年だ。やつらにしたらほんの一時にすぎぬ」

冗談めかして伊織は言ったが、夏野は己の浅慮を恥じた。

人と違い、妖魔は各々の妖力の他に、不老不死ともいえる生命力を持っている。首を切り離されるか、心臓を一突きにでもされない限り、命を落とすことはまずないといっていい。不死身であれば六年など、伊織の言う通り一時に違いなかった。

「それにしても、一年も経ってからやって来るとは、妖魔どもの通信網は大したことはないようだな。まあ、金翅のことはともかくとして、黒川殿が着いたことは恭一郎にも知らせておこう」

恭一郎の名を聞いて、夏野の胸が少し騒いだ。

東都で、剣士としての憧れはもとより、遅き初恋に似た思慕を、夏野は恭一郎に対して抱いた。

「明日にでも颯を飛ばそう。氷頭の卯月殿には晃瑠から知らせてもらえばいい」

「兄に……」

「さぞかし黒川殿の身を案じておるだろう」

伊織の言葉に、夏野は面映さを隠して頭を下げた。

颯は鳩を使った最も速い通信手段だ。飛脚で半日はかかろうかという道のりを、颯はおよそ四半刻で飛ぶ。ただ、使える場所が限られており、値段も飛脚の八倍ほど高い。

実は兄の義忠からは、着いたらすぐに知らせるようにと、颯のために余分な金を渡されていた。

兄上は心配が過ぎる。いつまでも子供扱いなのだから……

むくれながらも、胸の片隅では兄の心遣いが嬉しくもある。

思い出して、こちらも義忠が用意してくれた金の入った袱紗を伊織の前に置き、夏野は改めて手をついた。

「お世話になります」

「礼は不要だ。仕舞ってもらおう」

「しかし」

「俺の方から言い出したことだ。三月で教えられることなど高が知れている。それに、黒川殿を呼んだのは、俺自身のためでもある」

「樋口様の……？」

「妖魔の目を取り込んだ人間など、滅多なことでは会えぬからな」

そう言ってにやりとした伊織の瞳には、澄ました言葉とは裏腹に、子供のようにまっすぐな探求心が窺える。

理一位様だけはある、と、夏野も微笑んだ。

「私でお役に立てるならば」

「うむ。――今日は疲れているだろう。もう母屋に戻って休むといい。小夜が客間を支度している筈だ。明日からは忙しくなるぞ。覚悟してもらおう」

「はい」

弾んだ声で応えたものの、袱紗を仕舞うには躊躇いがある。

「あの、これはやはり……」

「いらぬ」

「しかし……」

「しかし、なんだ？」

食い下がる夏野を面白がって、伊織が問うた。

この方に言い繕っても無駄だ。

恥じらいながらも、仕方なく夏野は義忠に言われたままを伊織に告げた。

「私はその……こう見えて食べますので……」

——これは飯代を含む謝礼だ。お前は案外食うからな——

からかい交じりにそう言って、義忠は袱紗を手渡したのだ。

夏野の口上に、伊織はゆっくりと破顔した。

「田舎暮らしでも、客人を飢えさせるような甲斐性なしではないつもりだが……ひとまず、黒川殿が都へゆくまでは預かっておこう」

†

伊織が言った通り、翌日から夏野は忙しくなった。

明け六ツには起き出し、母屋で朝餉を済ませると、同じ敷地の中の離れに移り、昼までは伊織から直に術のなんたるかを学ぶ。

多忙な伊織は、一日中、夏野にかかりきりにはなれぬ。

昼からは一人で習ったことを反芻したり、勧められた書物を読んだりして過ごし、日暮れ前の一刻は村の道場へ出向いて剣の稽古にも勤しむ。夕餉の後に再び伊織に指導を受け、その後は夜半まで書物の続きを読み耽って一日が終わる。

夏野に与えられた客間には、簡素だが上等の薄紙が張られた行灯があり、油壺は菜種油で満たされている。米の四倍は高い菜種油は、庶民にはもとより、士分にも贅沢品であった。武家なればこそ夏野の家でも菜種油を使っているが、それも日暮れから一刻ほど、母親のいすゞと女中の春江と三人で一つの行灯を灯すにとどまる。夜半まで一人で灯りを使うなど贅沢だと夏野は恐縮したが、「勉学のためだ。惜しむな」と伊織は鷹揚に言った。

「理術の『理』は『ことわり』の意。森羅万象の理を学び、解し、その力を新たな力に変えるのだ」

そのためにはまず、感じ取る力を養わねばならぬと、伊織からは手始めに、瞑坐の型を教えられた。

瞑坐だろうが読物だろうが、長く座していることに慣れぬ夏野の注意が散漫になってくると、伊織は夏野を外へいざなう。辺りの雑木林を始め、村の結界の内側をなぞるように歩く中で、草木の息吹や風、陽の光を意識するよう、繰り返し夏野に指南した。

十日が飛ぶように過ぎていった。

伊織のもとで、夏野は改めて国のあらましを学んだ。

安良国は四都二十三州からなる島国である。

測量をした学者たちによれば、国土は滑空する燕のような形をしているという。

国を束ねる現人神にて国皇・安良は現今二十五代目。生前の記憶と共に代々生まれ変わってきた安良は、首筋に国皇の印ともいえる国土に似た形の痣を持つ。

この国が「飛燕の国」と称される所以で、紋にも燕があしらわれている。

東西南北に配置された四都の名は「晃瑠」「斎佳」「貴沙」、そして「維那」。

安良はその中でも、最も大きな東都・晃瑠に城を構えていた。

妖魔の襲撃に喘ぐ人々に、今日「理術」と呼ばれる術と、新たな鋼の製錬方法が安良からもたらされたのは、今からおよそ千百年前。安良の初代国皇即位を元年とした新暦が始まって、今年で千と八十三年目を迎える。

州が制定され、各州の政を任された地方豪族は、やがて士分として政権の中枢を担うようになった。

安良の伝えた製錬方法は、それまでの刀とは比べものにならぬほど強靭な剣を人々に与えた。大小問わず、あらゆる人里は理術師の施した結界によって護られているが、稀に結界を破り侵入してくる妖魔は、剣を携えた武士が身を挺して討つ。

命懸けなればこそ、士分に与えられている権力も、寄せられる信頼も大きい。

剣は武士の嗜みであり、家中の剣士の数と質が、武家の格付けを左右するといっても過言ではなかった。

国に認可された剣術道場で五段になると、侃士といわれる称号が与えられる。武家に生まれた男児の多くは、この侃士号を目指して切磋琢磨するのが常であった。

夏野は四都の真ん中に位置する氷頭州府・葉双で、剣術道場を興した黒川弥一の孫娘として生を受けた。剣を身近に育ったがゆえに、女だてらに七歳で門人となり、昨年の春に侃士号を賜った。

†

村に一つしかない剣術道場は、街道を越え、民家から少し離れたところに、田畑に囲まれるようにして建っている。伊織の家からは半里ほどの道のりだ。

日々の鍛練を怠らぬよう、夏野は今日もその赤間剣術道場で一汗流してきた。

「良明が張り切っているようだな」

夕餉の後に離れに移り、夏野と対座した伊織が言った。

「ええ。なかなか見込みがあります」

菅原良明は小夜の弟で、十五歳になったばかりの少年である。背恰好こそ夏野と変わらぬが、道場へ通い始めてまだ三年とあって、剣の腕前は夏野に到底及ばない。

道場主の赤間彦之は四十代半ばで中肉中背の、にこやかで人好きのする男だ。侃士号こそ持っているものの、師匠としての腕は今一つ。だが、来る者を拒まず丁寧に指導する赤間の人柄に、夏野は好感を持った。

村には警固として、那岐州府・神里で州司を務めている小野寺という大名家から、交代で二人の侃士が期日を決めて送られてくるが、彼らを除けば村で侃士号を持つ者は赤間と伊織の二人きりであった。

　そこへ現れたのが夏野である。

　侃士というだけでも珍しいのに、それが十八歳の女子（おなご）となれば、道場の男たちが溌溂（はつらつ）とするのも無理はない。良明は毎日、夏野と手合わせをするのを心待ちにしていると、赤間が苦笑交じりに言っていた。

「いまだ一本も取れずに、悔しがっているとも聞いておるが」

「そう容易（たやす）くは取らせませぬ。私にも、侃士としての意地がありますゆえ」

「手厳しいな」

　口を結んで重々しく言う夏野に、伊織は苦笑した。

「ひぐ――筧殿にも、いつも打ち負かされていると嘆いておりましたが」

「俺にも、侃士としての意地がある」

　伊織の言葉に夏野は口元を緩めた。

　五尺三寸の夏野より、伊織は更に五寸は背丈がある。眼鏡をかけているところは学者らしいが、侃士だけあって、学者にありがちな身体（からだ）のひ弱さは見られない。

　理術師であることを隠しており、村では偽名を名乗っていることから、夏野は伊織の呼び名を「樋口様」から「筧殿」と改めていた。

「そのうち俺も、手合わせ願おう」

「はい、是非」

恐縮しつつも、声にはつい嬉しさが滲む。

国にたった五人しかいないという理一位の伊織には、深い敬意を抱いている。

が、剣術となると話は別だ。

強い剣士との手合わせには、いつでも恐れとは別に心躍るものがある。

「――楽しみにしておこう。だがその前に、みっちり学んでもらおうか。まずは瞑坐から始めるぞ」

「はい」

一礼して、夏野は居住まいを改めた。

†

瞑坐には、あぐらを組んだ足をそれぞれ反対側の腿の付け根に載せる結跏趺坐が理想とされているそうだが、慣れぬ夏野には難しい。四苦八苦する夏野に、片足だけを載せる半跏趺坐を伊織は勧めていた。

「楽に。だが、背筋はまっすぐ」

「はい」

目を閉じて、伊織に教わった通り、呼吸を徐々に、深く、長くしていく。

朝夕の瞑坐は、着いた翌日から夏野に課せられた修業である。

初めのうちこそ、伊織の発する低い詞(ことば)に導かれていたが、今は詞がなくとも闇(やみ)の向こう側に入ることができるようになった。

離れは二間(ふたま)で、表の部屋は広く、壁には書棚と箪笥(たんす)がずらりと並んでいる。奥の部屋は書庫となっていて、更に多くの書物が積まれている。

目を閉じるとまず、部屋を囲む壁——閉じられた空間——が意識される。

だが、眼前にいる筈の伊織の気配は微塵(みじん)も感ぜられぬ。

深く穏やかな呼吸を繰り返していくと、やがてふっと、壁が取り払われたように空間が横に広がる。

それから天井と床。

真っ暗闇に、宙に浮かんでいるような感覚だ。

初めて体感した時は、恐怖に思わず目を開いてしまったが、もう慣れた。

己を中心に広がっていく闇は、今はむしろ心地良い。

ずうっと遠くまで闇が広がってしまうと、夏野は耳を澄ませた。

……聞こえてくる。

微(かす)かな葉擦(はず)れの音。鳥の囀(さえず)り。

ぼんやりと、木々とその合間を縫って降りてくる陽の光が目蓋(まぶた)の裏に浮かぶ。

夜はまだ肌寒い春先なのに、日向(ひなた)にいるような暖かさが伝わってくる。

いつの間にか闇は消え、夏野は緑陰(りょくいん)に佇(たたず)んでいた。

深く、静かな森。

ゆっくりと辺りを見回し、歩き出そうとするものの、足が動かない。

一歩を踏み出そうとしばし奮闘していると、耳元で鈴の音が聞こえて、夏野はうつつに引き戻された。

目蓋を開くと、目の前の伊織が微笑んだ。手には小さな鈴を持っている。

鈴を傍らに置くと伊織は言った。

「随分深く入り込んでいたな」

「そうですか?」

「ああ。四半刻は経った」

「そんなに……?」

その半分か、更に短い時に感じていた。

「何か見えたか?」

「森、でした。穏やかで、暖かい……」

「そうか。それはもしや、蒼太の生まれ故郷やもしれぬな」

「ええ……」

瞑坐はこの世と「別の形」でつながることができる、最も易しい方法なのだと、伊織から教えられた。

夏野にはまだ理解し難い概念だが、夏野たち凡人に見えている景色は実は様々な「基」

から成されており、修練によって理術師はその基を見極め、基から物事を感じ取ったり、物を変じさせたりすることができるようになるという。

「言葉ではとても伝えきれぬが」と前置きした伊織によると、この世の基というのは、ごく細かな、光や粒のようなものらしい。

「細かな光というと、灯籠(とうろう)流しのようなものでしょうか?」「粒とは、米や黍(きび)を更に砕いたようなものでしょうか?」などと、夏野なりに想像して問うてみたが、「いずれ、黒川殿にも見える時がくるやもしれぬ」と、伊織は微苦笑を漏らしたのみだった。

今のところ夏野には、伊織が言うような光や粒でできた世界は見えぬのだが、その代わりといおうか、蒼太が過去に見たと思(おぼ)しき景色が、瞑坐する度にほんの少しだけ見えるようになった。

「森の中を歩けるような気がしました。——足が動きませんでしたが」

「そうか。入るのには慣れたようだな。だがそれなら尚(なお)、以後は出てくる時とすべも学ばねばならぬ」

「はい」

景色が見えるのは本当に短い間だというのに、うつつでは思ったより長く時が経っていることが多い。四日前に、目を閉じたまま半刻ほど微動だにしなかった夏野は、闇に伸びてきた伊織の腕によって半ば無理やり引き戻された。そのような直の干渉は、双方に目に見えぬ負担がかかると、以来、鈴が合図となるよう伊織が計らった。

「それにしても、篁殿が仰るような景色は、いまだ私にはさっぱり見えませぬ」

「まだ十日だ。気を落とすことはない。そう容易く会得できるものではないのだ。理術師が、塾で何年も修業しながら学ぶことだぞ」

しょげる夏野を伊織は淡々と諭した。

通常、理術師となるにはまず、清修塾という学問所に入塾しなければならぬ。

清修塾は、理術師と都師——都の増強と整備、維持を仕事にしている技術師——の養成を趣旨に、各都に一つずつ設けられた特別な学問所だ。

国に四つしかないこの塾の入試は年に二度。入試を受けるには各都を治める閣老か州司の認印が必要な上に、入塾が認められる者はごく僅か。塾での修業を経て、実際に役を賜ることができる者は更に少ない。

理術師と都師は違う職種だが、理術師には都師を兼ねている者が多い。

膨大な知識と確かな技術があれば、都師にはなれる。だが、理術師となるには知識や技術のみならず、生来の資質が修業の成果を左右した。皆が皆そうではないが、念力や千里眼など、常人にはない力を備えている者の方が理術師として大成することが多い。

夏野と違い、伊織の「見える」目は生まれつきだ。

夏野よりもずっと明確に、人に化けたものも、人には見えぬ類のものも、妖魔ならば伊織には「見える」らしい。

伊織は晃瑠の八大神社の一つ、志伊神社にて宮司を務める樋口高斎の長男である。

宮司という家柄ゆえか、樋口家には時折、伊織のように「見える」者が生まれるという。幼い頃にこの並ならぬ力を自覚した伊織は、跡継ぎの座を弟に譲り、都を護る都師、更には理術師を自ら目指した。

安良国公認の理術師には、三つの位がある。一位と二位は尊称として「理一位」「理二位」と呼ばれるが、三位はなく、二位の下はただの「理術師」だ。

伊織は十五歳で入塾を許され、十八歳で理二位、十九歳で理一位の称号を賜った。

しかしそれからたった四年ののち、二十三歳にして兼ねていた都師を辞し、那岐州へと越してきた。空木村に腰を落ち着けてからは、理術師という身分を隠しながらも、一人で術の修業を続けてきたそうである。

理一位であることは昨年晃瑠で告げられていたが、空木村へ来て初めて、伊織の詳しい素性を夏野は知った。

若くして隠居した不届き者、と恭一郎は冗談交じりに言っていたが、伊織が空木村に越してきたのは理術を更に極めるためだった。また、そのことを国皇・安良は充分に承知した上で、伊織が都師を辞すのを許したらしい。

空木村は神里と並んで、那岐州では重要な地なのだと伊織は言う。那岐州の北には人里がほとんどない未開の地・室生（むろう）州があり、そこには霊山（れいざん）と呼ばれる二つの山がある。奈切（なきり）山（やま）と白玖山（はくさん）と呼ばれるそれらの山にも、伊織は深い興味を抱いているようであった。

「理一位といわれても、俺にできることなど知れている」

そう言いながらも、伊織は手のひらに載せた木っ端を、しばし見つめただけで、触れずに粉々にして夏野を驚かせた。

「もしや、理術を極めれば、剣に頼らずとも妖魔どもを退治できるのでしょうか」

晃瑠で、風針と呼ばれる見えない小柄のようなものを、術師や伊織が放ったことを思い出しながら身を乗り出した夏野へ、伊織は温かい目を向けた。

「……できないことはなかろうな」

「と、申されますのは？」

「風針のように、目に見えぬ小さなものを作り出すのは、修業を積んだ者には容易い。だが、形あるものを壊したり、作り出したりするのは、黒川殿が思っているよりもずっと難しいことなのだ」

木っ端よりも小石を破壊する方が、また、破壊するより生成する方が、より強い力と長い時を要するのだと、伊織は言った。

「妖魔の首を飛ばすほどの刃を――たとえ風針のような見えないものでも――生成するには、俺とておそらく丸一日はかかる。その間、妖魔どもに待ったをかける訳にはいくまい。詞などで羈束することはできるのだから、心ノ臓を止めることもできなくはないだろうが試したことはないな。つまり実の戦となれば、剣の方がずっと役に立つのだ」

「そ、そうですか」

呆れていらっしゃるに違いない、と夏野は目を落とした。

剣一筋に生きてきた夏野は、術に関しては素人である。塾生なら知っていて当然のことを、逐一訊ねてしまうのは夏野の非ではない。それは伊織も承知している。

それでも、己の無知な問いに伊織が穏やかに応じる度に、己が何やらとてつもなく場違いなところにいる気がして、夏野は畏縮してしまう。

狭き門を通り抜けた塾生でさえ、理一位と対面する機会などまず巡ってこない。ましてや一対一で教えを乞うなど、夢のまた夢であると聞いている。

「間違ってはおらぬぞ。できぬことはないと俺は言ったのだ」

うつむいた夏野に、伊織は優しく声をかけた。

「蔵で、あの妖魔が使った念力を覚えておるだろう？」

「ええ」

弟探しの途中、成りゆきでかかわることになった晃瑠の幼児誘拐事件の折、蔵で相対した山幽が念力を使って長持を次々と持ち上げ、夏野を攻撃してきた。

記憶をたどるうちに伊織の問いの意味を理解した夏野は、おそるおそる訊いてみた。

「それはその、つまり……あれも術の……？」

「そうだ」

事もなげに伊織は応えたが、夏野は動揺した。

術は、安良様が人々に与えた護りの盾ではなかったか。

妖魔たちも術を使うなど、これまで聞いたことがない。

しかも、あれほどの念力を使うということは、妖魔どもは人間よりずっと術に精通しているのではないか……？

考え込んでしまった夏野に、伊織は続けた。

「理術で学ぶ森羅万象とは、人や人里だけでなく、国土やそれを囲む海、そこに在る全(すべ)てのもの、そこに住む全ての生き物——つまり、妖魔どもをも含む、この世のありとあらゆるものを指している」

「妖魔どもをも含む……」

「そうだ。人も妖魔も基は変わらぬと、我々理術師は考えている。基は変わらぬのだが、やつらが妖力や不老不死ともいえる身体を持つのは、基に働きかけている理が違うせいだろう、と」

「そんな。人と妖魔が同じなど」

絶句しかけて、夏野は思い直した。

蒼太の目を取り込むまでは、夏野は全ての妖魔を敵と見なしていた。

妖魔とは人を襲い、喰(く)らうもの。

かつてそう信じて疑うことのなかった夏野は、人界に人と獣が混在するように、妖魔にも様々な種がいること、また、妖魔の全てが人を脅かしはしないことを、昨年東都で知ったばかりである。

「人にも極稀(ごくまれ)に念力を使える者がいる。だが、あのように自在に力を操る者を、俺は見聞きしたことがない。治癒力もそうだ。人の傷も癒える。ただ、妖魔の何倍もの時がかかるゆえ、大きな怪我をすると間に合わぬ。基は同じな筈なのに、どのような理によってそのような違いが出るのか、俺は知りたい」

　静かに、だが決然として伊織は語る。

「妖魔どもが我々のように、術の修業をしているとは到底思えぬ。妖力といわれるものは持って生まれた本能に等しいもので、やつらはその理を知らぬし、あえて知ろうともしていない……というのが、大方の理術師の見立てだ。だが、鴉猿どもは何か勘付いているやもしれぬ。やつらは、結界のほころびを見つけるのが実にうまい」

「鴉猿が、術を……」

「鴉猿よりも俺が興を覚えているのは山幽だ。滅多に人前に姿を現さぬゆえ、山幽について我らはほとんど知らぬが、蒼太の首にかかっているという紫葵玉については、一つ、古い文献に記されている。そのようなものを作ることができる翁と呼ばれる者たちは、知る知らぬにかかわらず、術を操る者だろう。聞いたところによれば、蒼太は予知にも秀でているとか。念力も予知も、俺や黒川殿の妖魔を見抜く力も――全て術、つまりは理の一環なのだ。――どうだ？　面白いだろう？」

「面白う……ございますか……？」

　思いもしなかったことを次々と言われて面食らっている夏野に、伊織は微笑んだ。

「まだ俺にも――あの安良様でさえも――知らぬことが、知りたいと欲していることが、この世にはたくさんあるのだ」

　現人神と崇められている安良は、多くの知恵を人々に授けてきたが万能ではない。

「この世、この国、人、そして妖魔は、いつ、どのようにして生まれたのか。人は何ゆえ妖魔に比べ弱く短命なのか。妖魔はまことに不老不死であるのか。……妖魔とて大事あれば死ぬことがある。それはつまり、やつらの天命は桁外れに長いのか。それとも、何事もなくば、不老のまま悠久の時を生き続けることができるのか……」

　そのようなことを、夏野はこれまで考えたことがなかった。

「安良様の出自も謎だ。安良様が理術――この世の理――を我らに伝えることができたのは、幾度転生しても失わぬ記憶の賜物だ。古希まで生きたとしても、人一人が学べることは限られている。稀に生前の記憶を持つ者がいるが、安良様ほど永きにわたり、途切れることなく覚えている者など二人とおらぬ。何ゆえ、安良様だけがこのような転生を繰り返すのか。肉体こそやがて死すが、まことに不死なのは安良様だけなのやもしれぬ。己のことを知りたいと思う気持ちは、我らも安良様も変わらぬ」

　伊織が平然と安良のことを口にするのを聞いて、夏野に改めて畏敬の念が湧いた。目の前にいるのは、国の要人、理一位であった。

　甘えてはならぬ、と気を引き締める。

　蒼太の目を取り込んで、常人ならぬ力の芽生えた夏野を案ずる伊織の気持ちに偽りはなかろう。だが同時に、夏野から何か得るものがあると思えばこそ、伊織は貴重な時を割いて夏野に理術を説いているのである。

妖かしの目を宿す自分だからこそ、できる手助けがないだろうか。

樋口様――ひいては安良様のお役に立ちたい、と夏野は思った。

†

母屋に戻って来ると、奥から手燭を持った小夜が急ぎ迎え出て、夏野の足元を照らした。

恐縮する夏野をいつも通り客間まで導き、部屋の行灯に手際よく火を灯すと、「お休みなさいませ」と小夜は丁寧に頭を下げて出て行く。

日中、干しておいてくれたのだろう。部屋に敷かれている夜具からは日向の匂いがした。

借りている書物の続きを読もうと、行灯の傍らに座ったものの、四半刻もせぬうちに書物を閉じて、灯りを消した。

眠気はまだなかった。

布団に横たわって暗い天井を見据える夏野の目は、むしろ冴えていた。

――三月で教えられることなど高が知れている――と、伊織は言った。

夏野とて三月で理術を会得できるとは、考えてもいない。

伊織は夏野に、新しいものの見方を、この世の在りようを教えようとしていた。

たった十日しか経っておらぬというのに、夏野は己の感覚が、少しずつ研ぎ澄まされていくのを既に感じていた。

目を閉じずとも意識を集中させれば、見聞きするあらゆるものが鮮明になるように思えた。風や陽の光、草木などからは、微かな波動のようなものさえ伝わってくる。

進歩は夏野自身の資質によるものだと伊織は言うが、夏野は違うと思っている。

蒼太の目に負うところが大きい筈だ。伊織の教え方も良いのだろう。

暗闇に、布団から手を出して、夏野はそっと左目に触れた。

伊織に導かれるままに、目に見えるもの以上の何かを見出そうとすると、いつも左目にぽっと力が宿るのを感じる。

妖かしは、それと知らずに術を操る。

蒼太の念力も予知も、人並み外れた敏捷さも――全て理の内にある。

伊織の言葉を思い出し、夏野は微かに身震いした。

恐れと感興が混じりあった、不思議な戦慄であった。

人も妖魔も、基は同じ。

にわかには信じられぬ話である。

人と妖魔を隔てているもの……

東都に住む、まだ幼い妖かしの子を、夏野は想った。

成獣すると自然に老化が止まる種と違い、山幽は成人した後に仲間と血を交わすことによって成長を止める。

蒼太は十歳の時に仲間の赤子を殺めて、その心臓を口にした。

ゆえに身体つきは十歳の子供のまま。これからもけして身体が大人になることはない。

生を受けて既に十四、五年なのだが、恭一郎に出会うまでは一人で野山を逃げ続けていたため、今のところ中身も見た目に違(たが)わぬ子供であった。

いつか……全ての理が明らかになれば……

次第に温まってきた布団に眠気を誘われる。

蒼太も大きくなれるだろうか？

人も妖魔のように、強く不死身となれるのだろうか？

しかし、安良が千年余りの時をかけて、いまだ解き明かせぬこの世の不思議である。

伊織から学んだ国史や、それより前の遠い昔に思いを馳(は)せながら夏野は眠りに落ちた。

第二章 Chapter 2

祭囃子が聞こえてきて、子供たちが歓声を上げる。

つられて笛の音がする方を見やると、前から急いで来た女にぶつかりそうになって、蒼太は慌てて横へ飛んだ。左目にかけている鍔でできた眼帯を押さえながら、謝りもせずに駆けて行く女の背中を睨みつける。

いつもは番所の床几にのんびり腰かけている五条梓橋の橋番が、今日は声をからして通行人を規制している。あまりの人出に橋が落ちぬようにとの配慮からだ。袂には既に百人ほどが、大人しく列を作って待っていた。

恭一郎と共に、蒼太は列の後ろに並んだ。

雲一つない空に、川沿いの桜がよく映える。

花祭りであった。

大川や佐竹川同様、梓川の両岸も、桜が植わっているところは全て、花見の人々で埋まっている。

「いい日和だな」

ようやく通された橋を渡りながら、恭一郎が言った。

「花も見頃だ」

六尺近い恭一郎は角樽を手に下げ、辺りを見回しながら悠々と歩いて行くが、四尺ちょっとの蒼太はそれどころではない。

少しでも気を抜くと、人混みにもみくちゃにされそうである。持ち前のはしこさで誰にもぶつからずに歩いているものの、元来人嫌いの蒼太にはたまらない。

ぶすっとしていると、恭一郎が笑いかけた。

「おぶってやろうか?」

「いら、ん」

いっそ欄干に躍り上がり、一息に駆け抜けたいくらいである。

そんな軽業師のような真似も、山幽の蒼太にはお手のものだ。

だが、人里で——ましてや東都・晃瑠で——人目を引くようなことをしてはならぬのを、蒼太は充分に承知していた。

そびえる防壁に護られた晃瑠は、三里四方と四都の中でも一番大きく、六十三の町が都の中心に位置する御城を囲んでいる。北から南へ都を縦断する大川、その大川から東南へ分かれる梓川と、西南へ分かれる佐竹川以外は、十六の堀川と十八の大路によって碁盤のごとく区画されていた。

政と経済を担うために作られた四都には、武士よりも町人の方がずっと多い。実際にどれだけの人間がいるのか蒼太には想像もつかないが、三十人ほどの仲間しかいない樹海で生まれ育った身には、都はまさに「人が溢れている」としかいいようがない。

人の合間に見え隠れする欄干の向こうには、舟で埋め尽くされた川面が見える。屋形船のほとんどが派手な色のぼんぼりや布で飾り付けられていて、橋の上から覗くとまさに百花繚乱の花のごときだ。

東都で暮らして一年になるが、初めて見る光景であった。

華やかさに思わず目を奪われた蒼太の横を、赤子を背負った女が人々を押しのけるようにして通り抜けた。

「すみません。どうもすみません」

周囲に謝りながら急いで行く女の右手には、五歳ほどの男児の手がつながれている。男児は気の毒にも左右の大人にぶつかりながら、それでも母親の手を放すまいと必死だ。

頭上で、恭一郎がくすりとした。

「この人混みだ。お前も手をつないでおくか？」

冗談交じりに言う恭一郎に、ぷいっと蒼太はそっぽを向いた。

おれは小さい。でも、あのような幼子とは違う……

途端に、どん、と後ろからぶつかってきた男がいて、蒼太は前のめりによろけた。

恭一郎が襟首をつかむのと同時に踏みとどまる。

それみたことかと、にやりとする恭一郎の手を払うと、蒼太は一層口を尖らせ歩き出す。

「は……な、み……」

満開の花――殊に桜を愛でることを「はなみ」というらしい。中でも今日は更に特別な、都総出で「はなみ」をする「はなまつり」の日なのだと、先だって「ぐうじさま」に教わったばかりだった。

しかし、言葉を知ったからといって、その行為まで理解した訳ではない。

花は美しい。

蒼太とて時折、その美しさに見とれることがある。

だが、それもひとときのこと。花も季節も桜や春に限らない。

皆で日がな一日花の下に座り込み、のんべんだらりと花を愛でながら過ごすなど、森育ちの蒼太にはなんとも珍妙な風習に思えて仕方がない。

花祭りの日は毎年違う。

花芽や天候を吟味した天文方から、花祭りの日が伝えられるのは十日ほど前だ。おふれをいち早く見たいと願う人々が、都の主たる場所に据えられた制札場をうろつくようになり、日取りを知るや否や駆け出して行く。盛り場や一部の飲み食い処を除いて多くの店が休業するため、それらの店の奉公人は藪入りと同じく、首を長くして花祭りのおふれを待つ。警邏を受け持つ町奉行所は別として、政務も祭りの日には行われない。

橋を渡り切るとやや人が減り、ようやくまっすぐ歩けるようになった。

蒼太がほっと一息ついたのも束の間、行く手がどっと沸いて、喝采が続いた。

「山車が来るぞ」

恭一郎が言った傍から、先鋒の笛方が通りの真ん中に躍り出て、一際高く囃子を吹き始めた。笛方は男だが、軽快な動きに翻る朱色の羽織が目に鮮やかだ。

晃瑠の六十三の町では各々趣向をこらした山車をこの日のために用意し、囃子方と共に競うように都中の大路を練り歩く。

笛方の後ろから担ぎ太鼓と摺鉦が続いて、辺りは一層賑やかになった。

興をそそられた蒼太が恭一郎の横で歩みを緩めると、囃子方に続いて山車が現れた。

驚愕に蒼太の足が止まった。

威勢のいいかけ声に合わせて通りを進んで来る山車には、二羽の巨大な――金翅より大きな――鳥が乗っている。

「笹川は今年は鶯か」

山車に記された町名を見ながら、恭一郎がおっとりと言う。

鶯なら蒼太も知っている。ただし、蒼太の知っている鶯は蒼太の両手に余るほどの大きさしかない。

「よくできてらぁ」「綺麗だねぇ」「こいつはすげぇや」などと口々にはやし立てながら、人々はにこやかに、町名入りの法被を着た男が提げた手桶におひねりを入れていく。こうして集まるおひねりは、ささやかだが山車の費えの足しとなる。

迫り来る山車の上の鶯から目が離せずに、蒼太は知らずに傍らの恭一郎に寄り添った。

「蒼太？」

頭上から恭一郎の声が聞こえたが、蒼太の目は鶯に釘付けだ。そのまま山車が通り過ぎるのを油断なく目で追った。

張り詰めた蒼太の肩を恭一郎が撫でた。

「構えることはない。あれは、張りぼてだ」

「はい、ぼ……」

あれが生き物ではないことは蒼太にもすぐに判った。

ただ、何ゆえあのようなものを作り、もてはやすのかが理解できない。

蒼太にしてみれば、狗鬼や蜴鬼、鴉猿など、人が常から恐れている妖魔よりも、張りぼてとはいえ、不自然に巨大化した鳥の方が余程不気味であった。

「鶯はな、春告鳥ともいわれている。花見の前のよい余興だったな」

恭一郎はそう言ったが、何が「よい」のか判らぬ蒼太は、ただ眉根を寄せて山車を見送った。

――「はなみ」といい、「だし」といい……

人のすることは判らない――

群集の喧騒にとっくに嫌気がさしていた蒼太は、口を結んで再び歩き出した。

「そうむくれるな。俺も花より団子の口だが、花見はよい息抜きだ。たまには皆で酒を酌み交わすのも悪くない」

「だん、ご？」

思わず見上げた蒼太に、恭一郎は微笑した。

「団子も食べ物と一緒に先生が用意してくださるそうだ。お前は団子、俺は酒……今日はたらふく飲み食いできるぞ。悪くなかろう？」

角樽を掲げてみせた恭一郎に、少しだけ機嫌を直して蒼太は頷いた。

†

志伊神社は参拝客で溢れていた。

誰がいつ始めたことやらしれぬが、「心置きなく花見ができるのも、安良様のおかげ」と、花祭りの日にどこかの神社を参拝するのが、都人の風習となっていた。多くの者は地元の分社だけでなく、都の護りの要である八大神社に感謝を捧げようと足を運ぶ。中には一つだけでなく、八つ全てを回る信心深い者もいるほどだ。

「稼ぎ時だな」

大鳥居から参拝客が次々と出入りするのを横目に、恭一郎は口角を上げた。

術と剣を授けてくれた安良に感謝の念こそあれ、信仰心は持たぬ恭一郎だった。

それでも都に護られているという認識はある。ゆえに、僅かだが年初めの寄進を怠ったことはなかった。賽銭を含む民人の寄進は、神社を含めて、都を維持するための貴重な財源であるからだ。

志伊神社の隣りにある柿崎剣術道場の門をくぐると、既に二十人ほどの門人が庭に莚を敷いて、歓談に興じていた。

　庭には二本、まるで花見のためだけに植えられたような桜がある。花が一番よく見える所に敷かれた莚に鎮座する道場主・柿崎錬太郎を見つけて、蒼太は駆け出した。

「せ、んせ」

「おお、蒼太。こっちじゃ」

　総白髪の柿崎は還暦をとっくに過ぎていたが、物腰にも剣にもまだまだ壮健さが感ぜられる。志伊神社へ手習いに通う蒼太は、柿崎曰く「よき茶飲み友達」であった。

　言葉が不自由な蒼太は、話し相手には力不足だ。初めのうちこそ、茶菓子につられているだけだろうと恭一郎は思っていたが、存外、話は通じているようである。柿崎の方もいわゆる年寄りの自慢や想い出話に終始せず、国史から政、芝居や詩歌など実に多様なことを蒼太に語っているらしい。柿崎と話すようになってから、蒼太は時折うがった問いを口にするようになった。

「些少ですが、酒を持って参りました」

「置いておけ。飯島の親父が持ってきたのが、もう開いとるでな。遠慮なくやれ」

　柿崎が顎をしゃくった先には一斗樽が二つあり、内一つは既に蓋が割られて、柄杓が載っていた。

「はい。では遠慮なく」

「だん、ご」

「今、真木が取りに行っておる」

柿崎が蒼太に笑いかけたところへ、門の方から馨の声がした。

「おい、恭一郎。ちと手伝え」

噂をすれば……と、恭一郎は苦笑を浮かべ、剣友である真木馨の方へ歩んで行った。

背中に大きな荷物を背負っている。馨の後ろには汗だくで疲労困憊の門人・飯島多助、その隣りには柿崎の若き内縁の妻・新見千草が微笑んでいた。

恭一郎が千草と挨拶を交わす間に、蒼太がすっ飛んで来て馨を見上げる。

「か、お。だん、ご……と、りい、た」

「蒼太。よく来たな。お前の膳はこっちだ」

ひょいと背負子を下ろすと、荷物の中から風呂敷包みを取り出した。

「お前の分は三段目だ。上の二段は先生と新見殿のだぞ。しっかり持って行け」

こくっと頷いて、蒼太は包みを受け取った。

数歩歩き出してから、思い出したように踵を返す。

「かた、じけ、な」

「うむ」

包みを抱えたまま小さく頭を下げた蒼太に、馨は相好を崩した。

六尺超えで堂々たる体軀、三尺の大剣を操る馨は、恭一郎の十年来の友で、西都・斎佳出身の剣豪だ。四年前に、恭一郎の勧めで斎佳から晃瑠へ越して来て、柿崎道場へ入門。

時を待たずして師範となった。「鬼師範」と呼ばれるほど稽古は厳しいが、人情味のある人柄が門人たちに好かれており、女子供には優しい。ただ、見た目のいかつさに子供の方が滅多に寄って来ぬだけに、己に対して物怖じしない蒼太が気に入っているようである。

恭一郎の大切な友、ということが判っているのだろう。人見知りな蒼太も、馨には少し気を許しているところが見受けられる。もしくは、何かにつけて饅頭だの団子だのを馳走してくれる馨に、餌付けされただけかもしれなかった。毎食饅頭でも一向に構わぬという蒼太は、無類の甘い物好きだ。

「ま……真木師範、お助け……」

息も絶え絶えな飯島の声に、馨は口元を引き締める。

「なんだ。これしきのことで情けない。しっかりせんか」

叱りつけながらも、馨は飯島の背中から軽々と背負子を取り上げた。

飯島は、幸町の六条大路に店を構える酒屋の一人息子だ。剣術に対する熱意は抜きん出ているのだが、腕も身体も未熟な二十歳そこそこの若者である。未熟者の自覚があるのか、自ら雑用を買って出ることが多い。

今日も言われる前に手伝いを申し出たらしい。文字通り、肩の荷を下ろして安堵している飯島を、苦笑交じりに見やる門人たちの目は温かい。

「申し訳ありません」

「まったくだ。お前のようなへなちょこは道場の名折れだ」

言葉とは裏腹に笑みを浮かべた馨は、解いた荷物から重箱を五段ほど飯島に差し出した。

「ほれ、皆に配って来い」

「は、はい」

「お前も手伝え、恭一郎」

「うむ」

手渡された重箱を、恭一郎は飯島と手分けして門人たちに配り歩いた。

「新見殿からの差し入れです」

「おお、すまぬな、鷺沢」

「いただきます」

年配の者は頷き、若い者は恐縮して、恭一郎の手から重箱を受け取った。

恭一郎は師範でも師範代でもない、ただの一門人にすぎぬが、その腕前は皆知っている。

また、表だって口にする者はいないが、恭一郎の身分も、道場内では知られていた。

安良国四都二十三州の内、各州を治める者は州司、各都を治める者は閣老と呼ばれ、閣老は州司よりも身分が上だ。その四人の閣老の更に上に立つ者が大老で、唯一、安良との単独接見が許されている。

現大老の名は神月人見。

神月家は建国の時から安良の傍らに控え、千年を超えて国を支えてきた由緒ある武家である。晃瑠の閣老・神月仁史、及び神月剣術道場の主・神月彬哉を始め、分家筋は多岐にわたり、北都・維那の閣老を務める高梁家もまた、神月家に縁のある家柄だ。神月本家の当主であり大老を務める神月人見ともなれば、そこらの民には、安良と変わらぬ、天人のような存在である。

その大老が若き頃、身分違いの恋をした末に生まれたのが恭一郎だ。

庶子だが、大老の第一子だった。ゆえにその後十七年を経て嫡男の一葉が生まれるまでは——本人にその意思はなかったものの——恭一郎が神月本家を継ぐのではないかと、巷では噂されていた。

「ご苦労」

重箱を配り終えて戻ってきた恭一郎へ、馨が酒枡を放った。片手で受け止めると、樽から柄杓で手酌する。

「やっと飲める」

座り込んだ恭一郎へ、蒼太が箱を見せた。

「おれ、の」

四つに仕切られた箱には、餡ときな粉の牡丹餅の他に、草餅と桜餅、干菓子などが色とりどりに詰められている。

「ご馳走だな」

「ん」

頷く口元が嬉しげだ。

腹違いの弟・一葉が生まれて十五年。恭一郎は今年三十二歳になった。

己を跡継ぎにと見込んだうるさい取り巻きがいなくなって、随分長い時が過ぎた。最愛の妻こそ亡くしてしまったが、好きな剣術と共に自由気ままに恭一郎は生きてきた。

高利貸の取立人をしながら裏長屋に住む暮らしに、眉をひそめる者もいる。

だが、恭一郎は一向に意に介さない。

恭一郎の雇い主で、高利貸・さかきの身代を一人で築いた榊清兵衛は、還暦を過ぎた小柄な男だ。世間では「因業爺」の悪名高く、借り手への取立は厳しいが、身寄りがいないせいか、店の者は大事にしていて待遇はよい。高利貸の味方をする訳ではないが、恭一郎はそんな榊が気に入っていた。

四人の人死にが出て以来、借り手があまり寄り付かぬ「幽霊長屋」とも「無頼長屋」とも呼ばれる裏長屋での暮らしも、かえって煩わしさがなくていい。名高い東都にありながら、八軒の内、五軒しか埋まっていないこの長屋に住むのは、胡散臭い、無愛想な独り身の男たちばかりだ。

――もっとも、一番胡散臭いのはこいつだろうが。

花には目もくれず桜餅を頬張る蒼太を見やって、くすりと恭一郎は笑みを漏らした。

「何が可笑しい？」

「いや……よい花だな」

恭一郎が応えると、馨は奇異なものを見る目つきをして言った。

「なんだ一体。お前が花を語るなぞ、気色悪い」

「そうじゃな。柄にもないことを言うて、折角の晴天に雨を降らすでないぞ」

馨と柿崎の台詞に、周りの者が微笑んだ。

「先生まで……ひどいですな。私にも花を愛でる心くらいあります」

「花街に咲く、物言う花を、な」

横から茶々が入って、座がどっと沸いた。

「三枝師範まで」と、恭一郎は苦笑した。

馨と共に師範を務める三枝源之進はもうすぐ五十路に手が届く。稽古を含め、万事に折り目正しい人柄で、酒が入っているとはいえこのような冗談を口にするのは珍しかった。

「すまぬ、鷺沢。口が滑った」

「いえ。たまには座興となるのも悪くありません」

恭一郎が応えるのへ、ふっと笑みをこぼすと、庭を見回して三枝は言った。

「よき日和だ」

盛んに飲み食いしながら、皆、笑顔である。芸妓もいないのに、段や身分にこだわらず、剣友と語り合うことが楽しくて仕方がないようだ。

「ええ」

けして裕福とはいえぬが、金に困ることなく、友にも師にも恵まれた日々。

妖かしとはいえ、家族のように暮らしを共にする者もいる。

平和な日々のありがたみを感じながら、恭一郎は頷いた。

†

ゆるゆると、二刻ほど飲んだだろうか。

入れ代わり立ち代わりやって来た門人もまばらになった。妻子持ちは挨拶がてらに飲んで引き揚げ、残っているのは主に独り者である。二斗の樽はとっくに空で、各々持ち寄った酒も残り少ない。

酔っ払いの座談に飽きたのか、菓子を食べ尽くした蒼太は恭一郎の傍らで丸くなって眠っていた。

──そろそろ帰るか。

暇の挨拶をしようと恭一郎が腰を浮かしかけたところへ、隣りの志伊神社の若い出仕が柿崎の傍に来て何やら耳打ちした。

柿崎は頷くと、「真木、鷺沢」と、顎をしゃくった。

「はい」

「ちと、頼まれてくれぬか?」

「はあ」

「そろそろ蒼太を連れて帰らねばなるまい。その前に隣りに寄って、二人で道場の総代として参拝してきてくれ」

そう言って、柿崎は懐から懐紙に包んだものを取り出した。

「隣りにはいつも世話になっとるからの」

「承知しました」

肩に触れただけで蒼太は起きた。長屋ならともかく、外で蒼太が熟睡することはない。うとうとしたのも、傍らに恭一郎がいればこそである。

左目の、錫でできた眼帯を確かめると、蒼太は恭一郎を見上げた。

「隣りに寄ってから帰るぞ」

「ぐじ、さ、ま」

樋口高斎は宮司でありながら、境内の手習指南所で自ら教えることも多い学者であった。蒼太の正体を知りつつ御上に届け出ることもなく、反対にあれこれ便宜を図って、まだ人の暮らしに慣れぬ蒼太を手助けしてくれる。

東都――人里――で恭一郎と暮らし始めて約一年。手習いに通い始めてまだ半年の蒼太には、学ぶべきことが山とある。

また、学ぶことが楽しい年頃でもあった。

己に新しい知識を与えてくれる樋口宮司に、蒼太は子供らしい敬慕を覚えているようだ。

「宮司様か。今日は会えぬかもしれんな。花祭りともなればいつにも増して多忙だろう」

恭一郎の言うことを聞いているのかいないのか、先導するように大鳥居をくぐった蒼太は、拝殿の近くで足を止めた。夕刻が近付いてきたからか、行きに比べて参拝客は少ない。その少ない客が、拝殿の横に黒山を作っている。

「なんだろうな？」

通りすがりに覗き込むと、黒を基調とした、一見地味だが堅牢な造りの乗物が三丁、揃いの装束に身を包んだ、陸尺にしては品のある男たちに護られるように並んでいた。

拝殿の奥にある本殿の周りも、警固の者と思しき武士で固められている。

「大老様らしいぞ」「まさか」「御簾中様もご一緒だ」

人々が噂するのを聞いて、事を察した恭一郎は馨を小さく睨んだ。

「知っておったな。お前も、先生も」

「さぁて」

にやにやしながら、馨は参拝客の列に並んだ。いつもと違う境内の雰囲気に、蒼太は辺りを窺いつつ恭一郎の傍を離れない。

順番がきて、馨は賽銭箱の隣りに控えていた神官に、柿崎から預かった金を渡した。

「先生からです」

「お参り、ご苦労様です」

隣りの道場に住み込み、時には神社の雑用もこなす馨を知らぬ神官はいない。顔見知りの馨が莫迦丁寧に頭を下げるのへ、神官も同じように礼を返した。

「帰るぞ」

「おい待て」

用は済んだとばかりに蒼太を促す恭一郎の肩を、馨がつかんだ。

「伊織の計らいだ。無駄にするな」

「伊織か。勝手なやつめ」

苦笑を漏らした恭一郎に、蒼太が瑞垣の向こうを指差した。

「ぐじ、さ、ま」

本殿へ渡る樋口宮司の後ろに続くのは、生まれてこのかた、数えるほどしか拝したことのない、父親にして大老の神月人見である。

少し遅れて、顔を隠した女、そして若き少年が、神官に導かれてゆっくりと歩いて来る。

大老の、お忍びの参拝であった。

恭一郎たちと同じように本殿を見つめていた群集がどよめいた。

大老の顔を知る町民はごく僅かだ。参拝客には武士も混じっているとはいえ、生半な身分では拝謁することの叶わぬ大老である。しかし、顔は知らずとも、大老に若き跡継ぎがいることは誰もが知っていた。少年の登場で噂の信憑性が一段と増したようだ。座り込んで拝む者さえ出てきた。

簾中が群集には脇目も振らずまっすぐ前を見つめているのに対して、一葉の方はちらちらと瑞垣越しにこちらを見やる。

まず馨に目を留め、それから隣りの恭一郎の方を見た。

恭一郎と目が合うと、立ち尽くす。

――俺が判るのか。

ふと笑みをこぼしそうになった恭一郎の袂を、蒼太がつかんだ。

一葉の方も、振り向いた篠中に叱られたのか、慌てて親のもとへ歩んで行く。

蒼太を見やると、何やら不満そうに、ぐっと袂を握ったままである。

「どうした？」

恭一郎が問うと、蒼太は口を曲げてしばし躊躇った。

「……はら、へ、た」

「莫迦を言うな。あれだけ食っておいて、まだ足りぬか」

馨が呆れた声で言った。

「へ……た」

嘘だと思ったが、言わぬことにした。

「帰りしな何か食って行こう。酒ばかり飲んでいたからな。俺も少々腹が減ってきた」

恭一郎が微笑むと、ようやく袂から手を放して、蒼太はこくっと頷いた。

鳥居を出ると、道場へ戻る馨と左右に別れる。

つい先ほど垣間見た腹違いの弟の顔を思い出しながら、蒼太と連れ立って、恭一郎は黙って家路に就いた。

†

長屋の木戸をくぐると、ちょうど六ツの鐘が聞こえてきた。

草履を脱いで部屋に上がると、蒼太はさっさと掻巻を広げた。

「もう寝るのか？」

「ん」

満腹で苦しいほどである。

帰りがけ、五条梓橋を渡る手前にある今里という盛り場で、恭一郎と蕎麦を手繰った。

五条と土筆の二つの堀川に、梓川が交わる場所にあるこの盛り場は、手頃な居酒屋や飯屋の他、小体な料亭や船宿、更に少しばかりいかがわしい店が並んでいて、昼となく夜となく賑わっている。

家路をゆく花見客で通りは混んだままだったが、皆、腹がくちいのか、夕刻だというのに、二人が暖簾をくぐった蕎麦屋は案外空いていた。

持ち方に癖はあるものの、箸を使うのももう慣れた。団子を買ってやろうと言った恭一郎に、蕎麦がいいと言ったのは蒼太だった。

なんとなく、「人」らしいところを見せたくなったのだ。

――そもそも、腹が減ったというのは嘘であった。

神社での素気ない言葉とは裏腹に、恭一郎の喜びが蒼太には伝わっていた。

腹違いの弟のことは、蒼太も聞いていた。

あの少年がその弟であることは、一目で判った。

けして似ているとはいえぬ。二人を見ただけで血縁だと思う者はいないだろう。だが、蒼太の持つ「見抜く力」は二人の間の絆を一瞬にして感じ取った。

思わず恭一郎の袂をつかんだのは、幼い妬心からであった。

息子のように、弟のように、恭一郎と暮らすのは己の筈なのに、腹違いとはいえ、ずっと離れて暮らしてきたまことの兄弟に、敵わぬ絆の強さを見せつけられた気がしたのだ。

とはいえ、蒼太自身はそのような己の心の機微に気付いていない。

おれは何故、あんなことをしたのか……

蒼太は両親を早くに亡くし、十歳にして一族から追放された。

誰かに甘えた記憶がほとんどない。甘え方もよく知らなかった。

どうしたと問われたところで、判らぬのだから仕方ない。

腹が減ったと、苦し紛れについた嘘は見抜かれていたようだ。蕎麦屋でちびちびと蕎麦を手繰る蒼太の笊から、「もらうぞ」と、半分は恭一郎が浚っていった。

「きょう」

「うん？」

呼んでから、語ることがないことに気付いた。

己の莫迦さに腹が立つ。

言葉が不自由ゆえに、薄鈍と思われることがしばしばある。しかし――そんなことはないと知りつつも――恭一郎に莫迦だと思われたくなかった。

黙ったままの蒼太に、恭一郎の方が問うてきた。

「菓子は旨かったか？」

「……ん」

「お前のために、馨があちこちから集めて来たらしいぞ」

「かお……？」

「そうだ。桜餅なんぞは、朝一番に細井町(ほそいちょう)の、何やら知らんが桜餅で有名な菓子屋まで買い求めに行ったとか。まこと、奇特なやつよ」

微笑む恭一郎を、掻巻に包(くる)まって蒼太は見上げた。

いつもと変わらぬ恭一郎に安堵する。

夜具を出して、恭一郎も横になって肘(ひじ)をついた。

「花祭りも終わりか。……あと二月(ふたつき)もすれば夏がくる。あの娘――黒川殿も、都に戻って来るぞ」

「な、つ」

「そうだ。夏がくれば――おっと、今言ったのは季節ではなく、黒川殿のことだな？　夏野、か。あの娘に似つかわしい名だ」

「につかわしい」の意味が判らなかったが、前後から「よい」「なまえ」と言ったのだと判じて、蒼太は頷いた。

「……青臭いところもあるしな」

恭一郎の口の端に浮かんだ笑みからして、今度は褒め言葉とは取りかねた。

「あ、おく……？」

「幼く、未熟で——まっすぐな様だ」

やはり褒めてはいないような気がするが、けなしているようでもない。

もっと訊きたかったが、今日は気が引けた。

明日、「てならい」に行ったら「ぐうじさま」に訊いてみよう。

「なつ、の。いお……と、い、しょ」

先だって、空木村に無事着いたと、恭一郎が教えてくれた。伊織のもとで三月ほど過ごし、それから晃瑠へ来るという。

「うむ。今頃、伊織にしごかれておろうな。あいつは学問のこととなると容赦がない」

そんな恭一郎の言葉には、友の伊織に対する信頼が窺える。

「都へ来たら、柿崎に入門したいそうだ。そうなれば毎日でも会えるぞ」

嬉しいか？ と、問うように恭一郎は蒼太を見た。

嬉しかった。

手放しで喜ぶような感情の起伏はない。

だが、夏野とは互いの左目を通して「つながっている」。昨年の出来事を経て、恭一郎への親愛の情に似たものを、蒼太は夏野にも覚えていた。

「せ、んせ、と、ちゃの、む」

「いや、一門人にそのようなことは許されぬ。馨も張り切っておるぞ。道場では、女子と て手加減せん、とな……」

恭一郎が話すのを聞きながら、蒼太は眼帯を外して枕元に置いた。

瞬きをすると、見えぬ左目にぽうっと、柔らかい灯りが映って消える。

目を閉じて蒼太はまどろみ始めた。

明日また、「かおる」に礼を言おう。

桜餅の味を思い出すと、口元が緩む。

——花も、綺麗だった。

酔った男たちの談義に飽きて、蒼太は早々に昼寝を決め込んだが、時々薄く開いた目で見上げた桜は、ひらひらと舞い落ちる花びらが夢幻のごとく美しかった。

記憶の中の花景色に、夏野の顔が重なる。

「なつの」が都に来る……

春先の陽気は、陽が落ちても残っている。

手枕を直したのか、恭一郎が動く気配がした。

九尺二間の狭い長屋が、蒼太には至極心地良い。

温かさに包まれて、蒼太は深い眠りについた。

†

行灯の隣りで字を追っていた夏野は、廊下を渡る小夜の足音に顔を上げた。

離れから伊織が戻って来たようだ。

夕餉ののち、半刻から一刻ほど夏野に教えを説いた後も、伊織は離れで、遅くまで調べものをすることが多い。

　足音は二組になって戻って来て、奥の部屋へと消えて行く。

晃瑠で出会った伊織は独り身だったが、今年の初めに妻を娶った。

　小夜は人妻らしく丸髷に髪を結っているが、この初々しい新妻には十代の娘に多い銀杏返の方が余程似合う。小夜は村の鍛冶屋・菅原完二の娘で、夏野より三歳年上だ。夏野と比べ二寸ほど背丈が低く、ほっそりとしているものの、溌溂たる女である。

　幼い頃に母親を亡くしてから、職人の父親と六歳離れた弟の世話を一手に背負ってきた小夜は、料理や掃除のみならず、家事の全てにおいて手際が良い。

——愛らしいお方だ。

　小夜と言葉を交わす度に、夏野は思う。

目を見張るような秀麗さはない。

だが、菫の花のような清澄さが小夜にはあった。物柔らかな立ち居振る舞いの中に、どこか芯の通った潔さも窺える。

　己よりずっと女らしい小夜と話していると、今まで気にも留めなかった我が身をつい振り返りたくなる。

　武家生まれゆえに、礼儀作法は一通り仕込まれているが、夏野は七歳の時から剣術に励んできた。家には夏野の生前から仕えている春江という女中がいて、家事は春江に任せきりだった。

それは己が選んだことでもある。

物事には好き嫌いや、向き不向きがある。有り体にいえば、夏野は家事を好まず、また不得手であった。花嫁修業をするよりも、剣の稽古の方が百倍もいいと常々思っていた。

ただ、ここにきて小夜が、何やら眩しく感ぜられることがある。

その理由を、夏野は既に悟っていた。

生まれ育ちや、容姿、料理や裁縫の腕前ではない。

詰まるところ――小夜殿は「大人」で、私は「子供」なのだ……

たった三歳しか違わず、華やかな着物を着ている訳でもないのに、小夜にはほんのりとした色香がある。故郷の同じ年頃の娘たちの中でも、既に嫁いでいる者はやはり、小夜と似たような色香を漂わせていた。

剣一筋に生きてきたとはいえ、夏野も年頃の娘である。そこらの男にうつつを抜かすようなことはないが、男女の営みについてはいくばくかの知識がなくもない。

ふと、奥の部屋が気になった。

夏野が空木村に来てから一月が経とうとしている。

日々の忙しさに失念していたが、急に伊織と小夜が「夫婦」であることが思い出され、どぎまぎして夏野は頬へ手をやった。

――それにしても、樋口様が。

役目柄か、理術師は独り身が多いと聞くが、それでもおよそ半数は伴侶を得ているようだ。俊英揃いの理術師には、理術師であるというだけで縁談が引きも切らないという。

ましてや伊織は、閣老に匹敵するという身分の理一位だ。

さぞかし多くの「良縁」が伊織の下に持ち込まれただろうことは、夏野にも想像に難くない。縁談を持ち込んだ者たちは、まさか伊織が一介の鍛冶屋の娘を娶るとは思いも寄らなかったことだろう。

小夜の身分を聞いた時は驚いたが、伊織と小夜を知るにつれて、身分に囚われずに夫婦となった二人に、更なる敬慕の念を抱くようになっていた。

身分違いといえば……

山幽の妻と死に別れたという恭一郎の顔が浮かんで、夏野は慌てて頭を振った。

気を取り直すべく一呼吸して、再び書物を開いてみたものの、少し前までの集中力は欠いたままだ。思い切って書物を閉じると、灯りを消して横になった。

昨年、恭一郎に淡い恋心を抱いた夏野だが、兄の幼馴染みにして政務の右腕でもある由岐彦に「剣に身を捧げる覚悟がある」と言い切ってもいた。

その思いは今も変わらぬ。

誰かの「妻」となった己は想像し難く、政略結婚など論外だ。

想いを寄せ合った山幽と夫婦になるために、恭一郎は都を捨てたと聞いている。

添い遂げたいと熱望するほどの恋情を、夏野はまだ知らない。

だがこの先も、ずっと知らずに過ごすとは限らない。

私もいつか……そのように、人を好きになる時がくるだろうか？

ほんのり頬が熱くなるのを感じて、夏野は布団を引っ被った。

じきに四ツ半かという家の中は、しんと静まり返っていて、物音一つ聞こえない。

†

明け方、微かに腹痛を覚えて、夏野は目を覚ました。

まだ薄暗い中、寝間着をはだけると、つい舌打ちが漏れる。

月のものがきていた。

急ぎ行李を探って着替えると、夏野はそっと部屋を出た。

七ツ半くらいだろうか。いつもより早いことは確かだ。

伊織はまだ眠っているようだが、小夜は既に起きていて、台所を覗いた夏野に微笑んだ。

「夏野様。早うございますね」

夏野は遠慮したのだが、小夜は「様」付けを改めない。

伊織の大切な客人だから、と言うのである。せめて名前で呼んで欲しいと、「黒川様」から「夏野様」に落ち着いたが、なんとも妙だ。小夜は理一位の妻なのだから、夏野の方こそ「奥方様」と呼ぶべき人であった。しかし、身分を隠す伊織を「筧殿」と呼ぶことになったので、小夜のことも「小夜殿」と呼ぶにとどめていた。

「小夜殿……その……」

抱えた寝間着を見て察したようだ。

「洗っておきましょう」

「いえ、自分で」

「洗濯は私の仕事です。夏野様はいつも通りになさってください」

「しかし」

「それに私の方が、速く、綺麗に仕上げられますよ」

にっこり笑って、小夜は夏野の手から寝間着を取り上げた。

「……かたじけない」

「苦しゅうありません」

おどける小夜に、夏野はほっとして同じように笑顔を作った。

やがて伊織が起きてきて、いつもと変わらず三人で朝餉を済ませた。

痛みに寝込む女性もいると聞くが、夏野は常から健やかで、そこまでひどいものを経験したことがない。

ひとときも休まずに、午後の修業も行った。

のちに道場へ向かおうとする夏野に、小夜が心配そうに声をかけた。

「稽古は、お休みされては……？」

「お気遣いはありがたいが、そうはいきません」

十年も、男たちに交じって剣の稽古をしてきた夏野だ。処置にも、体調を誤魔化すことにも慣れている。

だからといって痛みや不快さが軽減することはないのだが、月のものを理由に稽古を休むのは夏野の矜持が許さない。

「女だてらに」「女の分際で」と、周りに言われ続けても、剣術を諦めなかった夏野の意地であった。

†

一礼をして、夏野が道場に足を踏み入れてすぐに名を呼ばれた。

「黒川殿」

小夜の弟・菅原良明である。

途端に一本取られて、良明がよろめいた。

「菅原、無礼だぞ」

道場主の赤間が、形ばかり厳めしい顔をしてたしなめた。

「はい。申し訳ありませぬ」

夏野に小さく下げた頭を、赤間は今度は竹刀で小突いた。

「莫迦者。千葉に無礼だと言ったのだ」

「あ、これはどうも……」

慌てて、手合わせしていた千葉という男にも頭を下げる。

「さあ、もう一本」

「はい！」

元気よく応えた良明だが、構える前にちろりと夏野を見やって言った。

「黒川殿。そのぅ、のちほどお手合わせを……」

「承知した」

夏野が頷くと、良明ははにかんで千葉に向き直る。

「莫迦者。そのにやけた顔をどうにかせんか」

「は、はい……」

再び叱咤された良明を後にして、夏野は木刀を取り上げて隅で素振りを始める。

身体が温まった頃には、月のものことなど忘れていたが、知らずに苛立ちは感じていたようだ。必要以上に打ち込んで、良明や他の門人を改めて驚かせた。

道場を出た良明は、哀れにも、肩を落としてしょげている。

「すまない。つい、夢中になってしまった」

「いえ。黒川殿が謝ることなどありません。俺……私の力が足りないのですから」

殊勝に言いながら、おずおずと夏野と肩を並べて歩き出した良明も、途中の別れ道に着く頃には笑顔を見せていた。

「……明日また、お手合わせ願えますか？」

懲りぬといおうか、めげぬといおうか、生き生きとして問う良明に、理不尽に厳しくあたった己を夏野は戒めた。

「もちろんだ。だが明日も一本も取らせぬぞ」

「そんな野望は抱(いだ)いておりません」

真顔の返答に夏野が微笑むと、良明は恥ずかしげにうつむいた。そそくさと小さく頭を下げると、「では明日」と駆け出して行く。

家に戻ると、先に風呂(ふろ)を使わせてもらって、夕餉の席についた。

夕餉の後は流石(さすが)に疲れが出たようである。離れで伊織を前にしているというのに、今一つ集中できず、思わず小さな溜息(ためいき)を漏らしてしまった。

「……今日はもうよい」

四半刻(しはんとき)もせぬうちに伊織が言った。

即座に手をついて、夏野は頭(こうべ)を垂れた。

「すみませぬ。心して臨みますゆえ」

「もうよいと言っておる」

おそるおそる見上げた伊織の顔は、声と同じく穏やかだった。

「疲れておるようだ」

「いえ、平気です」

「そう意地を張ることはない」

「違います。本当になんともないのです」

むきになる夏野に、伊織は言った。

「……月のものがきたようだが」

もとより隠し通せるとは思っていなかったが、はっきり言われて夏野は下を向く。

「痛みはないのです……」

言葉を濁した夏野の頭上で、伊織がくすりとした。

「黒川殿。己の身体を知るのも修業の内だ。剣術も同じではないか。身体の優れぬ時には、勝てる相手に敗することもあろう。また、打ち込むだけが技ではない。受け身や引き手を心得ぬ者は大成せぬぞ」

「はい」

「前にも言ったろう。術とは自然のからくりなのだ。疲れていては、見えるものも見えはせぬ。健やかな身体と心で臨んでこそ、大きく確かな力を得ることができるのだ」

頷いた夏野へ伊織は付け足した。

「女だから——月のものがきたから休めと言っているのではないぞ。疲れが見えるからそう言っているのだ。俺にもそのような時がある。無理をして書物を開いても、一向に頭に入らず、考えもまとまらぬ。時間の無駄だ。そういう時は潔く休むに限る」

伊織が言うのを聞いて、夏野は更にうなだれた。

つまらない意地を張っていた。

私は、術を学びにここまで来たのではなかったか。

今日は後のことを考えて、稽古を休むか、素振りくらいで済ませておけばよかったものを、男たちに負けたくない一心で稽古に励んだ末が、この様だ。

樋口様の、貴重な時を無駄にしてしまった……


「黒川殿、面を上げよ」

言われて顔を上げた夏野に、伊織は苦笑を漏らした。

「困ったな。責めているのではないぞ？」

「判っております。でも……」

「でも？」

「……女は損です……」

ぽろりと本音をこぼすと、伊織が小さく噴き出した。

恨めしげに見やった夏野に、改めて微笑みかける。

「――すまぬ。確かに黒川殿のような女性には、生きにくい世やもしれぬな。だが考えてもみよ。男でも、侃士となるには相応の努力をせねばならぬ。中には恭一郎のように剣の才に秀でた者もいるが、一方で、どれだけ稽古を積もうが叶わぬ者もいるのだ。身体が不向きなのか、才がないのか……黒川殿はどちらも備えていたから侃士となれた」

「はい……」

「それに、術に関していえば、女であることはけして不利ではないぞ」

「まことですか？」

「うむ。女は男よりも月と結びつきが強いといわれている。月のものをそう呼ぶのも、月の満ち欠けに近い巡り方をするからだ。太陽と同じく、月も独特の力を放っている。男よりも女の術師の方が、月の力を活かすのがうまいように、俺は思う」

「月の力……」

「理術師のほとんどが男だが、それは向き不向きというよりも、この世の仕組みのせいもあろう。剣術と同じく、理術も女性には無縁、無用と、世間には思われている節があるからな。黒川殿のように、二つの才に恵まれている者も珍しい」

励ましてくれているのだと判った。

「二つの才に恵まれているのは、筧殿の方です」

「いや。黒川殿には俺とはまた違う才がある。剣も術も、俺とは違った形で、より深くかかわっていくことになろう」

予言者めいたことを言って、伊織は夏野を母屋へ促した。

†

恭一郎を認めた蒼太が、欄干から飛び降りて一目散に走り寄って来る。

「何事だ？」

問いかける恭一郎の手をつかみ、ぐいぐいと引く。

「かえ、る」

「もちろん、帰るところだ」

二人が夕刻に待ち合わせることが多い五条堀川の香具山橋は、駒木町にある高利貸・さかきからの家路にある。橋の北側が駒木町、南側が二人の住む要町だ。

「は、や、く」

「なんだ、一体？」

問いつつも大事を察した恭一郎は、蒼太に引っ張られるように足を速めた。

表店の呼び込みや振り売りの声が飛び交う中を、黙々と五町ほど歩くと、二人の住む裏長屋に着いた。

飛び込むように家に入ると、蒼太はぴしゃりと引き戸を閉める。

物取りにでもやられたかと思ったが、違うようだ。家は荒らされておらず、いつもとなんら変わるところがない。

「一体、どうしたというのだ？」

草履を脱いで部屋へ上がると、恭一郎はあぐらをかいた。草履を脱ぎ捨てて揃えもせず、蒼太も続くと、膝を詰めて恭一郎を見上げる。

「なつ。あむ、な」

「黒川殿が、どうした？」

「あむ、な、い。よ……ま」

「妖魔だと？」

ぶん、と大きく頷くと、身振り手振りを交えて蒼太が語り出す。

何か見えたらしい。

山幽特有の念力の他に、蒼太は第六感ともいうべき「見抜く力」を持っている。なればこそ、予知めいた夢や絵を見ることもあれば、失せ物探しも得意であった。

懸命に語る蒼太だが、慌てているせいか、ただでさえ聞き取りにくい言葉が一層たどたどしくなっている。蒼太の人語を誰よりも理解していると思う恭一郎でさえ、話を呑み込むのにしばしの時を要した。

近々夏野が、妖魔に襲われるというのである。

蒼太は手習いを終えてから道場で柿崎と茶を飲み、ぷらりぷらりと、街を「探険」して戻って来た。ちょうど恭一郎が戻る時刻と重なったので、いつも通り香具山橋の欄干に腰かけて、往来の人々を眺めていると、突然それが見えたという。

「黒川殿が、妖魔に……な」

「み、た」

口を尖らせる蒼太を、恭一郎はなだめた。

「疑ってはおらん。お前が見たと言うなら、信じるさ」

「よ、ま。つ、め……あむ、な、い」

どうやら、蒼太の見た妖魔というのは狗鬼のようだ。狗鬼は口に牙、前肢に大きな鉤爪を持つ獰猛な妖魔だが、自ら結界を破るような知恵は持たぬ。よしんば鴉猿の手引きがあったとしても、空木村の結界は、理一位である伊織が施したものだ。

「うむ。だが黒川殿は今、空木に——伊織のもとにいる。晃瑠ほどではないが、空木の結界は、そこらの妖魔に破れるものではないぞ」

「く、る」

「判った。文で伊織に知らせよう」

空木村にいる限り、夏野が狗鬼に襲われるなどあり得ない。もしかしたら帰り道――東都への道中で襲われるのやもしれぬが、夏野が晃瑠へ来るまでまだ二月も猶予がある。

伊織ならその間に、何か対策を講じてくれるに違いない。

そう、諭すように言ってみたが、蒼太は頭を振った。

「ちか、な、い」

「時間がない？」

「く、る。なつ……たすけ、い、く」

「誰が行くのだ？」

「おれ」

即座に蒼太が応えた。

「莫迦を言うな」と、恭一郎はやや呆れた声を出した。「お前、自分が狙われる身であることを、忘れているのではないか？」

「ぱ、か、ちか、う」

むっとして反論する蒼太に、恭一郎は小さく溜息をついた。

ひょんなことから蒼太の左目を取り込んでしまった夏野は、「いつか必ず返す」と蒼太に約束した。ゆえに、夏野の死と共に、それは自然に蒼太に戻ってくるらしい。並の妖魔なら力ずくでも――夏野を殺してでも――取り返しているところだろうが、蒼太はそんなことは考えもしていない。

むしろ、封印を解いてくれたことに感謝し、左目を夏野に預けた気でいるようである。

――それにこいつは随分、黒川殿が気に入っているらしい。

左目を通して「つながっている」二人である。何か特別な情が芽生えていても不思議ではなかった。

「おれ、か、い、く」

片目で、蒼太はまっすぐ恭一郎を見つめている。

「……お前が行くと言うのだな？」

恭一郎の問いに、目をそらさずに小さく頷いた。

「お前でなければ、ならぬのか？」

こくっと、また頷く。

「すぐにゆかねばならぬのだな？」

「ちか……な、い」

微かに唇を震わせながら、引く気は微塵もないらしい。

ふっと、恭一郎は笑みを漏らした。

「よし、判った。俺も同行するぞ」

蒼太が目を見開いた。

「大体、お前一人では門を抜けられぬ。黒川殿を助けるにしても、一人より二人の方が心強かろう？　狗鬼の一匹や二匹、俺が斬り捨ててやるさ」

「きょう」

「それに……護ってやると約束したからな」

——老いて身体が利かなくなるまでは護ってやるぞ——

そう言って恭一郎は、他の妖魔に狙われている蒼太を東都へ連れて来た。蒼太が望んだからといって、一人で妖魔たちの跳梁する都の外には送り出せぬ。

「……かた、じけ」

「礼はいらん」

ぺこりと下げた蒼太の頭を、恭一郎はそっと撫でた。

「しかし、そうと決まったら急ぐぞ。伊織には颯を飛ばそう。手形を手配りせねばならぬし、榊殿にも断りを入れねばな。まだ宵の口だ。ちと出て来る」

「ん」

ほっとしたのか、頷く先から蒼太の腹が鳴った。

恭一郎が苦笑する。

「お前もゆくか？　外で何か旨い物を食おう。腹が減っては戦はできぬというしな」

「ん」

勇んで頷くと、蒼太は急いで脱ぎ散らかした草履を集めた。

†

しゃらん、と、小さな鈴の音がした。

手にしていた書物を棚に戻し、伊織は書庫を出て表へ声をかけた。

「小夜か？」

「はい。あの、村長がいらっしゃいました」

離れにはむやみに立ち入らぬよう、小夜には言い含めてあった。用事の際は、表に吊るした紐を引けば、中で鈴が鳴るように細工してある。

何事かと、草履を履いて離れを出ると、小夜の隣りに立っていた村長が頭を下げる。

「颯が届きました」

「自ら、持って来てくださったのですか」

「小僧はもう、帰してしまったんで」

「――もうそんな時刻ですか」

つぶやくように言って、伊織は茜空を見上げた。

村長は、小夜と小夜の父親を除いて、村の中で唯一伊織の身分を知る者だった。村に越してきた時に頼み込み、伊織は村長の家にある鳩舎に晃瑠用の颯を入れてもらっていた。僻村でない限り、ほとんどの町村に颯の鳩舎がある。だが、大抵は近隣の町村へ火急のつなぎをつけるためのもので、長くは飛べない。

書付くらいしか運べぬが、伊織の他の者にも需要はあるようだ。州府の神里の他、那岐州で晃瑠まで飛ばせる颯がいるのは空木村だけで、飼育係を養えるほどには稼いでいるらしい。村長のささやかな自慢でもあった。

親指ほどの書簡筒を恭しく差し出して、村長は辞去して行った。

「そろそろ、夏野様もお帰りになりましょう」

「うむ」

「夕餉の支度ができましたら、また呼びに参ります」

「頼む」

小夜が母屋へ足を向けると、伊織はその場で筒を開け、中の文を取り出した。

糊封を切ると、恭一郎からである。

あの男が颯を飛ばすほどの用とはなんぞ……

眼鏡を正して文を読む伊織を、遠くから夏野が呼んだ。

「筧殿……！」

どこから走って来たのか、血相を変えて伊織の前まで来るとしばし息を整える。

「恭一郎から文が届いたぞ」

「さ……鷺沢殿から……？」

「何やらおぬしの身が危ないらしい。蒼太と共に、こちらへ向かうと」

「な――なんですと？」

「やつらの足なら、三日とかからずに着くだろう」

「いけません！」

叫ぶように夏野が言った。

「蒼太が……蒼太が狙われています」

「それはやつらも承知の上だ」

「――私は見たのです」

じっと伊織を見上げた夏野の目が潤んだ。

「見たのです。蒼太が……狗鬼に襲われるところを」

第三章
Chapter 3

再会を喜んだのも束の間、伊織、恭一郎、蒼太、そして夏野の四人は、離れに移り、円になって座り込んだ。

東都から約三十里の道のりを、恭一郎と蒼太の二人は丸二日とかけずにやって来た。

夏野を見て安堵した蒼太同様、夏野も変わらぬ様子の蒼太に胸を撫で下ろした。

「同じ時に、似たものを見たらしいな」

夏野と蒼太を交互に見やって、伊織が言った。

夏野がそれを見たのは二日前、道場の稽古から帰る途中であった。

左目に影がよぎり、妖魔かと身構えたのも束の間だった。十間ほど先に蒼太の姿がぼんやりと見えたかと思うと、横から狗鬼が蒼太に襲いかかったのである。

思わず大きな声が出て、一緒にいた良明を驚かせてしまった。

幻影だとすぐに察したが、言うに言われぬ不安が押し寄せて、良明に別れを告げると一目散に家に戻って来たのだ。

話を聞くと、蒼太の方は反対に、夏野が狗鬼に襲われるところが見えたらしい。

「とはいえ、都を出るなど……」

四都の護りは堅い。州府を含む他の町村と違って、周囲の結界だけでなく、防壁の内側にも主要神社を要とする術が張り巡らされており、余程の妖魔でなければ入って来られぬ。四都の中でも御城がある晃瑠は、一際強い術で護られている。

また、よしんば入って来られたとしても、妖力を振るうことは難しい。

探せば他にいるやもしれぬが、夏野が都で知る妖魔は蒼太の他、一人だけだ。

仄魅の伊紗という者である。

仄魅は生き物の精気が好物で、人に化けるのがうまく、美女に化け、人の男を騙してその精気を奪うことがままある。符呪箋という証文によって恭一郎に羈束されている伊紗は、茶屋とは名ばかりの置屋で己に溺れる男たちから精気を吸いとって生きているが、羈束されていなくとも、人を取り殺すほどの妖力は都では使えぬらしい。

都で妖力が使えぬのは蒼太とて同じだが、裏を返せば、蒼太のように妖魔に追われる者には、都ほど安全な場所はないといえた。

「俺もそう言って止めたのだが、こいつが頑固に言い張るのでな。よく判らぬが、こいつにしかできぬこともあろう」

「しかし……」

身代わりになろうというのではないか？　と、夏野は危惧した。

もしも夏野が襲われるとしても、蒼太がいれば、妖魔たちの注意は蒼太に向くだろう。

「ただの身代わり、という訳でもなさそうだな」

夏野と同じことを考えたらしい伊織が言った。

「予知が全て当たるとは限らん。蒼太にもどうすべきか判ってはいないようだ。だが、ここに来ることで黒川殿を護ることができると蒼太が感じたのであれば、そうすることで、災いを回避することができるやもしれぬ」

「ならばよいのですが……」

「用心に越したことはないが、そう案ずることもなかろう。狗鬼の一匹や二匹、こいつが斬り捨ててくれる。――お前は、そのためについて来たのだろう？」

そう言って伊織は、恭一郎へ顎をしゃくった。

「まあ、そういうことだ」

恭一郎がにやりとするのを見て、ようやく不安が少し和らいだ。

蒼太も安心したのか、離れの中を興味深げに眺め回す。

「しかし、こんなものを建てたのか」

同じように部屋の中を見回して、恭一郎が言った。

「二人で暮らすとなると、向こうだけでは手狭でな。小夜には無縁のものだ。俺も気兼ねなく学べる場所が必要だからな」

「それで日がな一日、ここにこもっているのか」

「外で学ぶことも多い」

「だが、母屋で過ごすことは少ない……新妻がよく文句を言わぬものだな」

からかい交じりの恭一郎は、半年前と変わらぬ男振りだ。蒼太の方が少しだけ背が伸びたように見えるのは、伊織が持たせている守り袋のおかげだろう。

人目を誤魔化す術が施されているというその守り袋を身に着けているからこそ、蒼太は妖魔には禁域の人里にも神社にも足を踏み入れることができる。

「……俺は学びにここまで来たのだ。そのことはあれも承知しておる」

「あれ、か。夫が板についてきたようだな、伊織」

「言ってろ」

「自由な独り身が恋しくはないか？」

「お前が何をもって自由とするかはしらんが、俺は今も自由の身だ」

「減らず口を叩くな。女など煩わしいだけだと、常々言っておったではないか」

「小夜は別だ」

「抜かしやがる」

恭一郎が鼻を鳴らすも、伊織は澄ましたままである。

理一位とのこのようなやり取りも、気の置けない友なればこそだ。

顔色一つ変えずにのろける友を、ふふんと笑って恭一郎は言った。

「……夫婦暮らしもよいだろう？」

「ああ」と、ようやく口元を緩めて伊織が頷く。「家に誰かがいるというのも悪くない」

「うむ」

一瞬、懐かしむように蒼太を見やって、恭一郎も頷いた。

恭一郎が妻・奏枝と共に過ごした時は僅か四年。無念にも奏枝が殺害されるまでは、短いながらも至福の時だったに違いない。

奏枝は殺された時、身ごもっていた。

歳は合わねど、妻と同じ山幽の蒼太に、抱くことのなかった我が子を重ねているのやもしれない。蒼太もまた、恭一郎を兄のように、父のように慕っている。

人と妖魔と、種は違えど、家族に恵まれなかった二人が仲睦まじく暮らしている。

人も妖魔も、基は同じ……

伊織に言われたことが思い出された。

夏野は立ち上がって、書棚を覗いている蒼太に声をかけた。

「蒼太も手習いに通っているのであったな」

夏野を見上げて、こくっと蒼太は頷いた。

そこはかとなく誇らしげな様子が微笑ましい。

「なつ、も」

「そうだ。今は樋口様からいろいろ教わっている」

「しょ……よ、む」

「うむ。毎日読んでも追いつかぬ」

「おれ、よ、む」

「うん？」

「お前が読めるようなものは、ここにはあるまい」

ひょいと上から覗いた恭一郎が言い、夏野は合点がいった。

「ああ、そういうことなら、明日にでも村の手習指南所に訊ねてみましょう」

「すまぬな。黒川殿の無事が判ったからには長居をするつもりはないが、しばらく様子見だ。絵草紙でも借りられれば、こいつのよい暇つぶしになろう」

「そうですね」

応えてから、はたと気付いた。

しばらく空木村に滞在すると、恭一郎は言っているのである。

昔馴染みの家があるのにわざわざ宿に泊まるとは考えられぬし、伊織も許すまい。つまり、しばしとはいえ、一つ屋根の下で寝食を共にするのだと思い当たって、微かな胸の高鳴りを夏野は覚えた。

「黒川殿？」

呼ばれてうろたえた己が恥ずかしい。

だからなんだというのだ――

そんなことよりも。

「あの」

「うん？」

「私は村の道場に通っているのですが……その、暇があれば、お手合わせを」

「ああ」と、恭一郎は微笑んだ。「それは楽しみだな」

「はい」

夏野がはにかんで応えたところへ、鈴の音が鳴った。

「――夕餉の支度が整いました」

「め、し」

目を輝かせた蒼太が愛らしく、夏野を和ませる。

と同時に、くぅ、と小さく腹が鳴った。

顔から火が出そうであった。

「なつ。は、らへ、た」

無邪気な蒼太の言葉に、ますます頰が熱くなる。

「うむ。俺も背中と腹がくっつきそうだ」

余計なことを言うなと言わんばかりに、恭一郎が蒼太の肩に手をかける。

「――山幽が日に百里を駆けるというのはまことらしいぞ。こいつだけなら、半日とかからずに着いたやもしれぬ。俺が休もうとする度に嫌な顔をしてな……」

恭一郎の気遣いがまた、いたたまれない。

伊織に促され、うつむき加減に夏野は離れを後にした。

†

夜半、暗闇（くらやみ）に夏野は幾度も寝返りを打った。

蒼太が狗鬼に襲われるのを「見て」からこのかた、気が気ではない二日間を過ごした。蒼太を目の当たりにして一度は鳴りを潜めた胸騒ぎが、何故（なぜ）か夕餉を終え、夜が深まるにつれて、再びじわじわと押し寄せてきた。

夏野が予知らしきものを見たのは、二日前の一度きりである。これまで見えたものは全て、蒼太の目を通したものだった。

東都を離れてからはあまり意識していなかったが、空木村に来て——更に此度（こたび）、蒼太に再会して——夏野は改めて蒼太の特異な力を実感した。

「見抜く力」と恭一郎が呼ぶ蒼太の予知や直感は、恭一郎の妻の奏枝には見られなかったもので、蒼太特有の妖力らしい。修業を始めたばかりの夏野が「感じ取る」ものとは、比べものにならぬほどのものを、蒼太はこの世から感知しているのだろう。

修業の成果も多少はあろうが、内に宿る蒼太の目が、己に特別な力を与えてくれていることは間違いない。

訪ねて来た蒼太を一目見た途端、視界がほんのり明るくなったような気がした。蒼太が傍らにいるだけで、意識して気を集めずとも、目に見えぬものが肌で感じられるように夏野には思える。

左目を通じた絆（きずな）も強まっている。夏野に取り込まれてしまったとはいえ、戻るべき身体（からだ）

が近くにあるのを目が承知しているようであった。壁を隔てていて、それという音も聞こえぬというのに、蒼太が寝返りを打つのが夏野には判った。

どうやら蒼太も、寝つけぬ夜を過ごしているようだ。

閉じた左目に気を集めると、蒼太も気付いた気配がした。

嫌な予感は続いている。

だが、一人ではなく、同じように感じている蒼太と共にあるということが、不安を僅かに和らげていた。

闇の中で、触れられるほど近くに蒼太を感じる。

やがて少しずつ身体が温まってきて、夏野を眠りにいざなった。

——夏野が目覚めたのは、それから二刻しか経っていない明け方である。

表から聞こえてきた声に夏野は飛び起きた。

「筧殿！　大変です！」

上着を羽織り、急ぎ廊下を窺うと、奥から伊織が駆け出て来る。

伊織が引き戸を開くと、村長の緊迫した顔が覗いた。

「何事ですか？」

「小野沢村が……襲われました」

村長が手渡した書付を見て、伊織が眉をひそめた。

†

誰が行くかでひととき揉めた。

が、結句四人で行くことになった。

蒼太を危険な目に遭わせたくない夏野は不満だったが、蒼太も同じ気持ちらしい。

恭一郎は、夏野と蒼太の二人に残るよう提案したが、それは夏野が承服しかねた。

「私は、侃士ですから……」

仕官していなくとも、武家の誇りが夏野にはある。

町人でも農民でも、腕さえあれば侃士になれる。だが、武士が侃士号を賜るということは、彼らにはない誉と義務を与えられるということであった。

身を挺して民人を護るのが士分の役目である。執政を担い、国から俸禄をもらっているからには、武家の侃士は妖魔狩りの先頭に立つのが常で、それが家の栄誉につながる。

黒川家は武家だ。

夏野の祖父・黒川弥一は、仕官はせずとも、氷頭一と謳われ道場まで興した剣士である。弟の螢太朗を亡くしたために、夏野が婿でも取らぬ限り家の存続は危ういが、黒川を名乗るからには、侃士の義務を怠るのは家の恥だと夏野は思っていた。

つまらぬ矜持と思われようが、夏野の意志は伝わったようだ。夏野の言葉を聞いて、恭一郎は夏野の説得を早々に諦めた。

夏野が行くとなると、蒼太も同行を主張した。夏野はなだめすかしてみたが、無駄だった。もとより、夏野の身を案じて空木村まで飛んで来たのだ。

「二人とも行くか、二人で残るか、どちらかだ」と、恭一郎はにやにやし、

「予知通り妖魔に襲われるなら、早い方がよかろう」と、伊織は肩をすくめた。

四人で出向く運びとなったのち、今度は小夜が不服を唱えた。

「何も、夏野様や――蒼太まで連れて行くことはないではありませんか」

「村に着く頃には陽が昇る。どんなに急いだところで、やつらは去った後だろう。それに、蒼太の人見知りは知っておろう？　一人残すよりも共にいた方が、恭一郎も安心だ」

「しかし……」

「俺も一緒だ。何も案ずることはない」

伊織の言葉に小夜は渋々頷いた。

急ぎ炊いた飯を握り飯にしてもらい、身支度を整え四人で小野沢村へ向かう。

神里の小野寺家から来ていた侃士二人は、一足先に発っていた。赤間は一人、用心のため、村の警固として後に残る。

小野沢村までおよそ三里。小走りに行っても一刻はかかる。

道中、足が少し緩んだところで、「筧殿」と、夏野はおずおずと伊織に声をかけた。

「なんだ？」

「その……」

置いてきた小夜の様子が気になっていた。

「小夜殿のことですが……蒼太のことを明かしてはいけませんか？」

術のことにしても、蒼太のことにしても、小夜だけ仲間外れにしているようで、夏野はなんとも心苦しい。殊に蒼太のことを秘密にしているのは、子供好きだという小夜に対して気が引ける。

「蒼太が妖かしだなどと知ったら、いくら小夜とて卒倒しかねぬ」

「ですが」

「あれには、知る必要のないことだ」

「そんなことはありませぬ」

つい大きな声が出てしまった夏野を、伊織は首を傾げるように見やった。

「すみませぬ。でも……筧殿――樋口様は冷た過ぎます」

「俺が……冷たい？」

思わず足を止めた伊織を見て、恭一郎が噴き出した。

「面白い。こいつがどんな風に冷たい男なのか、是非とも聞かせてくれ」

「小夜殿に……」

再び足を進めながら、夏野は躊躇いがちに切り出した。

「その……蒼太を残してきたとしても、一人ではなく、小夜殿が一緒ではありませんか」

「蒼太は小夜の手に余る」

「そうかもしれませんが、樋口様にあてにしてもらえなくて、小夜殿は寂しかったと思います」

「寂しい？」

「そうです。小夜殿は樋口様の――」愛する夫の――「お役に立ちたいと、常から望んでおられる筈です」

「小夜はよくやってくれている」

「ですから、そういうことではなく」

夏野と伊織のやり取りに、恭一郎はくつくつと忍び笑いを漏らし、話が飲み込めぬ蒼太は訝しげに三人を見上げた。

伊織に言い含められた後、微かに溜息をつく小夜を夏野は見た。

色恋には疎い夏野だが、小夜の胸中を感じ取ったのは、夏野もかつて「仲間外れ」にされたことがあったからだ。

「――私なら、知りたいと思うのです。大切な人の大切なことは、たとえその、よく判らずとも、教えて欲しいと。一人だけ蚊帳の外ではなく……」

まだ早いと、五年も弟の死の真相を教えてもらえなかったことを思い出し、夏野は言葉を濁した。

「樋口様は小夜殿を気遣っていらっしゃるのかもしれませんが、話してもらえないというのは寂しいことなのです。樋口様と小夜殿は夫婦ではございませぬか。家族が互いを想い、忌憚なく語り合うのは、理にかなったことではないのですか？」

「それは……」

珍しく伊織が言葉に詰まった。

「しっかり者の小夜殿のことです。蒼太のこともきっと判ってくれると思います」

「――そうか？」

「ええ。……それに樋口様」

「まだ、何かあるのか？」

「私どもは樋口様と同行できて心強いですが、小夜殿は樋口様を案じて、心細い思いをされているに違いありません。お一人で……待っていらっしゃるのですから」

「……善処しよう」

考え込むようにつぶやいた伊織の肩を、恭一郎が叩いた。

「一本取られたな、伊織。よくぞ言ったぞ、黒川殿。こいつはな、男には口達者だが、女には――殊に惚(ほ)れた女には口下手なのだ」

「余計なことを言うな」

蒼太はきょとんとしたままだが、二人のやり取りが夏野を微笑ませた。

だが、そんな道中の和やかさは小野沢村を前にして吹き飛んだ。

†

村は想像を超える有様だった。

酸鼻(さんび)を極めるとは、このことである。

小野沢村は山間(やまあい)の沢沿いにある小さな村だ。世帯の数は八十ほど、村人の総数は四百に満たぬ。

　その半数余りが死傷していた。

　あまりの惨状に立ち尽くした夏野の背中に、恭一郎がそっと触れた。

「行くぞ」

「……はい」

　五ツを過ぎた空は明るく、伊織が推察した通り、妖魔たちは既に去った後らしい。

　山間から差し込み始めた朝日が、村の悲劇を浮き彫りにする。

　あちこちから、むせび泣きや痛みに呻く声が聞こえて、夏野の胸を締め付けた。

　逃げるところを背後から襲われたと思しき女は、手足を嚙み千切られた上に、貪られた腹から腸がだらりと垂れている。

　女の前方に倒れている男は、喉笛を喰い千切られ、頭は皮一枚で胴とつながっていた。

　こちらも、内臓はあらかた喰い散らされていた。

　息が詰まるほどの血の臭い。

　吐き気を覚えて、夏野は思わず口元を押さえた。

　ぐらりと、足元がおぼつかなくなるところを、恭一郎に支えられる。

「どこかで休んでいるといい」

「いえ。平気です」

　歯を食いしばり、夏野は足に力を入れた。

　辺りを見回す蒼太の顔も硬い。伊織は村の結界を確かめに行った。のちほど、村役場を兼ねた村長の家で落ち合うことにしたという。目の前の地獄絵に気を取られていた夏野は、伊織が離れて行ったことも恭一郎に言われるまで気付かなかった。

　我に返って、夏野は声に耳を澄ませた。

　死者は、今は放っておく他ない。

　まずは生きている者を救わねばならぬ。

「蒼太、手伝ってくれ」

　恭一郎が言うのへ、蒼太は険しい顔のままこくりと頷いた。

　夏野も恭一郎も医術の心得はない。だが、血止めや簡単な手当てを施すことはできた。爪で切り裂かれた肌、嚙み千切られた手足に泣き叫ぶ者たちの止血を黙々と続ける。必要なさらしや手拭い、膏薬などは、持ち前の勘の良さで蒼太が探し出して来る。

　自宅の土間で片腹を喰い千切られた男は、夏野の目の前でこと切れた。

　廊下で足を嚙み砕かれた少女も。

　溢れてくる涙を、夏野は何度も袖で拭った。

　道端で、息も絶え絶えに水をねだった若者の腹は血の海だった。

　駆け出そうとした夏野を、恭一郎が見つめた。

　助からぬ。

恭一郎の目はそう言っていたが、夏野は止まれなかった。

「せめて、水を」

急ぎ、近くの家の台所から柄杓(ひしゃく)を持って来た時には、若者はもう生きていなかった。かがみ込んだ恭一郎が、苦しみに見開かれた目を閉じてやる。

近隣の町村から集まってきた者たちと、手分けして村中の家を確かめた。一通り回り終えた頃には昼九ツに近かったが、朝餉もそこそこだったにもかかわらず、空腹はまったく感じていなかった。

ぐったりとして上がりかまちに腰かけた夏野に、恭一郎が声をかける。

「少し休むといい。見落とした者がいないか、俺はもう一回りしてくる」

私も、と言いかけて、伊織の言葉を思い出した。

己の身体を知れ。

このように疲労していては、鷺沢(さぎさわ)殿の足手まといになるだけだ。

そう思って素直に頷いた夏野に、恭一郎は頷き返して、湿らせた手拭いを握らせた。

「蒼太。黒川殿とここにいろ」

「ん」

恭一郎に言われて、蒼太も夏野の隣りに腰かけた。

家人(かじん)はどこぞへ逃げたのか、家は無人だった。

恭一郎が渡してくれた手拭いで、夏野は汗や涙の痕(あと)を拭う。

ひやりとした感触が肌に心地良い。

表を見やると、いつの間にかさんさんと降り注いでいた陽射(ひざ)しが途絶えていた。

山の天気は変わりやすいが……

曇り空も悪くないと、夏野は思った。白日のもとにさらすには、村を襲った惨劇はあまりにも痛々しい。

「許せぬ」

思わず口から洩(も)れた。

「このように……これでは……嬲(なぶ)り殺しではないか」

空腹から人を襲ったとは思えなかった。逃げ惑う人々を、面白半分につまんでいったような妖魔たちのやり方に、強い憤(いきどお)りを夏野は抱(いだ)いた。

蒼太は黙ったままだ。

四半刻(しはんとき)ほどして、夏野は立ち上がった。

「なつ？」

「いつまでも座り込んではおられぬ。鷺沢殿のもとへゆこう」

生き残った者の人別確認、死者の弔いなど、やるべきことは山積している。湿ったままの手拭いを帯に結ぶと、夏野は表へ出た。蒼太もすぐ後ろをついて来る。

前庭を出て、隣家へ続く小道へ足を踏み入れようとした矢先、夏野は振り返った。

呻き声が聞こえた気がした。

「む、こ」

同じように耳を澄ませた蒼太が、家の裏へ続く道を指差す。

踵を返した夏野が裏の方へ足を向けた途端、蒼太が前に立ちはだかった。

「にけ、る」

「蒼太?」

問い返す夏野の声にかぶさるように、悲鳴が聞こえた。

「蒼太、どけ!」

「なつ」

蒼太を押しのけるようにして、夏野は家の裏へ走った。

裏側には二町ほど先の林の裾まで、青物畑が広がっている。家からは風下にあたる畑に血の臭いを嗅ぎ取った夏野が辺りを窺うと、少し離れたところに破られた板戸が見えた。

地下蔵への入り口らしい。

ばきっと、くぐもった嫌な音の後に、ぐちゃりぐちゃりと咀嚼する音が続く。

——狗鬼。

一度だけ見たことがある狗鬼の屍を思い出して、夏野の身体は震えた。

中から、か細い嗚咽が漏れ聞こえてくる。

「なつ。あ、むな」

しがみつくようにして止める蒼太を離して首を振ると、夏野は腰の刀を抜いた。

まだ、生きている。

見捨てては行けなかった。

「出て来い！」

言葉は通じなくとも、気配は伝わった筈だ。

「出て来い！」

柄を握り直し、夏野は繰り返した。

咀嚼音がやんだ。

大きく息をしながら、入り口を見据えて身構える。

数瞬ののち、黒い塊が躍り出た。

†

狼を一回り大きくしたような鉄色の軀体。

光によっては朱色に見えるその瞳には、刀を構えた己が映っている。

半開きの口からは血に染まった牙と、真っ赤な舌が覗いていた。

牙の間に挟まっているのは……人の指だ。

恐怖に思わず足がすくんだ。

怯んだ隙を見逃さず、狗鬼が襲いかかって来る。

夢中で振り下ろした刀はかすりもしない。

さっと横に飛んだ狗鬼は、間髪を容れずに今度はこちらに飛びかかる。

型も忘れ、夏野は刀を振った。

――速い。

刀をよけた狗鬼は、慄く夏野を見上げて、右足の三本爪で地面を掻いた。

ざりざりと、土のこすれる音が夏野の恐怖を煽る。

怖かった。

死傷した村人たちが、頭をちらついて離れない。

人の骨身はかくも弱い。

あの爪に、あの牙にかかったら、ひとたまりもない――

「なつ！」

蒼太が叫んだ。

狗鬼の注意が蒼太に向いたのを見て、夏野はとっさに地を蹴った。

蒼太に飛びかかろうとした狗鬼が、慌ててその身を翻す。

「なつ！」

「蒼太、逃げろ！」

叫びながら斬り込んだ。討ち取れるとは思っていなかった。蒼太を逃がす時を稼ぐつもりで、夏野は刀を振り回した。

狗鬼が咆哮を上げる。

夏野の抵抗に、あからさまな苛立ちを見せていた。一旦身体を大きく引いたかと思うと、弓矢のような速さで飛んで来た。振り下ろした夏野の刀を鼻先でかわすと、着地しながら身体をひねって再び飛びかかって来る。

「なつ！」

間に入ろうとした蒼太を反対に庇うようにして、夏野は地面に倒れ込んだ。

すれ違いざま、狗鬼の爪が背中をかすった。

着物が、己の肌が、切り裂かれたのが判った。

一緒に倒れた蒼太が、跳ねるようにして立ち上がる。

「蒼太！」

夏野の呼び声に、狗鬼の唸り声が重なった。

前肢を上げて頭を振った狗鬼の足元に、ぽとりと落ちた物がある。

蒼太の眼帯であった。

鍔でできた蒼太の眼帯には、鋭利な刃が仕込まれている。いつの間にか眼帯を外した蒼太が、押し出した仕込み刃を狗鬼に向かって投げつけたのだ。

鍔は狗鬼の右目に命中したようだ。

右目から血を流しながら、残った片目で夏野たちを睨み、狗鬼が咆哮した。

怒り狂った狗鬼は続けざまに襲って来た。

二度かわした。

恐怖が頂点に達した。

――もうおしまいだ。

三度目に狗鬼の爪が目の前に迫った時、夏野は死を覚悟した。

†

もどかしさがなんなのか、蒼太はしばらく判らなかった。

晃瑠を出てすぐ、身が軽くなったのを感じた。五感も一層鋭くなった気がした。

都を護る術から解放されたからである。

街道や道中の町村では、結界の存在は感じたものの、都にいた時のような妖力の束縛は感じなかった。

試しに道端の小石を睨むと、蒼太の思った通りに、ころりと小石は転がった。

額の上に触れてみたが、生えかけの角はそのままだ。指先にはほんの一分ほど突き出た先端が触れるだけである。

空木村で、夏野との再会を喜んだのも束の間だった。

小野沢村に着いた途端、嫌な予感に蒼太は囚われた。

――風上にいたとはいえ、狗鬼に気付かなかったのは、己の落ち度だと蒼太は思った。

地下蔵を襲った狗鬼は、満腹にまどろみ、そのまま朝を迎えたのだろう。

悲鳴を聞いて、夏野は迷わず助けに行こうとした。

生きている。

蒼太もそう思った。

だが、夏野を危険にさらしてまで、見ず知らずの人間を助ける気は毛頭なかった。

己を助けてくれた「きょう」には親愛の情を抱いている。

己の目を通してつながっている「なつの」にも、特別な感情を蒼太は覚えていた。

他にも「かおる」や「せんせい」、「ぐうじさま」、「いおり」など、多少は気に入った人間もいるものの、生来の人嫌いは変わっていない。

地下蔵の人間を犠牲にして、夏野が逃げる時を稼ぐ。

そのことに一瞬たりとも、蒼太は迷わなかった。

そんな蒼太の思惑とは裏腹に、夏野は駆け出して行った。

夏野を止められなかった己の非力が、蒼太には恨めしい。

狗鬼の攻撃は速く、激しく、己に注意を向けることもままならない。

大した念力も使えぬ蒼太の武器は鍔だけである。手早く外して仕込み刃を押し出すと、機を窺って目を狙った。右目にうまく命中したものの、狗鬼の足は止まらなかった。

「なつ！」

狗鬼をかわした夏野の背中には血が滲んでいる。

先ほど己を庇った時に負ったものだと、蒼太は唇を噛んだ。

もっと……何か……

己にできることがある筈だと思うのに、それがなんだか判らない。

もどかしさに苛立ちながら、狗鬼の背中に飛びかかる機を蒼太は狙った。

身体の小さい自分は振り落とされるのが落ちだろうが、少しでも隙ができれば夏野がきっと仕留めてくれる。

襲いかかった狗鬼を、夏野が今一度かわす。

背後に着地した狗鬼はすぐさま身体の向きを変え、夏野が振り向く前にその背中へ足を伸ばした。

振り向いた夏野の目が恐怖に見開く。

——間に合わない！

走りながら蒼太は無意識に首元を探っていた。

指先に触れた柔らかい物を、力任せに引き千切る。

刀をかわした狗鬼の爪が、夏野の喉笛に伸びていく。

——やめろ！

ずくっと、額の上に鈍い痛みが走った。

次の瞬間、狗鬼がのけ反り、その頭が飛ぶのが見えた。

†

ぺたりと、夏野はその場に座り込んだ。

二間（けん）ほど先に、狗鬼の屍が横たわっている。

首は身体から更に二間ほど向こうに転がっていた。

死を覚悟した転瞬、突風に吹かれたかのごとく、眼前に迫った狗鬼の身体がよじれた。

骨が折れる不快な音がしたかと思うと、狗鬼の首が吹っ飛んだ。

返り血が夏野に降りかかった。

ほんの数瞬の出来事だが、ひとときひとときが、克明に夏野の瞳に焼き付いていた。

「な、つ」

蒼太が駆け寄って来る。

頰に伸ばされた手を、とっさに夏野は強く払った。

「あ……すまぬ」

胸が早鐘を打つ。

蒼太の幼い手が、狗鬼の爪と重なって見えた。

そんな筈はないと蒼太を見やると、驚き顔で払われた手を胸に抱いている。

「すまぬ」

今一度繰り返して、夏野は息を整えた。

「少し……驚いただけだ」

そう言って笑いかけようとしたが、うまくいかなかった。

「なつ。……ち」

「ああ」

蒼太に言われて、夏野は袖で顔に飛んだ狗鬼の血を拭った。

「黒川殿！　蒼太！」

家の表側から恭一郎の呼ぶ声が聞こえた。

「きょう」

蒼太が駆け出して行き、恭一郎を連れて戻って来る。

「黒川殿、無事か？」

かがんだ恭一郎が覗き込むように問うた。

安堵に身体が震えた。別れてから半刻も経っていないというのに、もう何日も離れていたような気がした。

ぽろりとこぼれた涙を、夏野は慌てて甲で拭う。

「怪我（けが）はないか？」

「ありませぬ」

「せな、か」

蒼太に言われて、狗鬼に背中を切られたのを思い出した。

「平気です」

「後で伊織に診てもらおう。――立てるか？」

「はい」

恭一郎に支えられて立ち上がると、夏野は刀を仕舞い、身を正した。

恭一郎は、狗鬼の屍を見つめている。

「あれはもしや……蒼太か？」

刀で斬り離された首ではないと、一目で見て取ったようだ。

夏野が頷くと、恭一郎は蒼太の肩を抱いた。

「蒼太。すごいではないか。いつの間にこのような力を身に着けたのだ？」

「しら、ん」

褒め称える恭一郎とは裏腹に、蒼太は浮かない顔でうつむいた。

蒼太……

助けてもらったというのに、何ゆえ私は蒼太を拒むような真似をしてしまったのか……

うつむいた蒼太の横顔を見て、夏野の心も沈んだ。

かたっと小さな音がして、三人は一斉に地下蔵を見やった。

夏野と恭一郎は、無言でそれぞれの柄に手をかけたが、おそるおそる地下蔵から出て来たのは、五歳ほどの女児であった。

息を吐いて柄から手を放すと、夏野は子供の傍らに歩み寄った。子供を抱き上げた夏野を、恭一郎が下がらせる。地下蔵を覗き込むが、生き物の気配は他になかった。

「お……おかあ、ちゃ」

女児がしゃくりあげた。

狗鬼の襲撃の折、母親は女児を連れて地下蔵に逃げ込んだらしい。戸を破った狗鬼は、母親の方を貪り喰った。女児の方は気を失っていたのだろう。母親は無残な亡骸になっていたが、女児の方は無傷であった。

――心の傷を除けば。

このような形で母親を亡くした女児が哀れで、夏野は唇を噛んだ。

「人が来る前に、ちと細工が必要だ。表で待っていてくれ」

「あ……はい。蒼太？」

嗚咽を漏らす女児を抱いたまま、夏野は蒼太を促した。

気付いた女児が、蒼太と目が合った途端、再び火が付いたように泣き出した。

「たすけて！　おかあちゃん、たすけて！　あやかしが……」

夏野の胸に顔をうずめる女児を見て、蒼太は悲しげに目をそらした。

家の前の小道を、数人が走って来る足音が聞こえた。

「黒川殿。先に行ってくれ」

恭一郎に言われて、夏野は女児を抱きしめ表へ急いだ。

第四章
Chapter 4

離れに酒を持ち込んで、恭一郎と伊織は向かい合って座り込んだ。

暮れ六ツも鳴らぬうちだが、夕餉はもう済んでいた。

小野沢村から戻って来たのは、一刻半ほど前のことである。小夜がかいがいしく、風呂と早い夕餉を支度した。

惨劇から三日後の夕刻であった。

出された膳を、恭一郎、伊織の二人は全て平らげたが、蒼太は半分ほど、夏野に至ってはほんの少し箸をつけただけであった。

無理もない、と、男二人は目で頷き合った。

いかに気丈に振る舞っていても、夏野はまだ十八歳の少女だった。去年の東都での事件を除けば、修羅場らしい修羅場を経ておらず、ましてや今少しで命を落とす目に遭ったのだ。食欲を失っているのも当然といえた。

いくつもの修羅場をくぐり抜けてきた恭一郎でさえ、あれほどの死傷者を一度に見たのは初めてだった。

小野沢村の人別帳に記されていた三百九十六人の内、夜までに死した者が七十九人。手足を失うなど重傷を負った者は出血がひどく、恭一郎たちが村を出た時には、死者は百人を超えていて、今後も更に増えると思われる。

「山裾の結界が破られていた」

「そうか」

術師の血を使ったようだ、と伊織は続けた。破られていた箇所に、大量の血痕が見られたというのである。

「誰だかしらぬが、生きてはおるまい」

つぶやくように言って、伊織は手酌で酒を注ぎ足した。

「襲い方も尋常ではない。まったくやりきれぬ」

「ああ」と、相槌を打って、恭一郎も杯を空にした。

村人の話を繋ぎ合わせてみると、村を襲った狗鬼は全部で四匹いたようだ。通常なら人を二人も喰えば腹がくちくなって襲撃が緩まるところを、四匹は夜半から明け方にかけて村人を襲い続けた。

死傷したのは、女子供についで若い男が多かった。狗鬼たちは年寄りには見向きもせず、瑞々しく柔らかい肉を選って貪ったのだ。手足を嚙み千切ったのは身体の自由を奪うためで、食するためではなかったようだ。千切られたほとんどの手足は亡骸の傍で見つかった。

「あのように選り好みするようなやつらではないのだが……妙な知恵をつけたのか、誰かにそう仕向けられたのか」

「――黒川殿が出会ったという金翅か？」

「それが俺にはどうも腑に落ちん。金翅は人嫌いだが人に執着はせぬ。あのように村を襲うなど考えられぬのだ。裏で鴉猿が糸を引いているのではないか」

伊織の言葉に恭一郎は頷いた。

亡き妻・奏枝が山幽だったため、妖魔たちのことなら多少は心得がある。

金翅は気性が荒く短気な分、食べるためにわざわざ人里を襲ったりしない。狗鬼や蜴鬼たちを養ってやる義理もないと、それらを使って人里を襲わせる鴉猿を莫迦にしている節がある。

鴉猿の方は人嫌いというよりも、憎しみを抱いているといっていい。

自分たちよりはるかに劣る人間たちが、安穏とした暮らしをしているのが我慢ならぬと主張している――そう、奏枝に教えられたことがあった。

妖魔の中でも、知恵に長けているといわれるのは山幽、金翅、鴉猿、仄魅の四種だが、この四種に限らず、人肉を好んで欲する妖魔はいないらしい。結界がなかった建国以前ならともかく、野山に食べ物がある限り妖魔が結界に護られている人里に近付く理由はない。

人里への襲撃のほとんどは、人を疎む鴉猿に仕組まれたものであった。

「しかし、そいつが村長を訪ねたことは確かだ」

「うむ」

大柄な女が一人訪ねて来たと、小野沢村の村長はのちに伊織に語った。襲撃の前の日中で、村に十歳くらいの、言葉が不自由な男の貰い子はいないかと訊ねたそうである。村には同じ年頃の男児が四人いたが、どの子も出自がはっきりしている。そう村長が告げると、それでは空木村から何か知らせがないかと訊ねたという。

「だから、その女が黒川殿の会った宮本苑という者——金翅——に間違いない」

苑が訪ねて来たのは朝のうちで、午後には苑が村から出て行ったのを見た者がいた。ゆえに村長も村人も、苑が妖かしだとは思っていない。何か変わったことはなかったかと、伊織に問われたから応えたまでだ。伊織もあえて苑の正体を知らせなかった。話せば、夏野に——更には蒼太にも——あらぬ疑いをかけられるやもしれぬからだ。

苑と襲撃が無縁だとは考え難かった。鴉猿と違って金翅は人に化けるのは得意だが、結界を破る方法には疎い。苑が村に入れたのは、術師か鴉猿の手引きあってのことだろうと、伊織は考えているようだ。手引きしたのが鴉猿なら、その後に村が襲われたのも頷ける。

「十歳くらいの、言葉が不自由な男の貰い子……か」

夏野が察した通り、苑は蒼太を探していると思われた。

「金翅だろうが鴉猿だろうが、蒼太のために、人里まで探り出したのなら厄介だ。このまま次々、村を襲われてはたまらぬ」

「蒼太は渡さぬぞ」

「判っておる。だが、対策を講じねばならん」

「約束したのだ。護ってやると……」

小野沢村で過ごした二日間も、空木村に帰って来た後も、蒼太はどこかふさぎ込んだままである。

もがれた狗鬼の首を見て、滅多なことでは動じぬ恭一郎も流石に驚いたが、蒼太自身も戸惑っているようだ。

女児に「妖かし」だと、泣かれたのもこたえたらしい。

地下蔵から出て来た女児は、蒼太が念力を振るったのを見ていない。

夏野がなだめ、一眠りした後の女児は、蒼太を見ても泣き出したりしなかった。

——怯えていただけだ。蒼太を見て泣いたのではない——

そう、夏野は慰めていたが、子供が泣き出したのはやはり、蒼太を恐れたからだろうと、恭一郎は思っていた。眼帯を外した蒼太の見えない左目は青白く濁っていて、妖かしという本性が察せられるのか、蒼太に怯えを見せる幼子が稀にいるからだ。

夏野が女児を連れて行った後、恭一郎は刀を抜いて手早く狗鬼の首を斬り直した。夏野が斬ったと他の者に思わせるためである。村に残った妖魔の屍は検分される。村人の中には不自然にもげた首に疑問を抱く者も出てくるだろう。用心に越したことはなかった。

体裁を整えて振り返ると、眼帯をかけ直した蒼太が手を差し出した。

——まも、い、うく——

伊織の作った守り袋である。

千切れた紐を結び直してやりながら、恭一郎は、少し縮んだ蒼太の背中を撫でた。

守り袋を身に着けていない蒼太は、もとの姿に戻っていた。

この一年で少しばかり成長したように見えていたのは、あくまで伊織の施した術のまやかしである。蒼太が歳を取らぬことは充分承知している恭一郎だが、己と蒼太の——人と妖魔の——違いを目の当たりにしたようで、一抹の寂しさは否めなかった。

「狗鬼の首を一瞬でもいだと聞いた。お前は見ておらぬが、昨年晃瑠で会った山幽も強い念力を持っていた。その山幽が蒼太に語った話を、お前も聞いたろう？」

「うむ」

事件の後につたない人語で蒼太が語ったところによると、夏野の倒した山幽は蒼太と同じ森の出で、蒼太を次の妖魔の王に仕立てようとしていたらしい。

「あの山幽は、蒼太が黒耀に代わる者だと言ったのだ。黒耀のことは多少文献に記されているが、妖かしどもがこぞって恐れる妖魔の長ともいえる者だ。黒耀に匹敵する力がないことは蒼太自らが認めていたので、俺も話半分に聞いていたが……蒼太の力は、まだまだ途上にあるのかもしれぬな」

「……俺の護りなど不要になるな」

「此度とて、お前の出番はなかったではないか」

「痛いところをついてくれる」

「責めてはおらぬ。四六時中傍にいるなど、母子でも無理な話だ。変えられぬ運命もある。

俺たちはただ最善を尽くすだけだ」

硬い物言いの裏に労り（いたわ）を感じた。

あの場に狗鬼が残っていたとは思いも寄らなかった。恭一郎は千里眼でも予言者でもない、ただの剣士である。もしも夏野や蒼太が殺（や）られていたとしても、己が責めを負うべきことではない。そう、理屈では判っているものの、それで治まらぬのが人の心だ。

奏枝を亡くした時もそうだった。

力を尽くしたが、救えなかった。

どうしようもなかったと思う反面、他に何かやりようがあったのではないかと、恭一郎はいまだ自責の念にかられることがある。

「とにかく、二人が無事でよかった」

黙り込んだ友の心中を察したのか、伊織が酒瓶を掲げた。

「ああ」

頷いて恭一郎は伊織から杯を受けた。伊織も手酌で杯を満たす。

――いずれ、別れる時がくる。

蒼太が離れてゆくか、俺が死ぬか。

そう思うと、ついやるせない笑みが漏れた。

「黒川殿のことだが……」

伊織が切り出すのへ、恭一郎は鬱念（うつねん）を追い払った。

「なんだ？」

「お前と一緒に、晃瑠へ帰そうと思う」

もしもの折に備えて、近隣の町村の結界を今一度確かめておきたいのだと、伊織は言った。そうすると夏野に構っている暇がなくなる。

「黒川殿のことは、晃瑠で懇意にしている者に任せようと思う。お前が連れて帰ってくれれば俺も安心だ」

「それは構わんが、道中寄り道するぞ」

雇い主の榊清兵衛にしばしの暇（いとま）をもらいに行った際、ついでに頼まれたことがある。少し回り道になるが、空木村からはそれほど遠くない恵中（えなか）州の鳴子村（なるこむら）に、届けて欲しい物があると言われたのだ。行きは急いでいたために、帰り道でそれを果たそうと思っていた。

恵中州は晃瑠の北、那岐（なぎ）州の西にあり、国のほぼ真ん中といっていい位置にある。通常、空木村へ行くには通らぬ州だが、州の北東にある鳴子村は、寄っても格別回り道というほどではなかった。

「鳴子村に行くのであったな。俺もそこまでは同行しよう。——その前にあれこれ手配りせねばならぬ。お前たちはしばらくゆるりとしていけ」

「そうだな……いや、そうゆっくりもしておられぬ。奥方様に邪魔者扱いされぬうちに出てゆかねばな」

「お前はどうかしらんが、あれは黒川殿も蒼太も気に入っておる」

「だが、黒川殿も言っておったではないか。奥方様は寂しがっておられるぞ。お前のことだ。黒川殿が来てから、あちらの方は無沙汰をしておろう」

「莫迦を言うな。黒川殿はそのようなことは言わなかった」

「そうか？　奥方様は今宵も一人で待っておられるぞ。せいぜい善処するのだな」

「うるさい」

いつも冷静沈着な伊織が、きまり悪い顔を見せたのが可笑しかった。

悪趣味とは思いつつ、恭一郎は笑いながら、憮然とした友の杯に酒を注ぎ足した。

†

遠慮なくあくびをした蒼太に、「これ」と夏野が小さく咎める。

口を尖らせて、蒼太はそっぽを向いた。

昼過ぎに離れに連れて来られて、もうじき一刻になろうとしていた。

小野沢村から戻って来て以来、出かけることの多くなった伊織だが、今日は外用がないらしく、代わりに蒼太から話を聞きたいというのであった。

山幽の森と仲間――殊に翁について、伊織は知りたがった。

他にも、森を追放されてから襲って来た妖魔たちのことや、都での暮らし、念力や「見抜く力」についても、伊織は飽くことなく次々と問うてくる。

伊織は仕込み眼帯に道中手形、守り袋などを用意してくれた。恩を感じているからこそ応じたものの、伊織とはなかなか話が進まない。

「予知夢や絵を見る時、何か前兆はあるのか？」

「せ、ん？」

「夢や絵が見える前にだな、見えたり感じたりするものが何かあるか？」

伊織の問いを、恭一郎が易しく訊き直す。

「え……く、る。すこ、し、と……い」

立ち上がって、一間先辺りを手で示して見せる。

「特に前兆と言えるものはないようだな。突然、少し離れたところに見えるらしい」

「私の時もそうでした」

恭一郎が言い直したのへ、夏野が付け足した。

「あた……ま、み、る」

「頭に浮かぶこともあるようだ」

一事が万事このように進むので、蒼太はいい加減うんざりしてきた。

手習いに通い始めて随分新しい言葉を覚えたが、まだまだ足りぬのは蒼太自身がよく判っている。言うべき言葉を知っていても、音にするのがまた至難の業である。山幽は仲間内では感応力ともいうべきもので通じ合うことが多く、稀に言葉を交わすことがあっても、人には囁きにしか聞こえぬほど静かな声しか発しない。

十五年もまともに話すことなく生きてきた蒼太には、一音一音、喉から音を絞り出すだけで一苦労であった。

「お前は慣れたものだな。何かこつでもあるのか？」

蒼太の人語を九割方は即座に解する恭一郎に、感心したように伊織が訊ねた。

「さあな。なんとなく判るだけだ。――慣れではないぞ。出会った時からだ。強いていえば、奏枝の角のおかげと思わないでもない」

「……成程」

「信じておらぬな？」

「いや、ありうることだ」

冗談交じりに問うた恭一郎に、存外あっさりと伊織は頷いた。

恭一郎の亡くなった妻が、最期に託したのが自身の角であった。山幽の命ともいえる角を、己が死した後に含んで欲しいと恭一郎に望み、恭一郎はその通りにしたという。

「この世には、俺が思いも寄らぬことがまだたくさんある」

「お前もたまには殊勝なことを言うのだな」

「無駄口を叩くな。話が進まぬではないか」

恭一郎にぴしゃりと言って、伊織は改まって蒼太を見つめた。子供の己にも礼を尽くしてくれているのは判るが、伊織の堅苦しさが蒼太はどうも苦手である。

「――それではな、蒼太」

まだ続くのかと、蒼太が眉根を寄せた時、鈴が鳴った。

「あの……」

表からおずおずした小夜の声がする。

「なんだ？」

「そろそろ蒼太に、その、おやつを……」

「おや、つ」

すっくと立ち上がると、蒼太は戸口まで飛んで行った。

「これ蒼太！」

夏野が止める声が後ろから聞こえたが、構わずに引き戸を開く。

蒼太が見上げると、小夜は目元を緩めて微笑んだ。

「おや、つ」

「ええ。今日は草餅を作ってみましたよ」

後ろに伊織を認めて、小夜は小さく頭を下げた。

「お話の最中にすみません」

「いや、構わん。俺も喉が渇いた。一服しよう。皆の分も茶を淹れてくれぬか？」

「はい、すぐに」

嬉しげに母屋へ向かう小夜の後を、蒼太は追った。

誰の入れ知恵か、毎日おやつを出してくれる小夜に、蒼太は少し慣れてきた。触れようとする手からはことごとく逃げるが、おやつを載せた皿は小夜から直に受け取るようになっていた。小夜の方でも、撫でたり、手を取ったりということはもう諦めたようだ。

たっぷり餡の入った草餅を四つも平らげると、伊織に再び捕まらぬうちに、蒼太は村の「探険」に出た。

†

東都ほどではないが、空木村は蒼太が思ったより広い。点在する民家の間には何反もの水田や畑があり、村人のほとんどが農耕を生業としているせいか、のどかでくつろいだ空気が漂っている。

だが、田舎は都よりも、ずっと見知らぬ者に目ざとい。大人はもとより村の子供たちの好奇の目を避けて、蒼太は森へ足を向けた。

数日前に見つけた森は村の東にあり、ひっそりとしている。

山菜採りにでも入る者がいるのだろう。鬱蒼とした木々をくぐって中へ入ると、そこここにうっすら小道ができている。奥の、ぽっかり空が見えるところまで来ると、近くの木の根元に蒼太は腰を下ろした。

目を閉じて、耳を澄ませる。

穏やかな春の午後であった。

遠くで鳥が羽ばたき、木の葉が揺れる音がする。

虫の微かな羽音。

林の向こうには川がある。微かな飛沫の音さえ聞こえる気がした。

地中の水流。

草木の息吹。

五感の捉える自然の力強さに、都では得られぬ安らぎを感じる。

既視感が、しばらく忘れていた生まれ故郷を蒼太に思い出させた。

しばし和らいだ心は、思いを馳せるうちにやがて沈む。

生まれ故郷は、このような浅い森ではなく、人里離れた、ずっとずっと深い樹海の中にあった。三十人ほどの山幽が、それぞれ木々で作った小屋や木のうろを寝床とし、滅多に森から出ることなく、仲間たちだけで静かに暮らしていた。

蒼太は二親の顔を覚えていない。

母親は野焼きの火にまかれ、父親は術師に囚われて死したと聞かされた。二親を亡くした時にはまだ赤子だった蒼太は、森の仲間に育てられた。

森が養えぬほど仲間を増やしてはならない。それは森を――自然を愛し、奉る、山幽の掟だった。子供を孕むことができるのは、一族から許された者のみ。ゆえに、子供は一族の至宝として大切にされるのが常であった。

その大切な赤子を、おれは……

シダルという名の仲間に嵌められ、飢えた蒼太は耐え切れずに、守りをしていた赤子のカシュタを殺めてしまった。妖力を使い、カシュタの心臓を取り出して食んだのである。

嵌められたとはいえ、賢哲な山幽にとって、同族殺しは大罪だ。

蒼太は生まれ故郷だけでなく、一族全ての森から追放された。

手のひらを見つめていると、カシュタの心臓の感触がふとよみがえって、蒼太は思わず手を握り締めて胸に抱いた。

小野沢村で、蒼太は同じように拳を胸に抱いた。

己の手を払った夏野の怯えた瞳が思い出されて、蒼太はうなだれた。

小野沢村の惨状が頭をちらつく。

――許さない――と夏野は言った。――嬲り殺しではないか――とも。

カシュタの心臓を食んでこのかた、蒼太は肉が食べられなくなった。無理をして飲み込んでも、身体がすぐに吐き出してしまう。

森では時折、鳥や兎などの肉を口にすることがあったものの、山幽が人肉を食べたという話は見たことも聞いたこともない。

――デュシャは、あのような妖魔とはちがう。

デュシャとは、一族を表す山幽の言葉だ。子供でも、追放された身でも、蒼太は己がデュシャ――山幽――であることに誇りを感じていた。

デュシャなら、けしてあのように人を傷つけたりしない。

死屍累々とした村の有様に、狗鬼を手引きしたと思われる鴉猿を蒼太は軽蔑した。

でも、おれは……

人肉どころか、仲間を殺して食んだ己が、横たわった狗鬼の屍に重なって見えた。

蒼太の念力に首をもぎ取られた狗鬼が、最期に蒼太を見やったのを夏野は知らぬ。

微かに喘いでこと切れた狗鬼の瞳からは、すぐに光が失われ、蒼太は目をそらした。

裏切り者。

そう言われた気がした。

首に懸けられた紫葵玉のおかげで、追放されてから散々、他の妖魔に追われ続けた蒼太である。追手には明らかな殺意を持って襲ってくるものがたくさんいた。死を覚悟するほどの深手を負わされたこともある。

殺意を持って向かってくるものに手加減するような慈悲を、蒼太は持たぬ。

それらのものを殺めることがなかったのは、ひとえに己が非力だったからだ。黒耀によって角を落とされた蒼太には、妖力でやり返すことができなかった。

恭一郎に助け出されて角を取り戻したのち、蒼太は盗人の頭を一人殺している。

後悔の念はなかった。己を一月にわたって牢に閉じ込め、痛めつけた者である。当然の報復であった。

あいつだって、おれを殺そうとした……

夏野だけでなく、狗鬼は蒼太にも牙を剝いた。返り討ちにしたからといって、咎められる筋合いはない。

しかし、己の中に満ちている、後悔とはまた違う重苦しい感情を持て余して、蒼太は唇を噛んだ。

裏切り者と呼ばれたような気がしたのは、己がそう思ったからに他ならぬ。

自身を護るためではなく、夏野を——人間を護るために妖魔を殺した。

同じ、妖魔の自分が。

山幽は、見た目も知能も、狗鬼よりも人に近い。

それでも蒼太は、己が人とではなく、狗鬼と同種の妖魔なのだと知っていた。

ふいに寄る辺なさがこみ上げて、胸に手を抱いたまま、祈るように蒼太は身体を丸めた。

——すごいではないか——

狗鬼を倒した蒼太を、恭一郎はそう言って褒め称えた。

夏野を護ることができた喜びは、夏野に手を払われて吹き飛んだ。いつもなら嬉しい筈の恭一郎の賞賛は、言いようのない不安となって胸の内に巣食った。

恭一郎が護ってくれると言ったのは、非力な自分だった。

あれだけの力を発揮した自分を、これ以上庇護するいわれは恭一郎にはない。

「なつの」はおれに怯えていた。

「きょう」だって、もしもあのような力を目の当たりにしたら……

——歳を取らない妖魔の子など、人間の方で放り出してしまうさ——

もういないシダルの言葉が、今になって胸に突き刺さる。

守り袋をつけて、人の振りをしていても、己は妖魔だ。

千年以上も人を疎み、人から疎まれてきた異種なのだった。

懐に手を入れ、胸に触れていた手鏡を蒼太は取り出した。

　眼帯や守り袋と共に、蒼太が常に身に着けているそれは恭一郎の亡き妻・奏枝の形見で、時として他の者には見えない絵を蒼太に見せる。

　人に殺されるまで、奏枝は恭一郎と四年という月日を過ごした。同じ山幽として、鏡に残る奏枝の想(おも)いが、多少なりとも己を慰めてくれぬものかと覗(のぞ)き込んだ蒼太だが、映るのは鬱屈した己の面(つら)のみである。

　見限られたような失望を覚えて、蒼太は鏡を裏返した。

　次の瞬間、ずくっと、額の上に鈍い痛みを感じて、鏡を握ったまま蒼太は思わず目を閉じた。

　脳裏に走る黒い影。

　狙(ねら)っている。

　何を……誰を……?

　見極めようと気を集めた途端、飛び散った赤いものが「絵」を塗りつぶした。

　血。

　鮮血がみるみる黒ずんで、やがて全てが真っ黒になる。

　一体誰の——?

　晃瑠で察した夏野の危機は、小野沢村で既に拭(ぬぐ)われていた。

　では、たった今見えたのはなんだったのか。

　去ったばかりの不安が、再び蒼太を駆り立てる。

†

呼び声を聞いて、渋谷佐一は手を止めて土間へ下りた。

開いた引き戸の向こうには、柴田多紀が申し訳なさそうに立っていた。

「すみません。お帰りになったばかりのところを……」

「いや、それは構わんが——どこか悪いのか？」

渋谷は医者である。

恵中州鳴子村に住む渋谷は、先だって妖魔に襲撃された小野沢村に助っ人として出向き、半刻ほど前に鳴子村に戻って来たばかりであった。

「いえ。その……鉤蔓を分けていただきたいのです」

鎮静、鎮痛に使われる薬草である。

「あなたなら構わないが……」

使い方を間違えれば命の危険もある。素人には渡せぬ薬草だが、多紀は術師で多少は医術の心得もあった。

「佐吉かね？」

「ええ……」

息子の佐吉のことを、多紀はあまり話したがらない。そのことを承知している渋谷は、頷いただけで深く問うのを諦めた。これまでも幾度か多紀は、佐吉のためと言って、痛み止めを求めて渋谷を訪ねて来たことがあった。

「急ぎかね？」

「いえ」

「茶でも飲もうと思っていたところだ。一杯だけ、付き合ってくれないか？」

「――ありがとう存じます」

やもめ暮らしになって既に十年であった。来年には四十路になる。妻がいた頃は縦のものを横にもしなかった渋谷だが、十年も経てば家事にも慣れる。

湯は既に沸いていた。

手際よく二人分の茶を淹れ、茶碗の一つを多紀に勧めた。頭を下げて、多紀は茶碗を手に取った。

安物の茶だが、慣れた匂いにほっとする。

この十日ほどは、気の抜けない、張り詰めた毎日であった。

「……小野沢はいかがでしたか？」

遠慮がちに多紀が訊ねた。

「いや……ひどいものだった」

多紀が気分を害さぬように詳しい話は避けたが、死傷者の数を聞いただけで、多紀には小野沢村を襲った悲劇が想像できたようだ。

渋谷がいた十日間、毎日のように誰かが死んだ。発狂した者も二人いた。内一人は七日目に、首をつって自ら命を絶った。

夕刻までには、神里から来た理術師が村を囲む結界を確かめたと皆に告げたが、初めの数日は不安で眠れぬ者が大勢いて、渋谷もその一人であった。近隣の町村から集まって来た侃士たちも、交代で夜警として村を回った。

「空木村から一人、若い……元都師だという人が来ておった」

「都師ですか」

「元、だ。筧さんというのだが、多才な人でな。侃士号を持っているだけでなく、医術の心得もある。筧さんがいろいろ差配してくれたので、私も随分助かった」

「それはようございました」

微笑む多紀に、渋谷も口元を緩めた。

多紀が佐吉を連れて鳴子村にやってきたのは、三年ほど前のことである。

村外れの空き家を借り受け、通いの按摩として暮らしを立て始めた。渋谷も常客として名を連ねているが、気を読むのがうまいというか、痛むところを的確に探し出し、ほどよい力でほぐしていく多紀の評判は良い。

ただ、過去を語らぬ頑なさと、村の者にはない礼儀正しさに、村の女たちは多紀を煙たがり、男たちは好奇の目を向けているような節があった。多紀が術師だということは、渋谷の他、村で知る者はいない筈である。

三十代のやもめの多紀に、渋谷は真摯な好意を抱いていた。

長い髪を無造作にまとめた多紀には、当人がいくら隠そうとしても、寡婦の色香が漂っている。そのため、初めのうちはよからぬことをたくらむ男も少なくなかった。それが半年ほどで収まったのは、一つは多紀が自衛に秀でていたこと、また一つは渋谷が不埒な男たちを牽制したことによる。

医者の渋谷は村にとって大切な存在だ。早々に渋谷の想いを察した村人は、多紀を遠巻きにしつつも、どこか特別扱いするようになった。

こういった状況を多紀は好都合としているようだ。渋谷の想いにも気付いているようである。だが、感謝の素振りは見せても、それ以上の気持ちを多紀は示さない。

生来、真面目な渋谷は、女をあまり知らない。

幾度かそれらしいことを口にしてみたものの、多紀にははぐらかされてばかりで、二人の間は今のところ一向に縮まる気配がなかった。

ゆっくりと茶を含みながら、茶菓子の用意がなかったことを渋谷は悔いた。

「その筧さんと共に来た侃士が二人いたのだが」

多紀と少しでも長くいたいと、渋谷は話を続けた。

「驚いたよ。一人は晃瑠から来たという男で、背が高く、垢抜けた男振りで……」

待てよ。

はたとして渋谷は思い直した。

先ほどから私は、他の男を褒めてばかりではないか。

「ええと……それでもう一人がだな、なんと十八の女子で……」

軽く目を見張った多紀に、渋谷は焦ってしまった。

私は何ゆえ、若い女子の話など……

「いやそれが、男と見紛うような女子で、村の地下蔵に残っていた狗鬼を一人で討ち取ったのだ。男勝りとはこのことよ」

実際に間近でみた少女は、女の格好であれば引く手数多になろうという初々しさを秘めていたのだが、それを多紀に語る必要はない。

「女子が狗鬼を一人で？　侃士だけありますね」

多紀は素直に感心しているようだった。

「ああ。それからやはり、筧さんが連れて来た子供がおってな。晃瑠から来た男の連れらしいが、佐吉と同じ年の頃で」

「子供を連れて来たんですか？」

女子から話をそらしたつもりだったが、眉をひそめた多紀に渋谷は己の口を呪った。

「そんな……妖魔がまだいるかもしれないところへ……村はさぞ、むごたらしい有様だったでしょうに……」

「それが」と、なだめるように渋谷は言った。「昔の佐吉よりも、ずっと言葉が不自由なのだ。人見知りも激しくてな。空木に一人残るのを泣いて嫌がったと聞いた」

少しばかり話を誇張して渋谷は続けた。

多紀の息子の佐吉は、今年十歳になった。

今でこそ、そこらの子供と変わらぬ佐吉だが、越してきた当初は片言しか話さず、また、母親以外の者になかなか打ち解けようとしなかった。

「佐吉も、初めのうちは随分人見知りだったではないか。その子供を見て、私はその、佐吉と……あなたを思い出したのだ」

「そうでしたか……」

うまいこと話をつなげられたと思ったのも束の間、多紀は浮かない顔のままである。

それから話が弾むことはなく、茶を飲み干した多紀は丁寧に礼を言って帰って行った。

残された渋谷は仕方なく、溜息をつきながら旅の荷物を解き始めた。

†

林を出てとぼとぼ歩いているうちに、蒼太はいつの間にか赤間道場の近くまで来ていた。

威勢のいいかけ声に、晃瑠の馨と柿崎を思い出す。

柿崎道場と違って、庭は広く垣根は低いが、形ばかりの門は少し傾いている。裏手に回ると、ひょいと垣根の上に飛び上がり、足音も立てずに蒼太は内側へ飛び降りた。

そろりと壁に近寄ると、二寸ほど裂けた板目から道場を覗く。

八人が壁際に寄って、真ん中にいる二人を見つめている。

二人の内、一人は夏野であった。どうやら己が逃げた後、稽古に出向いて来たらしい。

もう一人は小夜の弟・良明だ。

良明は、蒼太たちが空木村に戻って来た二日後に、ふさぎ込んでいた夏野を迎えに来た。

――よい気晴らしになるやもしれぬ――

そう言って夏野は良明と出かけて行ったが、食が進まずに、弱っていた夏野を間近で見ていた蒼太は、こんな時に稽古に誘った良明に腹が立った。

良明は背格好は夏野と同じくらい。歳は十五歳だと聞いた。

己と変わらぬ歳である。

おれも、本当ならあれくらいに……

良明の歳を聞いた時、思わず我が身を見下ろして切なくなった。

十歳の時にカシュタの心臓を食んだ蒼太は、一生――死ぬまで十歳の姿である。

大事がなければ、妖魔の一生とは悠久の時を意味する。

これからどれだけの時が経とうが、あのように己が夏野と肩を並べることはない。

――お前なんか、打たれてしまえ。

八つ当たりに似た蒼太の願いは、時を待たずして叶えられた。

夏野は良明の上段からの竹刀を受け、そのまま下ろした竹刀をすくい上げるようにして胴に決めた。

「一本！」

師範らしき男の声がして、蒼太は一人悦に入った。

ざまを見ろ。

お前のような「へなちょこ」にやられる「なつの」ではないのだ。

東都で馨が門人に言った言葉を思い出して、蒼太は良明を睨(にら)みつけた。

夏野は更に続けて二本を良明から奪い、その後に相手した二人の男からも一本も取らせなかった。

線は細いが、夏野の引き締まった身体は力強い輝きを放っている。

男たちに交じって、凛(りん)として竹刀を構える夏野が、蒼太は誇らしかった。

やがて稽古が終わり、門人たちが帰り支度を始めたのを見て取って、蒼太も壁から顔を離した。

「鷺沢(さぎさわ)殿は……」

恭一郎の名を耳にして、蒼太は踵(きびす)を返して再び中を覗いた。

置いていた剣を腰に差す夏野に、良明が話しかけている。

「今日もいらっしゃいませんでしたね」

「鷺沢殿は、筧殿の手伝いをされている。お忙しいのだ」

「そうですか、義兄上(あにうえ)の……残念ですね」

「うむ。私も手合わせをお願いしているのだが、なかなか叶わぬ」

「手合わせされたことはないのですか？」

「まだ一度も」

夏野が応えるのを聞いて、良明がくすりとした気がした。

「名高い剣士だとお聞きしていますが――本当のところは、そうでもないのではありませんか？」

「なんだと？」

「きっと、黒川殿に負けるのが嫌なのでしょう」

莫迦者め！　と、蒼太は歯嚙みした。

お前なんかより、「きょう」はずっとずっと強いんだ！

「なつの」だって「きょう」には敵わない――

蒼太の思いに呼応するように、唖然としていた夏野が口を開いた。

「戯言が過ぎるぞ、良明殿！　鷺沢殿は私など遥かに及ばぬほどお強い。鷺沢殿を侮辱するのは私が許さぬ」

「黒川殿、私は、その……」

夏野に怒鳴られて、良明はうろたえて肩を落とした。

夏野の勢いに、蒼太は溜飲を下げた。

――莫迦なやつめ……

思わずほくそ笑んだ蒼太の横から声がした。

「おいお前、どこの子だ？」

先ほどの、師範と思しき男だった。

「先生、何か?」

夏野が言うのを聞いて、蒼太は男をじっと見た。

風采の上がらない中年男である。腹こそ出ていないものの、晃瑠の柿崎とはまったく器が違う。柿崎どころか馨や夏野にさえも、簡単に打ち込まれてしまうように思えた。

「せん、せ?」

「蒼太ではないか」

夏野が裏手に顔を出したのを見て、蒼太は駆け出した。

「蒼太! 待て!」

咎められはしないと判っていた。

ただ、ばつが悪くて、夏野と顔を合わせたくなかった。

†

蒼太を追って走り出したものの、夏野はあっという間に引き離された。

山幽は「日に百里を駆ける」といわれているだけあって、本気で走る蒼太にはとても追いつけぬ。

家の方へ駆けて行ったのであればよかった。だが、どこへ行くのか、家とは違う方向へ走り去った蒼太を、放ってはおけぬと、夏野は探し歩いた。

立ち止まっては目を閉じて、深く呼吸をしながら左目に気を集める。

そうして目を開くと、常人には見えぬ青白い軌跡が、夏野を蒼太へ導くのだった。

軌跡はぐるりと遠回りして、伊織の家からさほど離れていない雑木林へと続いていたが、家に戻ってはいなかった。蒼太を追って、夏野は小道へ足を踏み入れた。
林の中に流れる幅一間ほどの小川の傍に、蒼太はしゃがみ込んでいた。

「蒼太」

努めて穏やかに声をかけると、蒼太は物憂(ものう)げに夏野を見上げたが、再び逃げようとはしなかった。

「蒼太」

もう一度声をかけて、蒼太の隣りへ腰を下ろす。

「道場へ来ていたのだな」

こくっと、夏野の方を見ずに蒼太は小さく頷いた。

「私が良明殿を打ち取ったのを見たか？」

もう一度頷くと、蒼太はやっと夏野の方を向いた。

「きょう……つ、よい」

良明とのやり取りを聞いていたのだと思い当たり、夏野は微笑んだ。

「ああ。鷺沢殿は、あの由岐彦(ゆきひこ)殿が安良(やすら)一と太鼓判を押したお方だ。良明殿はまだ子供ゆえ、あのような戯言を口にしたのだ。鷺沢殿がいらしたら――あの方の剣を見たら――さぞ驚くことだろう」

嬉しさを滲(にじ)ませ、蒼太が口の端を上げる。

この子は、本当に鷺沢殿を慕っている……

大人げなかったと、怒鳴りつけたことはすぐに反省したが、良明に言ったことは本心であった。蒼太も同じ気持ちだったのだと知って、夏野も何やら嬉しくなる。

「ゆ、きい……こ？」

「由岐彦殿というのは、東都におられる私の兄上のご友人だ。私の故郷、氷頭（ひず）で一、二を争う剣士といわれている。昨年に続いて、今年も御前仕合に出られた凄腕だ。その由岐彦殿でさえ、鷺沢殿には敵わぬと言っておられるのだぞ」

東都では柿崎道場に入門するつもりである。恭一郎の傍で稽古ができるのが、今から楽しみで仕方ない。

「類稀（たぐいまれ）なる才を持っていると、かけ——樋口様も仰（おっしゃ）っていた」

「い、お」

「そうだ。樋口伊織様だ。あの方は嘘（うそ）をつかぬぞ」

「ん」

蒼太の気持ちがほぐれたのを見て取って、言うなら今だと夏野は思った。

小野沢村の出来事からずっと、言わねばならぬとわだかまっていたことがある。

「蒼太」

「ん？」

「その……小野沢でのことだが」

夏野を見つめる鳶色の瞳が曇った。

「すまなかった」

己の無事を喜んだ蒼太を、一瞬にして傷付けてしまった。驚いた蒼太の顔を思い出す度に苦い思いが心に満ちた。

「驚いてしまっただけだ。死を覚悟した後だったゆえ……」

いや違う、と、夏野は己を諫めた。

自分は、怖かったのだ。

口ばかりの誤魔化しなど、蒼太には通用しない。

――今、嘘をついてはならぬ。

「いや、蒼太。私は……本当は怖かった。あのような強い念力を間近で見て、狗鬼とお前が重なって見えた……」

蒼太の顔が歪んだ。

「だがそれは、ほんのひとときのことなのだ。お前が狗鬼のような妖魔とは違うのを、私はちゃんと知っている」

ふるっと、蒼太は小さく頭を振った。

「おれ……おな、し。こ……き、と」

胸を突かれた。

うつむいて膝を抱えた蒼太の背に、手を伸ばそうとしてできなかった。

いつにも増して小さく見える蒼太は、触れたら壊れてしまいそうに儚(はかな)い。

膝を抱えた細腕が微かに震えているのを見て、夏野の方が涙ぐみそうになる。

左目が熱い。

蒼太の苦悩が、悲しみが、じわりと流れ込んでくる。

蒼太も怖いのだ。

突然、あのような力を得た己が。

悲しいのだ。

遅かれ早かれ、訪れる別れが――

「蒼太」

今度は躊躇(ためら)わなかった。

そっと震える腕に触れた。蒼太はじっとしたままだ。

幼い腕は、夏野の指先よりずっと温かかった。

その温かさは人の子供と、なんら変わらぬ。

「蒼太……樋口様が仰っていた。人も妖魔も、基(もと)は同じなのだと」

ぴくっと蒼太の腕が動いた。

「私にはまだしかとは解せぬ話だが、無学な私にも判っていることがある。人に良い者と悪い者がいるように、妖魔にも良いものと悪いものがいるということだ。少なくともこのことにおいては、人と妖魔は同じなのだと私は得心している。……私の言っていることが判るか？」

うつむいたまま蒼太は微かに頷いた。

「……鷺沢殿のことは案ずるな」

驚いて見上げた蒼太に、夏野は精一杯の笑みを見せた。

「蒼太と鷺沢殿はもう家族ではないか。家族の絆は、血でも、力でもないぞ。私と兄上は腹違いということになっておるが、実は従兄妹なのだ。兄上は学問は学者並みだが、剣術は今一つでな。随分昔に侃士号は賜ったものの、その後は稽古を怠けてばかりおるゆえ、今では私の方が兄上よりずっと強い」

全ての言葉は解しておらぬだろうが、話は通じているようである。

「私は兄を平気で打ち負かすような妹だが、兄上は変わらず、私を大事にしてくださっている。私が侃士になった時も、母上より喜んで祝ってくださった。それに、兄上より強くなったからといって、私はけして兄上を侮ってはおらぬ。私は兄上を尊敬している。兄上は、兄上にしかできぬやり方で、私と母上を護ってくれているのだ……」

腕から手を放し、そろりと小さな肩に回した。

嫌がる様子は見せずに、蒼太はじっと夏野を見つめている。

「蒼太の力はまだ定まっておらぬ筈だと、樋口様が仰っていた。うまく操れるようになるには、まだしばらくの時と鍛練が必要ではないかと。違っておるか？」

しばし考え込んで、蒼太は頭を振った。だが、不安な顔はそのままである。

蒼太の考えていることが、夏野には手に取るように判った。肩に回した手に力を込めて、夏野は続けた。

「いずれ力を操れるようになったとしても、お前が恐れているようなことは起こらぬ。鷺沢殿は、お前を護ってやると約束されたのだろう？　あの方は自ら言い出した約束を違えるお方ではない。鷺沢殿はお前を放り出したりはせぬ。蒼太がどれだけ強くなろうと、鷺沢殿は鷺沢殿のやり方で、お前を護ってくれる。私の――兄上のように」

「おれ……」

「それに、強くなることはけして悪いことではないぞ。いつかお前のその力が、鷺沢殿を助ける日がくるやもしれぬではないか。此度、私を助けてくれたように……」

蒼太だけでなく、己にも言えることであった。

小野沢村への助っ人にこだわったのは、侃士としての誇りと、家の名誉を思ったからだ。己の――黒川家の恥はそのまま、州司である兄・卯月義忠の恥になる。己と母親に尽くしてくれる兄にできる数少ない恩返しが、武家の誇りを護ることであった。万一、目の前で兄に危険が及んだ時は、己の命に代えても兄を護る覚悟が夏野にはある。

死を恐れてはならぬ。

妖魔狩りに呼集される度に、そう自分に言い聞かせてきた。

だがこのところ私は、眼前に見た死に怯えてばかりいた……

遅まきながら、助かった喜びを夏野は感じた。

蒼太に助けてもらった命だ。無駄にはすまい。いくら覚悟があろうとて、懸けるべき命がないのでは話にならぬ……

「蒼太。お前は私の恩人だ。改めて礼を言う」

夏野が言うと、蒼太はようやく噛み締めていた口元を緩めた。

「あい、こ」

昨年、シダルという山幽に囚われた蒼太を、夏野が助けたことを言っているのである。

「蒼太」

思わず笑みがこぼれて、夏野は蒼太の肩を抱き寄せた。

うつむいたまま、蒼太はなすがままに夏野にもたれる。

張り詰めていた蒼太の身がくつろいでいくのを感じて、夏野は更に嬉しくなった。

夏野が知る限り、恭一郎の他に、蒼太はこのように気を許すことがない。

一つの命が己の腕の中にあった。

妖かしの、だが己と同じく、この世に二つとない命だった。

温かい……

木々の中に漂う清涼な空気を吸い込み、ゆっくりと吐き出す。

滔々(とうとう)と流れて行く小川の水が、いつもよりずっと透き通って見えた。

村の結界の一部を担っている小川である。

「……戻ろう」

こくっと、腕の中で蒼太が頷く。

身体を離して立ち上がると、夏野は小川を指差して言った。

「この小川にはな、結界が施されておるのだ。先日、樋口様に教えていただいた。ほら、そこに印の楔が見えるだろう」

村人が誤って外に出ないように、村の結界にはところどころに、目印となる楔が打ち込まれていた。

「目を凝らして見よ、と、樋口様は仰ったが、私には結界なぞさっぱり見えぬ。付け焼刃ゆえ致し方ないが、術とはまこと、奥が深い……」

恭一郎と蒼太と共に、東都へ行くように伊織から告げられていた。二人と同行できるのは嬉しいが、少しずつ術のなんたるかが判りかけてきた夏野には、今、伊織のもとを離れるのは心残りであった。代わりとなる者を手配すると伊織は言っていたものの、伊織に勝る師はいないだろう。

——と、蒼太が夏野の手を取った。

「蒼太？」

きゅっと握る手に力を込めて、反対側の手で小川を示す。

何があるのかと目を凝らした夏野は、左目にざわっとした不快感を覚えて顔をしかめた。

澄んだ川底に、黒い糸のようなものが浮かび上がったかと思うと、みるみるうちに太くなる。帯となった黒いものから、今度は上に向かって壁が伸びた。壁を追って見上げた空も、いまや夜のごとく暗い。

「これは……」

結界であった。

蒼太が頷くのを見て、夏野は壁を見つめた。

墨色の壁だが、かろうじて向こう岸が見えるほどには透けている。

よく見ると壁は細かな――夏野の知らぬ文字のようなもので形を成していた。

空いている手で、蒼太は首から守り袋を取り出して外すと、夏野に差し出した。訳が判らぬままに夏野が受け取ると、数瞬ののち、蒼太の顔が僅(わず)かにあどけなくなった。

元来の姿に戻ったのだ。

小野沢村では気が動転していて気付かなかったが、こうして目の当たりにすると、伊織の術に感嘆せざるを得ない。

呆然(ぼうぜん)としている夏野を、ぐいっと蒼太の手が引いた。

川へ――壁へ向かって行こうとするのである。

「蒼太。駄目だ」

左目が騒ぎ続けている。薄気味悪さに、夏野は蒼太を止めようとした。

腰が引けた夏野を見上げて、蒼太が口を開く。

「たい、じ、な、い」

「蒼太！」

思ったより強い蒼太の手に引かれて、夏野は川へ足を踏み入れた。前を行く蒼太の身体がするりと壁の中に入って行ったのを見て、慌てて後に続く。

壁を抜ける時、左目になんともいえぬおぞましさが走った。

外に出て改めて眺めた結界の壁は、内側から見た時よりもずっと禍々しい。墨色は漆黒に変化していて、内側がまったく見えぬ。

壁の向こうには村がある筈なのに、闇と化した壁からは死の気配が感ぜられるのみである。もう一度壁を越えるなど、とても考えられなかった。

――足を踏み入れた途端に息の根が止まる。

そう、本能が警鐘を鳴らしていた。

慄然として立ち尽くした夏野に、蒼太が手を差し出した。

「まも、い、うく」

「ああ」

蒼太の手を放し、守り袋を首にかけてやる。涙が滲むごとく、目の前の蒼太の姿が揺らいだと思うと、見慣れた、少しばかり大きくなった蒼太になった。またしても目を見張った夏野だが、振り向いて更に驚いた。

壁が消えていた。

ひょいと蒼太は踵を返し、じゃぶじゃぶと渡って来たばかりの小川を戻って行く。

「これ、蒼太」

蒼太の身を案じてというよりも、一人置いて行かれる恐怖に夏野は蒼太を追った。

呆気なく、もといた場所に戻って来ると、夏野は改めて小川を見やった。

じっと川面を見つめると、左目にのみだが、蒼太と手をつないでいなくても、川底にうっすら黒い糸が浮かぶ。

あれが、結界……

膝を折って、夏野は蒼太を正面から見た。

「見せてくれたのだな?」

笑いかけた夏野に、何やら恥ずかしげに蒼太は頷いた。

「すごいぞ、蒼太。礼を言うぞ!」

思わず抱きしめると、蒼太は今度はじたばたと抗った。

「すまぬ。嬉しくて、つい」

仄かに染めた頬をぷっと膨らませているが、本気で怒っている様子ではない。

「かえ……る」

「うむ」

「め……し」

「私も腹ぺこだ」

姉弟のように並んで家路を戻った。

家の前まで来ると、外にいた恭一郎を見つけて蒼太が駆け出す。

「きょう」

「遅かったではないか。六ツはとうに鳴ったぞ。夕餉がすっかり冷めてしまった」

「すみませぬ」

追いついた夏野が頭を下げると、恭一郎がくすりとした。

「二人で仲良く泥んこ遊びか？」

「ち、違います」

川に入った後に林を歩いた足が泥だらけであった。蒼太なぞは足だけでなく、着物の裾や袂（たもと）にまで泥をつけている。

「お帰りなさいませ……まあ！」

声を聞きつけて出てきた小夜も、驚いて口に手をやった。

「井戸で流して来るのだな。そのようななりでは家には上げられん」

蒼太の方を向いて言った言葉だが、二人合わせて子供扱いされたような気がした。

頬が熱くなるのを感じながら、夏野は急ぎ蒼太を促して井戸へ向かった。

†

夕餉の後、離れで結界が見えたことを報告すると、伊織は喜ばしそうに頷いた。

「それはすごい収穫だ」

「ええ。蒼太のおかげです」

「うむ。蒼太、俺からも礼を言う」

伊織が謝意を表すと、蒼太はくすぐったそうに恭一郎を見た。

「よくやった」

恭一郎の大きな手に頭を撫でられて、蒼太がはにかむ。

「黒川殿が、空木を去る前に見せたいものがある」

伊織からそう言われて、夏野は翌日、菅原完二(すがわらかんじ)を訪ねることになった。恭一郎と蒼太も一緒である。

夫が実方を訪ねるというのに、小夜は一人で家に残る。しかし、先だってのように寂しげな顔はしなかった。

「父にこれを」

「うむ」

伊織に土産を言付けて、蒼太の前に小夜はかがみ込んだ。

「火傷をしないよう、気を付けるのですよ」

「ん」

蒼太が妖かしだと、今では小夜も知っている。

小野沢村から帰ってしばらくして、伊織から打ち明けられたそうである。

†

「夏野様に叱(しか)られたと」

「私は、そんな」

「……正直に申しまして、蒼太のことは驚きました。その、蒼太が妖かしだということだけでなく、あのような妖かしがいるということにも驚いたのです。妖かしとはただ恐ろしいものだと、私はずっと思い込んでいました」

そう言って微笑んだ小夜を見て、敬慕の念が湧いた。

蒼太が妖魔だと知っても、小夜は変わらずに接している。驚いたと言いつつも、少なくとも蒼太の前ではそのような素振りは少しも見せていない。この方ならと思ってはいたものの、己はどこか小夜を侮っていたのではないかと夏野は省察した。

蒼太の目を取り込んでしまったからこそ、己が蒼太を信じることは易しかった。もしも己が小夜の立場だったら、いくら夫に諭されたとはいえ、こうも容易に蒼太を受け入れることができただろうか？

この方は私が思っていたよりも、ずっとしなやかで大きな器をお持ちだ……

小夜の頼もしさに、つい顔がほころんだ。そんな夏野に小夜は小さく頭を下げた。

「夏野様には感謝しております る」

「いえ、礼を言うのは私の方です」

「学のない私には、術のことはよく判りません。ゆえにこれまで、伊織様――夫が、勤めのことを話してくれなくても致し方ないと思っておりました。それが此度、蒼太のことと合わせてあれこれ語ってくださり……私は、本当に嬉しかったのです」

面映げに夏野を見つめて、小夜は続けた。

「私は……夏野様が羨ましゅうございました。いえ、今でも少し……」

「小夜殿……」

女心に乏しい夏野だが、小夜の羨望が色恋沙汰からではないことはすぐに判った。

「夏野様と違って、私には術を学ぶような才はありません。ですが、代わりにこれから手の空いた時に、少しずつ漢字を教えてくださるそうです。私はその、蒼太と同じで、仮名しか読めませんから……」

苦笑を浮かべた小夜は、字を教わることよりも、伊織と過ごす時が増えることが嬉しそうであった。

「小夜殿は、樋口様が奥方に選んだお方です」

己を卑下することはない。もっと、ご自身を信じて欲しい――

そう願って言葉少なに夏野は言った。

「ええ」と、小夜はにっこりした。「人では、私を誰よりも好いていると仰ってくださいました」

あからさまなのろけを聞かされ面食らった夏野だが、すぐに気付いて問い質した。

「人では……？」

「はい。夫がこの世で一番重んじているのは、真理……つまり、学問だと仰いました」

「そ、そんなことを？」

何ゆえそのようなことを。

小夜殿に失礼極まりないではないか。

そう立腹したものの、伊織の心情も判らぬでもない。

人よりも真理を求めてこその理一位であった。そもそも、妻に隠し事はよくないと、伊織に言ったのは自分である。

それにしても、なんと融通の利かぬ……

己のことは棚に上げて、夏野は憮然とした。そんな夏野の心情を察したのか、小夜はくすくすと笑って言った。

「私には、それで充分でございます」

†

蒼太の顔がこわばるのを見て、恭一郎は首を傾げた。

鍛冶屋・菅原完二の家は、伊織の家から半里ほど離れた丘の麓にある。畑に囲まれた開けた場所に、一軒だけぽつんと建っている家屋の隣りで、途切れぬ煙が細く立つ小屋が完二の仕事場だった。

小屋に近付くにつれて、鍛冶屋特有の槌音が冴えてくる。

槌音が途切れるまで小屋の外でしばし待ち、折を見計らって伊織が声をかけた。

応えた完二が姿を現すと、蒼太はさっと恭一郎の後ろに隠れた。

開いた戸口から熱気が流れてくる。無骨に手拭いで汗を拭った完二は、職人らしい鋭い眼光で客を一舐めしてから慇懃に頭を下げた。

村に一人しかいない鍛冶職人で、鍬や鎌などの農具はもちろん、刃物一式から五徳や燭台などあらゆるものを請け負っている完二は、刀工でもあった。

その昔、遊び心で始めた鍛刀にのめり込み、刀工としても少しずつ名が広まりつつある完二の刀は、他州からわざわざ買い求めに訪れる者もあるという。鍛冶をこなしながらの鍛刀ゆえに打てる刀は年に数本だが、どれも渾身の作であると、恭一郎は伊織から聞いていた。

「むさくるしいところですが……」

挨拶を交わし、完二に招き入れられ仕事場の中に入ったものの、蒼太は恭一郎の後ろでうつむいたままだ。

人見知りな蒼太だが、ここまで硬くなるのは珍しい。

一人で切り盛りしているだけあって、炉はさほど大きくない。燃え盛る炎に怯えているとも思えなかった。

五人入るとやや窮屈な小屋の壁には、様々な道具がずらりとかけ並べてあり、炭と鉄の匂いがこもっている。夏野は興味深げに辺りを見回しているが、恭一郎には見知った鍛冶屋の仕事場だ。

ただ、無造作に壁にかけられた剣には興をそそられた。

身幅が広く反りが高い。小板目が詰み、乱映に惚れ惚れする一振りだ。

「拵屋を待ってるんで」

どのような柄(つか)や鍔(つば)、鞘(さや)に納まるのか、なんとも楽しみな刀である。

「見事という他ない」

恭一郎の賛辞に、完二は職人らしく小さく頷いただけだった。

「力強い……」

刀ではなく、炉を見つめていた夏野がつぶやき、傍らの伊織が微笑む。

術と剣。

この二つは安良からもたらされた人の宝である。剣士としてだけでなく、理術師として、伊織が鉄の製錬法や鍛刀技術に関心を持っていることを恭一郎は知っていた。術を学ぶ才があると見込んだ夏野に、剣の本質を見せたかったのだろうと推察する。

九年前、空木村に越したばかりの伊織が完二を訪ねたのも、完二が刀を打つと聞いたからだった。身分は違えど、二人は初見で気が合ったらしい。伊織も完二も無口な方で、お互い家族とは朝夕に少ない言葉を交わすだけだというのに、刀の話となると二人とも急に饒舌(じょうぜつ)になると、苦笑しながら小夜は言っていた。

伊織に促された夏野が、腰の刀を外して完二に渡した。

その昔、氷頭一と謳(うた)われた夏野の祖父・黒川弥一が愛用していた刀である。裏表、つぶさに確かめて、完二はそれを夏野に返した。それから恭一郎の方を向くと、遠慮がちに、だが意のこもった声で言った。

「その……鷺沢様のも、見してもらえやせんか？」

腕のある刀工の申し出だ。恭一郎に否やはない。鞘ごと外して渡すと、完二は押し戴くように受け取った。

鞘から現れた抜身を見て、蒼太がびくっと身を震わせた。

完二の方はへたり込むように、後ろの腰かけに腰を下ろした。

「こいつが……八辻九生……」

二百年ほど前に没した刀匠である。八辻九生の銘が打たれた刀はどの一振りも、神刀とも妖刀とも言われ、千両を下らぬ値がついている。その名工の刀を、恭一郎は亡妻の奏枝を通じて手に入れていた。

八辻の剣を恭一郎が所持していることは、伊織から前もって聞いていたのだろう。

「すげぇ……」

客がいるのも忘れて、完二は感嘆のつぶやきを漏らした。夏野もじっと、完二の手元を見つめている。

袂が引かれて、恭一郎は蒼太を見やった。

ぐっと恭一郎の袂を握り締めているが、目は抜き身に釘付けだ。

——とても触れませぬ——

そう言った奏枝を思い出した。

これまでに、幾度か蒼太の前で刀を抜いたことはある。だが全て火急の事態においてであり、このようにじっくり眺める機会は今までになかった。長屋に置いている時でも、蒼太はけしていたずらに触れることなく、むしろ避けている様子だった。

――この刀には強い力が宿っていて、私にはとても触れませぬ。私はこの刀が恐ろしい。ですが、恐れながらも私はこの刀の持つ不思議な力に魅せられているのでございます――

蒼太もまた、同じように感じているのだろう、と恭一郎は思った。

丹念に造りを検めたのち、完二は恭しく刀を返した。

恭一郎が刀を腰に戻すと、一瞬後じさった蒼太がおそるおそる鞘に触れる。

「……お前は、触れるのだな」

軽く目を見張ると、さっと蒼太は手を引っ込めた。

咎めたのではないのだが……

奏枝は、鞘に触れることさえ怖がっていたものである。

亡妻には見られなかった「見抜く力」に、威力を増した念力。

昔の仲間が蒼太を黒耀に代わる者に仕立て上げようとしたのも、さほど見込み違いではなかったのやもしれぬ。妖魔の王ともなれば、たとえ名匠の作といえども、そこらの妖魔のように刀を恐れたりはしまい……

「眼福とはこのことで……ありがとうございました」

のぼせたような完二に礼を言われて、恭一郎は思案から覚めた。

帰り道、夏野は目を輝かせて伊織にあれこれ話しかけていたが、恭一郎と蒼太は言葉少なに後に続いた。

†

四人が空木村を発ったのは五日後であった。

夏野と伊織は行李を、恭一郎と蒼太は風呂敷包みをそれぞれ背中や肩にしている。

身体に見合った小さな包みを左右に振り分けている蒼太の右の包みには、短い間に小夜が仕立てた着物が二枚入っていた。左の包みには、小夜が買い求めてきた干菓子の他に、今朝蒸かしたばかりの茶饅頭が八つも入っている。

「かた、じけ、な」

包みを抱えて頭を下げた蒼太に、小夜は目を細めた。

「気を付けて行くのですよ」

「ん」

妖かしだと打ち明けられた時は驚いたが、小夜は蒼太の力を見たことがない。人の姿をした蒼太は、言葉は不自由でも、菓子に目がない一人の子供にしか見えなかった。人見知りの理由も判り、己だけ選って避けられていたのではないと、小夜はむしろほっとした。

村外れまで皆を見送りに出た小夜は、夏野に別れの声をかけた。

「お気を付けて」

「小夜殿もお達者で。晃瑠にいらした折には是非声をかけてください」

「ええ。……駒木町、でしたね？」

「そうです。志伊神社からもさほど遠くありません」

「鷺沢様のおうちからも近いのでしたね？」

「はい。それに、晃瑠では鷺沢殿と同じ道場に通うのです」

「それは楽しみですね……」

「ええ」

小夜の言葉には含むところがあったのだが、夏野は気付かなかったようである。

――もう十八だというのに、夏野様ときたら。

呆れよりも、微笑ましさと共に、小夜は小さく溜息をついた。

小野沢村から四人が戻って来て半月ほどが経っている。

夏野が敬意以上のものを恭一郎に抱いていることに気付くのに、数日も要しなかった。

一つ屋根の下にいればこそであったかもしれない。それはあまりにも淡い想いで、もしも小夜が問うたなら、強い剣士への憧れでしかないと、夏野は一蹴しただろう。だが、恭一郎と語る夏野を間近で見ていた小夜は、夏野の想いの中に敬慕とは違う恋心を見た。

結句、自分には少しも触れさせてくれなかった蒼太も、夏野には心を開いている。

夏野様と鷺沢様が夫婦になれば……

三人が、まことの親子のように暮らす様子は、容易に思い浮かべることができる。

六年前に妻を亡くして以来、恭一郎は独り身を貫く気でいるようだが、もう一、二年もすれば思い直すやもしれなかった。その頃には夏野とて、少しは女子らしくなっていることを、小夜は切に祈った。

夏野本人さえも気付いていない恋の成就を願って、木綿の無地だが蘇芳色の着物を、昨晩寝ずに小夜は仕立てた。

――箪笥の肥やしにならなければいいのだけれど。

来た時同様、青鈍色の着物の裾をからげた夏野は、今日も少年剣士のいでたちである。伊織とあれこれ語らうきっかけを作ってくれた夏野に、小夜は深く感謝していた。蒼太が甘い物好きだと教えてくれたのも夏野である。

「お名残り惜しゅうございます」

小夜の隣りで、そう言って夏野の手を取ったのは、弟の良明だ。

見送りには良明の他、道場の赤間彦之が来ていた。

「赤間殿の言うことをよく聞いて、精進するのだぞ」

応えた夏野にしっかと手を握られて、良明は頬を真っ赤に染めた。

十五歳ともなれば、武家なら元服を済ませている年頃である。

小夜たちの母親は良明を産んだのちしばらくして、産後の肥立ちが思わしくなく亡くなった。当時七歳だった小夜は、幼いながらも父親を助け、日に何度も乳を貰いにけして近くない道のりを往復したものだ。十歳を過ぎた頃には、家事のほとんどを小夜がこなすようになっていた。

良明のことは、赤子の時からつぶさに見ている。いつまでも子供だと思っていた弟が、いっぱしに女子に恋をしていた。

命懸けの恋ではない。

まだ幼い、少年らしい恋である。

相手が夏野では実りようのない恋だが、弟の成長を目の当たりにして、小夜は何やら目頭が熱くなった。

実りようがないというのは、良明本人も自覚しているようだ。

昨夜は父親の完二と赤間と共に呼び寄せて、ささやかな別れの宴を開いたのだが、良明はどこか不服そうな顔をしていた。それは夏野との別れが迫っていたからではなく、数日前に恭一郎と夏野が手合わせするのを見てからのことである。

「やはり一本も取れませんでした」と、夏野は爽やかに言っていたが、恭一郎の腕前を見た良明が受けた衝撃は、並大抵ではなかったようだ。

都から来た見てくれだけの男、と恭一郎を小莫迦にしていた他の門人たちも、一斉に態度を改めたと聞く。

よい刺激になったようだと、赤間が昨夜、苦笑交じりに語っていた。

それぞれに別れの言葉を交わし、四人は旅立って行った。

「義兄さんが行くなら、俺も一緒に行きたかった」

身内同士のくだけた物言いになって、良明が言った。

「物見遊山ではないのだから……鳴子には小野沢で出会ったお医者様がいて、その方とお話ししたいと言っていたもの」

良明には伊織が理一位だと話していない。伊織は理術師として近隣の村を確かめて回っているのだが、良明は家を空けていることの多い伊織にやや不満そうである。

自分を案じてくれているのだと思った。

伊織の身分を知らぬ良明が、多少の疑いの目を持って伊織を見ていても不思議はない。

夏野が「伊織の家からの遣い」という触れ込みで家に来た時も不審な顔を隠さなかった。

良明も、もう子供ではない。

いずれ伊織から話してもらおうと、小夜は心に留めた。

離れに呼ばれ、学問のことや蒼太のことを話してもらえたのが、小夜にはこの上なく嬉しかった。同じように、良明にも話せることはできる限り打ち明けておきたい。

「……俺、義兄さんが帰って来たら、もっと道場に来てくれないか、頼んでみようと思うんだ」

「道場へ？」

「だって義兄さんも侃士じゃないか。俺も……もっと強くなりたい」

口ぶりからして、小夜が思っていたよりも、良明は伊織を認めているようである。

──取り越し苦労だったのかしら。

夏野が来た時よりも、一層稽古熱心になった良明に、小夜は内心くすりとして頷いた。

「鳴子まで半日はかかるでしょうから……三、四日で戻るでしょう」

──三、四日で戻る──

そう言った夫の声が思い出されて、ここしばらく忘れていた胸の高鳴りを感じた。

夏野の滞在中、睦みごとはずっと慎んでいた。未婚の夏野を気遣ってのことである。まして やこの半月ほどは、恭一郎に蒼太まで一つ屋根の下にいたのだ。

戻って来たら……

「義兄さんが戻って来たら」

胸中を見透かされたかと、小夜はどきりとして良明を見やる。

「姉さんからも頼んでもらえないかな？」

「頼むって、何を……？」

「だから、道場へ」

「そうね。頼んでみるわ」

嬉しげに頷いて先を歩いて行く良明の背中を見ながら、小夜に並んだ赤間がさりげなく、遠くを見るようにして言った。

「お帰りが待ち遠しいですな……」

赤間に他意はなかったろうが、つい頬が熱くなるのを感じて小夜は少し足を速めた。

第五章
Chapter 5

足音がして、渋谷が戻って来た。

「私どものために、恐縮です」と、伊織はかしこまって頭を下げた。

「なんの。こちらこそ至らなくて申し訳ない」

鳴子村で世話になることになった村の医者・渋谷佐一は下戸であった。

来客用に五合ほど用意されていた酒は、伊織と恭一郎によって、あっという間になくなった。二人して止めたのだが、渋谷はわざわざ隣家まで貰い酒に出たのだった。

渋谷を迎えに立ったついでに、伊織は廊下を覗いてみた。奥の部屋の灯りはもう消えている。夏野も蒼太も、既に寝入ったようである。

「眠ったようだ」

「そうか」

伊織が言うのへ、恭一郎は小さく笑って応えた。

村に住みついてまだ二代だという渋谷の家は、通常の民家とはやや異なった造りをしていた。同じ医者だった父親が建てたものを、直しながら使ってきたというが、土間から上がった座敷が異様に広い。奥の壁には書棚や薬箱が並んでおり、座敷の全てを診察室として使っているとのことであった。

「離れに似ておるな」

からかい交じりに恭一郎が言った。

確かに造りは似ているといえないこともない。だが、渋谷の家は伊織のそれよりも、幾分――否、大分――雑然としている。座敷の裏にも二部屋あるのだが、一部屋は、書物を始めとする諸々で足の踏み場もないほどである。

ひとまず渋谷の寝所である奥の部屋を夏野に使わせることでは一致をみたが、夏野と一緒に休めと言われた蒼太は口を曲げて首を振った。空木村では夏野に一層親しんだ様子であったが、二人きりで同室で眠るにはやはり抵抗があったらしい。恭一郎にしがみつかんばかりにして異を唱えたものの、万が一にも正体を悟られてはならぬと、表で恭一郎に諭されて、渋々といった態で夏野の後に続いた。

「いい加減慣れたろう。空木で随分、黒川殿には打ち解けたようだ」

「うむ」と、伊織も頷く。

「貴公の連れだと聞いたが……」

遠慮がちに渋谷が言った。

村の医者にしては、かしこまった物言いである。渋谷の父親は、都の出だったかもしれぬと、伊織は思った。渋谷は年下の伊織や恭一郎に対して、侃士として相応の敬意を払っている。

恭一郎が澄まして応えた。

「遠縁の子です」

「ほう……鷺沢殿は、お独りか？」

「――ええ。六年前に妻を亡くしましてね」

「では、同じやもめ同士だな」

「というと、渋谷殿も？」

「ああ。もう十年になるが……」

言葉を濁した渋谷は、似たような境遇の恭一郎に親しみを覚えたようだ。

「私の子も、生きていればあの子くらいになっていた」

「お子様も亡くなられたのですか？」

「風邪をこじらせてな……医者として、今でも忸怩たる思いがする」

それより多くを渋谷は語らず、恭一郎もあえて聞かなかったが、伊織は渋谷の過去を同じく小野沢村に来ていた別の医者から聞き及んでいた。

十年前、まだ赤子だった渋谷の子供は風邪をこじらせて死んだ。互いに二十歳そこそこで夫婦になった渋谷とその妻が、長いこと待ち望み、難産の末に授かった子供だった。

二歳足らずで我が子が死した後、妻は渋谷を責めた。

――「役立たず」「我が子を救えぬ医者など要らぬ」、と。

深い悲しみに心を蝕まれ、妻は一月後、湖に身を投げて自ら命を絶ったという。

　小野沢村で、恭一郎について離れぬ蒼太を、渋谷は気にかけていた。もしや術の心得でもあるのではと探りを入れた伊織だったが、渋谷の過去を聞いて合点がいった。

「あの蒼太という子は、随分人見知りだな」

「二親を亡くして、引き取られた家がひどいところでして……見るに耐えかね、私が引き取ることにしたのです」

「さようか。目も言葉も……もしや、その時の？」

「いえ、どちらも生まれつきです。しかしそのせいもあって、引き取られた家では大分不当な扱いを受けていました」

　嘘も方便とはよくいったものだ、と、友の弁舌に伊織は内心苦笑した。

「さようか……」

「あれでなかなか聡い子なのですが」

「うむ。明日、他の本がないか、知り合いに訊ねてみよう」

「助かります」

　蒼太を夏野と一緒に奥の部屋へ追いやるのに、渋谷がどこぞから探し出して来た絵草紙を与えた。夏野は夏野で、無造作に積まれた書物の中から、興を惹かれるものを見つけたらしい。男三人が気兼ねなく話せるよう、気を遣ったのだろう。夕餉の後には蒼太をいざなって奥の部屋へこもった。

「近くに腕利きの按摩がおるのだが、その人の子供が佐吉といってな。やはり、蒼太と同じ年頃なのだ」

「佐吉、ですか。渋谷殿の名に似ておりますね」

伊織が言うと、渋谷は我が意を得たりとばかりに、目を細めて頷いた。

「そうだろう。いや、私もそれで、何かとその子に目をかけておるのだ」

亡くした子供が男だったか女だったかは聞かなかった。だが、渋谷がその佐吉という子供に、我が子を重ねているのは見て取れた。

按摩は女だな、と、伊織は見当をつけた。

恭一郎も同じことを考えたようだ。

――この御仁、その女に何やら想いを寄せているようではないか……

杯を口にしながら、伊織を見やった目がそう語っている。

口にせずとも意が通じ合うのは、昔馴染みの二人ならではだ。

貰ってきた酒が底をつこうかという頃、「先生」と遠慮がちな声が表から聞こえた。

女の声だった。

すかさず渋谷が立ち上がって、土間へ下りて行く。

「あの、鉤蔓をもう少し……急にまた痛み出したようで」

「それは構わぬが……そんなに頻繁に痛むのなら、一度私に診せてもらえないだろうか？佐吉も私になら気を許してくれるのではないか？」

「それがまだ、他の人に身を任せるのを嫌がりますので……」

漏れ聞こえる話からして、女が件(くだん)の按摩だと知り、伊織は恭一郎と頷き合った。

どうやら佐吉という子供は、身体(からだ)を痛めているらしい。渋谷が戻って来て、鍵(かぎ)をかけた薬箱から鉤蔓を干したものを少し取り出して紙に包んだ。

「鉤蔓とは、穏やかじゃありませんね」

「お多紀さんは、医術の心得もある人だ」

「咎(とが)めているのではありません。しかし、医者にも診せないというのは解せません」

「佐吉は蒼太と同じく、人見知りなのだ……」

渋谷とのやり取りが聞こえたのか、戸口から不安げな顔が覗いた。

「先生、あの」

言いかけた女の口が、伊織を見た途端、凍りついた。目も驚きに見開かれている。

しばし遅れて、伊織は思い出した。

「おぬし、塾にいた……名は確か、柴田といったか」

「あ……」

女の瞳(ひとみ)に驚きだけでなく、慄(おのの)きが浮かんだのを、伊織は見逃さなかった。

「樋口様……」

女が土間でひれ伏し、渋谷が呆然(ぼうぜん)として伊織を見つめた。

†

渋谷が小野沢村で知り合った侃士にして元都師は、筧と名乗った。名は伊織。

「樋口……伊織……」

どこかで聞いた名だ。

そう思った瞬間閃いて、渋谷は口をあんぐり開いた。

「樋口……理一位様……？」

慌てて多紀に倣って、渋谷は座敷で平伏した。

「あ、いや、渋谷殿。どうか面を上げていただきたい。柴田殿、おぬしも……」

渋谷が投げ出した紙包みを拾った伊織は、土間に下りて多紀の肩に手をかけた。多紀が立ち上がると、その手に包みを握らせる。

「おぬしなら安心だ」

「樋口様が何ゆえ、鳴子村に？」

「那岐の小野沢村が妖魔に襲われたことは聞き及んでおろう？　それで、あちこちの結界を確かめておるところだ。おぬしがこの村にいたとは都合が良い。手助けしてくれぬか？一人よりも二人の方がはかどる」

「私が、樋口様のお手伝いを……？」

「いや、子供の具合が悪いのであったな。忘れてくれ」

「……いえ、子供なら大事はありません。いつものことですから……」

「だが、おぬしの帰りを待っておろう。引き止めて悪かった。子供の傍(そば)についていてやるがいい。ただ、私のことは他言無用にしてもらいたい。ここでは筧と名乗っている。渋谷殿を訪ねて来た、ただの侃士だ」

「承知しました」

頷くと、多紀は紙包みを胸に、深く頭を下げてから帰って行った。

伊織と多紀のやり取りを、渋谷は口を開けたまま見守っていた。伊織が座敷へ戻って来ると、改めてひれ伏す。

「渋谷殿、おやめください」

「し、しかし、その」

「どうか、これまで通りにしていただけませんか？」

十代で理一位を賜(たまわ)った若者については、多少の学識ある者として知っていた。その若き理一位が、侃士号を持っているということも。

国に僅(わず)か五人しかいないという理一位が、州府でもない村にいるのは信じ難い。しかし、渋谷は小野沢村での伊織を見ている。伊織の医術の手並みは、本職顔負けのものであった。

こうして改めて見てみると、伊織には三十代とは思われぬ貫禄(かんろく)が感ぜられる。

そして、お多紀さん……

伊織の身分には度肝を抜かれたが、伊織と多紀が知己だったということも、渋谷には驚きだった。

伊織が口にした「塾」とは、「清修塾」のことに違いない。術の心得があるとは聞いていたものの、まさか、国でも選び抜かれた者が集まる清修塾に、多紀がいたとは思いも寄らなかった。

己の下戸は承知しているが、何やら無性に酒が飲みたくなった。しかし、理一位の前で酔っぱらうなど言語道断である。己を落ち着かせるように、渋谷は居住まいを改めた。

「柴田殿にもお願いしましたが、私の身分については内密にしていただきたい」

「それはもう、理一位様の頼みとあらば」

「その言葉遣いも、もとに戻していただきたいのですが……」

「はあ……その……」

理一位ともなれば、閣老に匹敵する身分である。己より若いとはいえ、知ってしまったからには、そう気安く話せるものではない。

「渋谷殿」

それまで黙っていた恭一郎が口を開いた。

「そう硬くなることはありませんよ。こいつも人の子です。子供の頃から理屈っぽいやつでしてね。学問莫迦が高じて塾に入ったのです」

「そういうお前は剣術莫迦ではないか」

若き二人のかけ合いに、渋谷の緊張がややほぐれた。

「それよりお前、あの——柴田多紀とかいう女性と顔見知りだったのだな?」

「うむ」

「詳しく聞かせろ」

にやりとして言った恭一郎に、渋谷は思わず手を合わせたくなった。

背が高く、調和のとれた引き締まった身体。その上端整な顔まで併せ持っているのだから、男の多くが恭一郎をやっかむのも無理はない。

小野沢村で狗鬼の屍が運ばれてきた時、恭一郎ではなく夏野が仕留めたと聞いて、恭一郎を嘲笑った者が幾人かいた。確かめもせずに、狗鬼の潜んでいるような家に女子供を残してゆくなぞ侃士の名折れだ、と言った者も。

そんな男たちの輪にこそ加わっていなかったものの、恥じ入る様子も見せぬ恭一郎に渋谷も反感めいたものを抱いたのは事実である。

見てくれだけの男だと思っていた恭一郎だが、同じやもめと聞いて少しばかり親しみが湧いた。遠縁とはいえ、独り身で子供を引き取るなど、なかなかできることではない。

にもかかわらず、先ほど多紀を中に招き入れなかったのは、恭一郎と見比べられるのを恐れたからだ。もともと美男とはいえぬ容貌に、近頃はやや腹も出てきた。女子なら十中八九、渋谷より恭一郎に目がいく筈である。

だが今は己のつまらぬ見栄よりも、多紀のことが知りたかった。恐れ多くて伊織には言い出せなかったのだが、恭一郎から訊ねてもらえたのは渋谷にとって渡りに船だ。

「もう五、六年前になろうが――柴田殿は清修塾で学んでいた。私が懇意にしている、相良正和という理術師に師事していて、書庫で二度、顔を合わせたことがある」

「それだけか？」

「それだけだ」

「相変わらず、物覚えのよいやつだ」

伊織は並ならぬ記憶力を持っているようである。もしや、と多紀と伊織に男女の仲を疑った渋谷は、伊織の言葉に安堵した。

「塾で一年ほど過ごしたのち、柴田殿は自ら塾を退き、郷里へ帰ったと聞いた」

「それはまた何ゆえ……？」

おそるおそる訊ねてみる。

入塾者はまず二年修業する。ものにならない者は容赦なく帰されるが、自ら見切りをつける者は稀だ。

「離縁状が届いたと聞きました」

伊織が相良から聞いたところによると、入塾が決まった時、多紀には既に、夫と二歳になる赤子がいたという。

まず二年。

そういう約束で、多紀は故郷に夫と子供を置いて晃瑠の門をくぐった。

初めの二年は寮住まいだ。奉公人のように定められた寮に住み、年に二度しか家に戻ることを許されない。二年ののちに、まだ塾に残ることを許されれば通いとなれる。

「だが夫からは、たった一年で離縁状が届いたのか。見下げ果てたやつだな」

恭一郎が言うのを聞いて、渋谷はまた少し恭一郎を見直した。渋谷もとっさに同じことを思ったからだ。多紀が不貞を働く筈がない。離縁状はおそらく、夫に女ができたからだろうと推察した。

子供のことを案じたのだろう、と伊織は続けた。

佐吉は同じ年頃の子供と比べて背格好は大きいが、病弱だった。

残り一年、夫に佐吉を任せておくのが不安だったのだろう。そのまま佐吉を取られると思ったのかもしれない。

渋谷の目には、しばしば過保護と映る多紀だが、そういう事情なら判らぬでもない。

だから、人に気を許さぬのだな……

志半ばで塾を離れ、夫のもとへ駆けつけて佐吉を引き取った。それから二人で、細々と生きてきたのだろうと、渋谷は想像した。按摩という職があるにしろ、女手一つで子供を養い育てていくのは並大抵の苦労ではない。

「……子供の歳が合わぬな」

つぶやくように、恭一郎が言った。

「佐吉は十くらいというお話でしたが、それは柴田殿がそう言ったのですか?」

「うむ。三年前に越して来た時に七つだと言っておったから、今年でちょうど十になる」

恭一郎の問いに応えながら、渋谷も気付いた。

五、六年前に二歳だったなら、佐吉はいまだ七、八歳の筈である。母親が子供の歳を間違えるとは思えないゆえ、伊織の思い違いではないかと思ったが、口にはできなかった。

「面白いですな」

「面白い……？」

にやりとした恭一郎に、渋谷は慌てた。

恭一郎が多紀に、男として興を覚えたのではないかと思ったのだ。多紀のことを詳しく聞きたがった恭一郎である。短い滞在とはいえ、多紀に言い寄らないとも限らない。

「面白いとは、どういうことか？」

「興をそそられるということです」

笑みを浮かべたまま、顎に手をやり応える恭一郎に、渋谷は不安になった。

この男、何か甘いことでも言って、お多紀さんを誘い出すつもりでは……

多紀に限ってそんなことはないと思うものの、多紀とて女である。恭一郎のような男に言い寄られれば、心揺らぐやもしれぬ。そう思うと、渋谷の心はますます騒いだ。

「お多紀さんは……大変な苦労をしてこられたのだ」

絞り出すように渋谷は言った。

「佐吉は病弱で手がかかる子だし、それを女手一つで……村にもやっと落ち着いたところなのだ」

「渋谷殿？」

「村での立場というものもある。お多紀さんは、貴公のような者に……貴公が、その、ゆきずりに……」

「ゆきずり？」

　問い返した恭一郎の横で、「渋谷殿」と、伊織が声をかけた。

　渋谷が熱くなった顔を向けると、伊織は小さく咳払(せきばら)いをして言った。

「渋谷殿。何やら誤解されているようですが、この男、こう見えて、ゆきずりの女性に手を出すような者ではありませぬ。その点は、私が理一位の名にかけて保証します」

「はあ……」

「こう見えて、だと？　お前に保証されねばならぬほどの悪人面か、俺は？」

「誤解を招くようなことを言うからだ。少しは考えろ」

「たまらんな……」と、恭一郎が苦笑する。

「ところで渋谷殿」

　毒気を抜かれたような渋谷に、伊織が向き直った。

「佐吉のことを、今少し教えてもらえませんか？」

†

　駆けるように家に戻って来た多紀は、玄関先で息を整えた。

「母さん？」

　か細い声が奥から聞こえる。

家に上がると奥の間へ急ぎ、多紀は佐吉の枕元に膝をついた。

「佐吉。お薬をもらってきましたよ。すぐに煎じるから、今少し辛抱してちょうだいね」

「頭が痛い……背中も……」

「すぐに支度するから……」

油汗を浮かべている佐吉の額や首を手拭いで拭うと、多紀は急いで台所へ立った。

薬を煎じながら、何度も溜息をつく。

まさか樋口様に、このようなところでお目にかかろうとは……

今すぐ逃げ出したい衝動に駆られたが、旅立つにはあまりにも遅い時刻だ。痛みに苦しむ佐吉を連れ出すのも難しい。何より、万一うまく逃げおおせたとしても、伊織に余計な疑心を抱かせるだけであった。

「母さん？」

浮かない顔の母親を気遣う息子が不憫で――愛おしかった。

「平気だよ。何も案ずることはないわ。薬を飲めば、痛みも治まりますからね」

――樋口様なら、一目で見破る。

かくなる上は、樋口様について回り、あのお方が一刻も早く、村での務めを終えるのを手助けする他あるまい。

そう、多紀は心に決めた。

†

飯が急に侘しくなった。

もそもそと箸を口に運びながら、蒼太は初めて小夜を恋しく思った。

朝餉は、渋谷と伊織が用意した。

米は炊き立てだが、味噌汁と漬物が少し付いただけである。冷や飯だったり、汁物か漬物のどちらかしかなかったりする恭一郎の飯よりはましだが、半月ほど小夜の細やかな手料理にあやかった後では、なんとも粗末に感じた。

向かいの夏野は不満な顔をするどころか、恐縮して箸を動かしている。

夏野が料理を不得手としているのは伊織も先刻承知で、おずおずと手伝いを申し出た夏野を、言葉巧みに押しとどめた。恭一郎はそんな二人を横目に、朝餉ができるまで表で薪割りを買って出た。

朝餉の片付けが終わる頃、多紀という女がやって来た。しばらく話し込んだ後、伊織と夏野は多紀と連れ立って出かけて行った。

恭一郎は、榊に頼まれたものを届けに、武家を訪ねに行くという。蒼太も一緒に行きたかったが、相手は大分身分が高いらしく、子供は連れてゆけぬと言われてしまった。

渋谷は一向に構わぬと請け合ったが、知らぬ人間と共に過ごすなどまっぴらだ。小夜が持たせてくれた饅頭の、残りの二つを包んで懐へ入れると、蒼太は恭一郎を見上げた。

「たん、け」

「うん？」

小首を傾げた渋谷に恭一郎が言った。

「村を探険に行くそうです」

「しかし、一人では危ないだろう」

「ご心配なく。一度通った道は忘れませんし、身も軽い。それにもとは山育ちです。危ないところには近付きませんよ」

「そう言われても……ちょっと待ちなさい」

渋谷は急ぎ筆を取り、そこらにあった紙にさらさらと絵図を描き込んだ。

「ここが私の家だ。迷子になるゆえ、こちらの大きな森には入ってはいかん。こっちは一面畑だが、その向こうは結界だ。間違っても外に出ないよう、印の楔を見落とすなよ。それから、この林を抜けたところに湖があるのだが……見た目よりずっと深いでな。けして近付いてはならぬぞ」

絵図を差し出す渋谷に、ぷいと蒼太は横を向いた。

「蒼太」

「いいのだ」

たしなめた恭一郎に手を振って立ち上がると、渋谷は引き出しの一つから小さな紙袋を取り出した。絵図を畳んで袋の中に入れると、袋を畳に置いて蒼太の方へ差し出す。

「あいにく饅頭はないが、それは村の万屋が神里から仕入れているという黒飴だ。少ししか残っていないが、持って行きなさい」

飴と聞いて、蒼太はそろりと近付くと、畳に置かれた袋をさっとつかんだ。絵図を取り出し袋を開けて確かめると、蒼太の親指の先ほどの黒飴が五つ入っている。

てちらりと眺めると、畳んで紙袋と共に袂に放り込んだ。

顔を上げると、渋谷が口元に笑みを浮かべて蒼太を見ている。

「かた、じけ……」

「うむ。くれぐれも気を付けて行くのだぞ」

こくっと頷くと、渋谷も目を細めて頷き返す。

「慣れたものですな」

「いろんな子供がいるものだ」

渋谷と言葉を交わし、出かけて行く恭一郎の後に蒼太は続いた。

「遅くとも、六ツには戻って来るのだぞ」

「ん」

表の道を、恭一郎は右へ、蒼太は左へ折れる。

鳴子村は街道から半里ほど入った、山のすそ野にある村だ。

だだっ広い空木村の半分ほどしか土地がなく、水田よりも栗林や芋畑などが目につくが、街道に近いおかげで流通の便がよく、村はそこそこ栄えており、空木村と違って武家が立ち並ぶ一画がいくつかある。

人の集まる村の中心部を避け、迷子になると渋谷が脅した森を、木々に触れたり、草苺をつまんだりしながら、蒼太はゆるりと歩き回った。

やがて飽きると、今度は湖を目指して歩き出したのだが、途中で村の子供たちに見つかってしまった。

「おい。見かけない顔だな」

「どっから来た？」

「昨日、先生んちに客が来てたよ」

「さっき、佐吉の母ちゃんといたな。二人とも刀持ってた」

「じゃあこいつ、お侍の子か？　そんな風には見えないけどな」

「目が悪いのか？　おい、なんとか言えよ」

口々に言う四人の子供たちが己を取り囲む前に、蒼太は踵を返して走り出した。

「こら！」

「待て！」

以前、恭一郎が読み聞かせてくれた本に、似たような場面があった。

あっという間に遠くなった子供たちの声を背中に、蒼太は記憶をたどる。

あれはなんといったか。

――三十六計、逃げるにしかず……

息も切らさずに逃げ切ると、蒼太は近くにあった白樺の林に足を踏み入れた。林道をたどってずんずん行くと、四半刻ほどで民家の横に出る。

表の井戸で水を汲んでいた子供が、蒼太を見て釣瓶を置いた。

「……だれだ？」

誰何された蒼太は、今度は逃げなかった。

人の形をしているが、蒼太の眼力は一瞬にして子供の正体を見抜いていた。

子供は、己と同じ妖かしだった。

きらりと、金色の羽が、蒼太の瞳の中で子供の背中に揺らいで消えた。

――「こんじ」。

まっすぐ相対すると、蒼太は子供を睨みつけた。

†

「だれだって、きいてる」

相手の出方を窺っていた蒼太は、それを聞いて、構えた身体をやや緩めた。

子供はどうも、蒼太の正体には気付いていないようである。

五尺ほどであろうか。骨太で肉付きもいいのに、顔色がひどく悪かった。

「おれ……そう、た」

「そうた？」

頷くと、子供は微笑を浮かべた。

「おれは佐吉。お前、どこの子？」

「きょう、の……」

恭一郎の。

そう言いかけて、蒼太は言葉を濁した。

己は恭一郎の子供ではない。「とおえん」の「こ」。そう恭一郎は言っているが、そもそも佐吉は恭一郎を知らぬ。

「きょう?」

「み……こ、か、ら」

「都から来たのか」

佐吉の目が輝いた。

同じ妖かしだからだろうか。人語を使っていても、恭一郎と同じくらい言葉が通じるようである。

「母さんが言ってた、先生のお客さんか?」

「ん」

とりあえず、己に危害を加える者ではないと判じて、蒼太は警戒を解いた。

「村を案内するって、母さん、出てった。——何もないけど、上がれよ」

佐吉に促されるままに家に上がって、蒼太は見回した。

古い家だった。壁の漆喰(しっくい)はところどころ落ちており、雨戸や縁側にも修繕の跡が見える。

奥の間に夜具が敷かれているのを認めた蒼太に、佐吉はきまり悪そうに言った。

「ちょっと具合が悪くてさ。今は平気だ。昨日母さんが、薬を作ってくれたから」

「……やま、い」

「うん。時折、頭と背中がひどく痛むんだ。おれ、背中に大きなあざがあってさ。そのせいだろうって」

「あ、さ……？」

首を傾げた蒼太を少し見つめて、佐吉は言った。

「……見せてやるよ」

寝間着の襟元を開いて、佐吉は顎をしゃくった。

首の付け根から背中にかけて、丸い、三寸ほどの大きな黒い痣（あざ）がある。

痣……だろうか？

目を凝らすと、ざわっと身の毛がよだった。

痣の中にじわりと浮かび上がってきたものがある。

それがなんなのか見極める前に、さっと佐吉が襟元を閉めた。

「いやになるよ。これさえなきゃ……」

病後の青白い顔に同情心が芽生えて、蒼太は懐（ふところ）を探って包みを取り出した。佐吉の前で包みを開くと、もう二つしか残っていない饅頭の一つを佐吉に勧める。

「くれるのか？」

「ん」

「ありがとう」

嬉しげに手を伸ばした佐吉と共に、蒼太も饅頭を頬張った。

都から来たゆきずりの子供だと知って安心したのか、佐吉は鬱屈した思いを蒼太に語り始めた。

頭と背中の痛みは、日をおいて唐突に佐吉を襲うらしい。そのせいで村の子供はどこか腫れ物に触るように佐吉に接する。以前は三月に一度ほどだったのが、近頃、立て続けに痛むようになったと、佐吉はこぼした。

「それに、おれたち、よそ者だから……」

自分たちが、心から村に受け入れられていないと、佐吉は感じているらしい。

「母さんが、先生と夫婦にでもなれば別だけど」

佐吉の口ぶりからして、どうも母親にはその気がないようだ。

佐吉には父親の記憶がないという。父親どころか、四歳の時に高熱を出し、それより前のことを全て忘れてしまった。

話を聞きながら、蒼太は思いを巡らせた。

記憶をなくしているからだろうが、佐吉は己が金翅だとは知らないようだ。

しかし一体何ゆえ、佐吉の母親――金翅――は村に居ついているのか。

いくら人に化けるのが得意な金翅でも、人里で暮らすには相応の覚悟がいる。多くが山幽よりも身体が大きく、山幽や鴉猿と違い、大空を翔けることもできる金翅である。蒼太のように仲間に追われているのでもない限り、人里など窮屈極まりないに違いなかった。

それとも、佐吉たちも追われているんだろうか……？

一刻ほど、蒼太は佐吉が語るままに任せた。

やがて疲れを見せ始めた佐吉に暇（いとま）を告げると、「明日も来いよ」と、佐吉は微笑（ほほえ）んだ。

気に入られたようである。

こくりと頷くと、蒼太は渋谷の家へ向かって歩き始める。

六ツにはまだ早いが、恭一郎はもう帰っているような気がした。

†

六ツの鐘が鳴ってほどなくして、夏野は伊織と多紀と共に渋谷の家に戻った。

息子が待っているからと、挨拶もそこそこに辞去する多紀をとどめて伊織が言った。

「渋谷殿。柴田殿には今日一日お世話になりました。夕餉の支度は私と恭一郎で続けますゆえ、どうか柴田殿を家まで送っていただけませんか？」

「それは……もちろんです」

嬉しげに合点した渋谷は、遠慮する多紀を連れて、暮れかけた道を歩いて行った。

大人の足で、往復に四半刻もかからぬ道のりである。

「時がない。手短かに言うぞ」と、恭一郎が切り出した。

「ああ」

どうやら恭一郎が何か言いたげなのを汲み取って、伊織は渋谷を外に出したらしい。

蒼太から聞いたという恭一郎の話は、夏野を驚かせた。

「佐吉が……柴田殿の子供が、金翅だというのですか？」

多紀は何か隠していると、伊織は睨んでいたらしい。呆然(ぼうぜん)とした夏野をおいて、恭一郎に続きを促した。

多紀が佐吉の母親だと知って、蒼太も驚いたようだ。

「しぱ、た。こん、じ……ちか、う」

多紀が人間なのは、伊織も夏野も疑っていない。

人間の多紀が、術を使って金翅の佐吉に人の振りをさせている。

――一体、なんのために？

「その痣だが、浮かんだのはなんだ？　文字か？」

何か見えそうだったが、見えなかったと、恭一郎には告げたらしい。伊織の問いに、蒼太は眼帯を外して宙を見つめた。どうやら思い当たることがなくもないようだ。

夏野の左目が呼応するように熱くなる。

やがて顔を上げると、蒼太は恭一郎に手を差し出した。

「きょう」

「うん？」

「か、み」

「紙？　絵図ならお前が持って行っただろう」

苛立ちを見せて、蒼太が恭一郎の着物を引っ張った。恭一郎が身体を折ると、合わせ目に手を突っ込み懐を探る。

「おいこら、こそばいではないか」

取り出された手には、財布が握られていた。

「一体……そうか」

言いかけて恭一郎は閃いたようである。解せぬ夏野は蒼太の手元を見守った。

蒼太は財布の中から守り袋を取り出すと、中から折り畳まれた紙を抜き取った。開かれた紙を見て、夏野はようやく合点した。

東都で仄魅の伊紗を羈束した符呪箋だった。真ん中には滲んだ伊紗の血が黒ずんでいる。

広げた符呪箋を、蒼太は幾分誇らしげに伊織の前に突き出した。

「柴田殿は佐吉の背中に、符呪箋に似たものを仕込んでいるというのですか……？」

「そのようだ」

頷く伊織の顔はいつになく険しい。

何ゆえ、そのようなことを……

事情は多紀に問い質す他あるまいが、はたとして夏野は気付いた。

「もしや、佐吉があの、宮本苑が探している……？」

「おそらく」

短く応えて、伊織は眼鏡を正した。

「それではいずれ、ここも」

苑が訪ねて来るだけならいい。

だが、機に乗じた鴉猿や狗鬼が村に入って来たら――

小野沢村の惨状を思い出して、夏野は身震いした。

表から、渋谷のものではない、軽快な足音が駆けて来る。

口をつぐんで、四人は一斉に戸口を見やった。

「あのぅ……先生は？」

顔を覗かせたのは、夏野より二つ、三つ年下の少女であった。

夏野たち四人の視線を一身に集めて、驚いてうつむく。

「まあちゃん、どうした？」

後ろから、戻って来たばかりの渋谷が声をかけ、少女が安堵の表情をして告げた。

「ばあちゃんが胸が苦しいって。それで父ちゃんが、先生を呼んで来いって」

「判った。すぐに行く」

医者の顔になって渋谷が応える。少女から話を聞いて、薬箱と提灯(ちょうちん)を整えると、「泊まりになるやもしれません」と、渋谷は伊織に断った。少女の家は、同じ村でも随分離れているらしい。

「さて……」

少女と共に、渋谷が急ぎ足で再び外へ出て行くと、恭一郎が伊織を見た。

「この機を逃す手はあるまい」

「そうだな」

男たちが頷き合う。

その様子を蒼太は不安げに見つめていた。

何やら嫌な予感がして、夏野は腰の刀を確かめた。

第六章 Chapter 6

まさか、こんなに早く看破されようとは——

渋谷の家で暇の挨拶を交わしてから、一刻と経っていない。

戸口から伊織に呼ばれて、多紀は覚悟を決めた。

嫌な予感がしていた。

帰って来た多紀にまとわりつくように、佐吉が庭先に現れた子供のことを伝えた。

朝方、改めて紹介された恭一郎という男の連れ、蒼太だとすぐに判った。

村の子供たちとあまり遊ぶことのない佐吉である。饅頭をもらったと、嬉しげに言った息子に多紀は微笑んだが、胸が騒いだ。

「柴田殿」

改めて名前を呼ばれて、多紀は深く頭を下げた。

「話がある。よいか？」

静かだが、有無を言わさぬ威厳がある。

蒼太を含む四人を迎え入れると、佐吉が目を丸くした。

「蒼太？　どうした？」

「さき……ち」

「佐吉。私はお客様と大切な話があります。奥で、この子と遊んでおいで」

「母さん」

ただならぬ様子に顔を曇らせた佐吉の頭を、精一杯の笑みを見せて多紀は撫でた。

「さあ」と促すと、佐吉は蒼太を見た。蒼太は一度首を振ったが、恭一郎が何やら耳打ちすると、頷いて大人しく佐吉の後に続く。

伊織、恭一郎、夏野がそれぞれ座敷に上がって座った。

「樋口様」

三人を前にして、多紀はひれ伏した。

「佐吉は、金翅の子だな」

小声だが、ずばり言われて多紀は身を震わせた。

「今日、おぬしに話して聞かせたろう。小野沢に、子供を訪ねて来た女のことを」

夏野と三人で結界を確かめて歩きながら、小野沢村が襲われる前に村長を訪ねて来た金翅と思しき女のことを、伊織は多紀に告げた。心当たりがないかと問われて、佐吉のことが頭をよぎったが、努めて平静に多紀は首を振った。

浅はかだった、と唇を嚙む。

やはり、樋口様はお見通しだった——

「樋口様」

ひれ伏したまま、震える声で多紀は言った。

「どうか――どうか、見逃してくださいまし」

伊織に佐吉の正体を見破られた今、己に残された道は、伊織の慈悲にすがることだけだ。

「佐吉は……私の息子にございます。どうか、お見逃しくださるよう……」

「――初めから、聞かせてもらおうか」

伊織が言うのへ、多紀は慄きながらも面を上げた。

†

多紀は恵中州の東に位置する、久世州の三橋町に生まれた。

三橋町は州府から遠くない、久世州一の大きな港街である。

父親の柴田勝美は理術師であった。晃瑠で学んだのちに故郷に戻って来た勝美は、三十路になる少し前に、町の顔役の勧めで、多紀の母親となった多恵――町で一番大きな神社の宮司の娘――を娶った。

多紀が生まれたのは、勝美が三十一歳、多恵が二十歳の時である。

物心つかぬうちから、勝美は多紀に術を教え始めた。多恵は眉をひそめたが、多紀の才を見て取った勝美は、多紀が成長するにつれ、より多くの術を教えようと躍起になった。

父親の喜ぶ顔が多紀には嬉しかった。

多紀が才を伸ばすにつれ、多恵も励ましてくれるようになった。

十九歳の時に、州府へ出向いて試験を受けた。清修塾への州司の推薦を得るためである。力を尽くしたが叶わなかった。最後に残った十人の内、八人が州司の認印を得たが、多紀は残った二人に属していた。

勝美は鼓舞したが、女には過ぎた夢だったと諦めかけた頃、多紀は恋に落ちた。相手は両替商に奉公していた小原新吉という二十五歳の若者だった。勝美の目を盗んで逢瀬を重ね、反対を押し切って、駆け落ち同然に夫婦になった時には既に身ごもっていた。

生まれた子供は佐吉と名付けた。

時折訪ねて来た多恵と違い、二人の仲を許すことのなかった勝美は、孫を抱くことなく他界した。港で喧嘩の仲裁に入り、匕首を持った男に刺されたのだ。訃報を届けた多恵は、勝美が亡くなる前に州の試験を手配していたことを、多紀に告げた。

これも弔いだと試験に臨んだ多紀は、今度は州司の後押しと共に、清修塾の入試に挑む機会を得た。

多紀は迷った。

夫と乳飲み子を置いて塾へ入るなど、論外だと思われた。

だが、幼き頃から術を学んできた多紀は、目の前に与えられた可能性に抗えなかった。

新吉に相談してみると、初めは渋面だったが、次第に理解を示すようになった。入塾して二年もすれば通いになれる。家族三人で東都に住むのも悪くない——そう言って、新吉は多紀を送り出した。

その年、晃瑠で入試を受けたのは五十六人。内、入塾が許されたのは多紀を含め十二人であった。久世州へ帰る暇もなく、多紀は寮に部屋を与えられ、塾での修業が始まった。

寸暇を惜しむ塾生活だったが、学ぶ喜びに満ちた日々が続いた。

家には十日ごとに文を送った。夫の返事は月に一度ほどだったが、綴られている佐吉の成長を、多紀は何度も読み返した。

離縁状を受け取ったのは一年後、あと半月ほどで帰郷が叶う年の瀬だった。

突然で、一方的な別れの知らせであった。

†

帰った故郷に、新吉はいなかった。

「出て行ったよ……女と一緒に」

そう教えてくれた母親の多恵は、この一年で既に別の男に嫁いでいた。

晃瑠へ戻り、迷った末に多紀は塾を去った。

もう一年待ってからでも遅くはないと、師である相良正和は諭したが、芽生えた不安と焦燥を抑えきれなくなっていた。

東都を出て、新吉の行方を多紀は追った。

ようやく探し当てた新吉は、北都・維那にいた。口入れ屋の口利きで、新しい両替商に勤めており、裏長屋にしては悪くない場所に伊代という女と一緒に住んでいた。

「くたびれたんだよ」

乳飲み子を抱えて暮らす苦労を、新吉はこんこんと語った。

子守りを頼むうちに、近くの長屋に住む伊代と通じてしまったのだという。

伊代のことは見知っていた。それだけに更に心を痛めた多紀は新吉をなじった。

「それもこれも、お前が都で好き勝手してるからじゃねぇか」

まるで、情を移したのは多紀のせいだと言わんばかりだ。奥で話を聞いていた伊代がくすりと笑った途端、新吉に残っていた多少の未練が吹き飛んだ。

あれほど誓い合ったにもかかわらず、浮気をした亭主などくれてやる。

だが、佐吉だけは譲れない――

「佐吉はやらねぇよ」

「佐吉は私の子です」

「俺の子でもあるさ」

「私は――佐吉の母親ですよ」

「乳飲み子を捨てて都に行った、とんでもない母親さ」

攫ってでも連れて行く。

そう心に誓ったのも束の間、多紀の決意は呆気なく崩れ去った。

二歳になる前に別れた佐吉は、多紀を覚えていなかった。

その年三歳になった佐吉は、まだよく回らぬ舌で多紀に問うた。

「おばさん、だれ？」

「お母さんよ」

目を潤ませて言った多紀に、佐吉は伊代を指差した。

「おっかさん……」

伊代が勝ち誇ったように口角を上げたのを見て、多紀は長屋を飛び出した。

維那を出たものの、久世州に帰る気は起こらなかった。

いっそ西で出直そうかと、斎佳を目指して歩き出した多紀だが、どこか自暴自棄になっていたのだろう。道中にある五大霊山の一つ、残間山の近くまで来ると、誘われるように街道をそれた。

結界の護りのない道を、山を目指して歩いた。

日が暮れると、身の回りに気休め同様の小さな結界を施して眠ったが、修業中の多紀ができることなど高が知れている。妖魔に襲われたらそれまでの命だと、投げやりな気持ちで二日が過ぎた。

三日目になると、糧食が尽きた。

己は一体何をしているのか……

このまま進めばいずれ妖魔に殺られるか、餓死するだけである。だが、引き返す決心がつかぬままに多紀は歩き続けた。

太陽が傾きかけた頃、遠くで赤子の泣き声を聞いた気がした。

幻聴を疑いつつも、多紀は声のした方へ足を向けた。

木々の合間を縫って行くと、小さく輝くものがある。

金翅の子供であった。

身の丈三尺ほどの子供は、よく見ると、片翼が葛の蔓に絡まっている。余程暴れたのか、がんじがらめになった翼の根元が裂け、血が滲んでいた。

金翅の子供は多紀を見ると、逃げ出そうとますますもがいた。

逃げられないと悟ると、つぶらな瞳にじわりと涙を滲ませる。

「静かに。今、助けてあげるから……」

落ち着かせるために、塾で覚えた幾つかの詞を唱えてみた。

子供が抵抗をやめた。

効いている――

多紀が伸ばした手が触れても、子供はじっとしたままだ。絡まった蔓を一つずつ外してやり、多紀は子供を胸に抱いた。耳元で詞を囁き続けると、子供はすうっと多紀の腕の中で眠りに落ちた。

温かかった。

もう長いこと抱いたことのない、温かさと柔らかさだった。

辺りを見回すも、山は静まり返って生き物の気配は感ぜられない。

ここに置いては行けない。

親を探さねば……

そう思った瞬間、強い抗いを己の内に感じた。

手放したくない――

腕の温もりを今一度抱きしめて、多紀は気付いた。

手のひらに付着した妖かしの血。

これを使えば……

†

「そうして佐吉を――金翅の子を、連れ去ったのだな？」

伊織が問うのへ、多紀はぎこちなく頷いた。

「背中に痣があると聞いたが、それはおぬしが？」

「はい。力の足りぬ私は、そうするしか……」

†

符呪箋と血を使えば羈束はできる。だが、それだけでは共に暮らせない。

眠った子供を庇いながら、多紀は山を離れた。騙し騙し、血と詞を使って眠らせ続けて人里にもぐり込むと、墨を手に入れ、子供の背中に刺青を施した。

塾で習ったことを反芻しながら、己の血を混ぜ、記憶を奪い、子供が己に似た人の形を成すよう、時をかけて詞を刻む。

背守のように刻まれた刺青に、三日三晩熱で苦しんだのち、子供は多紀の子として生まれ変わった。

刺青の上から巧妙に痣を施すと、多紀は子供を、我が子と同じく「佐吉」と名付けた。見た目は四、五歳に見えても、金翅の子供である。言葉はおぼつかないし、箸を操るところか厠で用を足すことも知らぬ。人の子として一から教え込まねばならなかった。人の暮らしに慣れさせるのは一苦労だったが、その苦労は多紀には喜びでもあった。手取り足取り行儀作法を教え、佐吉が発する人語に逐一目を細める。そうして芽生えた愛着は日を追うごとに強まるばかりだった。

佐吉の方も多紀を慕ってやまない。術、または生き物の本能だろうと心の底では思いつつも、笑顔を向けられる度に多紀の心は幸せに震えた。

——この子は「身代わり」でも「偽物」でもない。

僅かな間に、自身が錯覚するほど、我が子と変わらぬ愛情を多紀は佐吉に注ぎ始めた。

幾つかの村を、佐吉を連れて多紀は渡り歩いた。

母子二人ではどこの村でもすぐに噂になった。いっそ都にもぐり込みたかったが、佐吉を連れてそうするには己の術は心許ない。

金翅の本性が抗うのか、数箇月おきに佐吉は頭と背中の痛みを訴えた。刺青は、放っておくとどんどん薄くなっていく。佐吉が痛みを口にする度に多紀は佐吉を眠らせて、背中の刺青を彫り直した。

身体の大きな金翅の子だからだろう。佐吉は人の子よりも成長が早い。

鳴子村に越して来て三年。

来た時は七歳の触れ込みだった佐吉は、背丈だけなら十二、三歳に見える。だが、人にも早熟な者はいる。村を逃げ出すほどではないと、多紀は思っていた。

村には、己に想（おも）いを寄せてくれている渋谷もいる。

佐吉のことがあるゆえ、その想いには応えられずにいるものの、朴訥（ぼくとつ）な渋谷の人柄を多紀は好ましく思っており、一人の女として渋谷の気持ちを喜んだ。

ささやかだが幸せな日々の、唯一の悩みは佐吉の背中の刺青だった。この半年ほどで以前とは比べものにならぬほど頻繁に、佐吉は痛みを訴えるようになっていた。その度に多紀は、眠り薬や痛み止めを調合せねばならぬ。足りない分は渋谷に頼むが、そろそろ誤魔（ごま）化（か）すのが難しくなってきた。

どうしたものかと、思案していたところであった。

もしかしたら……ここで樋口様に再会したのは、天の配剤やもしれぬ。

そう思い直して、多紀は改めて伊織の前に両手をついた。

†

「樋口様。どうか、力をお貸しくださいまし」

「おぬし……」

「佐吉は私の大切な息子です。しかし、私の力には限りがあります。佐吉が人の子として生きられるよう、どうか樋口様のお力を……」

「あなたは……！」

腰を浮かせかけた夏野を、伊織が手で止めた。

多紀を見つめると、伊織は毅然として言い渡した。

「――断る」

「樋口様！」

「佐吉は、母親へ――金翅のもとへ返す」

「そんな！　私にはあの子しかありません。あの子の母親は私です。私からあの子を取り上げないでくださいまし！」

「もっと早くに、そうすべきだったのだ」

「樋口様！　あんまりです……！」

「――あんまりなのは、あなたの方ではないか！」

瘧のように身体を震わせている多紀に、我慢ができず、夏野は叫んだ。

夫に裏切られ、子供を奪われた多紀の境遇には同情する。だからといって、他人の子を攫って我が子に仕立てるなど、許されることではなかった。

それがたとえ、妖かしの子だとしても。

――言うまでもない――

行方知れずの子がさぞ気がかりではないかと、問うた夏野に金翅の苑はそう応えた。

「妖かしとて、子を想う気持ちは変わらぬ」

「……あなたに何が判ると言うのです！　あなたはまだ若い。嫁ぐのも子をなすのも、これからです。でも私の時は過ぎてしまいました。都で、学問にかまけているうちに……私にはもう、佐吉しかいないのです」

「だがそれは、あなたが選んだ道ではないか」

多紀は夏野を睨(にら)みつけたが、夏野は怯(ひる)まなかった。

「塾へいくことを望んだのはあなただ。あなたの元夫の仕打ちはひどいが、逃げ出したりせず、子供を返してもらえるよう説くべきだったのだ」

「あなたには判りません……我が子が他人となった……母の気持ちなど……」

確かに、子を持たぬ夏野には、多紀の本当の気持ちは判らぬやもしれぬ。だが、夏野は赤の他人に弟を攫われ、殺されている。

多紀よりも、苑の気持ちを想うと切なくなる。

「あなただって、元夫を——子供を訪ねて探し歩いたではないか。苑も……あの金翅もずっと佐吉を探してきたのだ。他人となった我が子を見て、苑がなんと思うか……その気持ちはあなたが一番承知しているのではないか」

「あんなに泣いていたのに、放(ほう)っておかれたのですよ。あの子は捨てられたのでしょう。だから私は、あの子を救うために」

「違う。あなたは——あなたも知っていた筈(はず)だ。母親が子供を探していることを。だから山から離れ、恵中まで逃げて来た」

多紀の口元に、弱々しくも冷笑が浮かんだ。

「あなたは一体、なんなのです？　金翅の——妖かしの肩を持つのですか？　あの子の母はあの子を捨てたのです。それを今更」

「そんなことはない！」

「黒川殿」

声を荒らげた夏野を、黙って聞いていた伊織が止めた。

「……母さん？」

襖が開いて、佐吉の顔が覗いた。

話を聞いていたのだろう。幼い唇をわななかせて、佐吉は問うた。

「どういうことなの？　おれ……母さんの子じゃないの？」

「佐吉」

「おれ……妖かしの子なの？」

「いいえ。お前は私の子です」

佐吉を抱き寄せた多紀に、伊織が歩み寄った。

「佐吉を、こちらへ」

「嫌です！　佐吉は渡しません！」

すっと伸ばされた伊織の手が、佐吉の手首をつかんだ。息を吐くように微かな詞が唱えられたかと思うと、がくりと佐吉が前のめりに倒れた。

「佐吉！」

悲鳴を上げた多紀には、伊織は当て身を食らわせる。気を失った多紀を横たえ、佐吉の身体を多紀から離した。

「容赦ないな」と、恭一郎。

「術師にあの程度の詞は効かぬ。お前こそ、黙って見物とはいい身分ではないか」

「手出しする暇がなかった。大した手並みだ」

「心にもないことを……」

鼻を鳴らして、伊織は佐吉をうつ伏せにすると、襟元を下ろした。

着物の下から、三寸ほどの大きな黒痣が現れた。

「どうするのだ？」

「こうするのさ」

痣に手をあてると、伊織はじっと、下の痣を見透かすように己の甲を見つめた。

唇が動いて、音にならない詞が伊織の口から流れ出す。


……由縁(ゆえ)を以(もっ)て……哉……

……に宿る……空蟬(うつせみ)……

……天の理(ことわり)……禊祓(みそぎはら)う……


耳を澄ませてみたものの、夏野には途切れ途切れにしか聞き取れない。

昨年、晃瑠で聞いた時も初めは判らなかった。少しでも聞こえるようになったのは、修業の賜物かもしれないが、己の鈍才が夏野には歯がゆい。

空木村では一つとして詞を教わらなかった。「まだ早い」と一蹴されたのである。

——ゆっくりと、伊織が手のひらを持ち上げた。

手元を見つめていた夏野と恭一郎は、驚きに目を見開く。

痣が揺らいだかと思うと、伊織の手のひらに吸い付くように黒いものが動いた。

痣が薄くなるにつれ、下に彫られた刺青が露わになる。汗が滲むように、ぷつぷつと黒い滴が佐吉の肌に浮かび上がり、やがてそれらも伊織の手に吸い込まれていった。

伊織が立ち上がる。右手が、墨に浸したように真っ黒になっていた。

佐吉の背中にあった痣は、跡形もなく消えている。

土間に下りて桶に水を満たすと、伊織は手の汚れを洗い落とした。

戻って来た伊織に、嘆息しながら恭一郎は繰り返した。

「大した手並みだ……」

友の心からの賛辞に、伊織は今度は微笑を漏らしたのみである。

「きょう」

襖の傍で立ち尽くしていた蒼太が、口を開いた。

息を凝らして、硬い顔をしている。

「怖がることはない。伊織は佐吉の痛みのもとを取り除いたのだ」

首を振って、蒼太は表を指差した。

「……く、る」

「なんだと？」

夏野と恭一郎の声が重なった。

震える手を柄(つか)にかけ、夏野は立ち上がった。

†

半鐘が鳴り始めた。

妖魔の襲撃を知らせるものである。

いつもなら飛び出して行く夏野だが、代わりに蒼太を見つめた。

眼帯を外した、青白く濁った蒼太の瞳が、相対した夏野の左目を捉(とら)える。

奥に走った鈍い痛みと共に、狗鬼(こうき)の姿が見えた。

「く、る。こ……こ」

「やつらは、ここに来ます」

「向こうから来るというなら好都合だ」

にやりとした恭一郎に、蒼太が三本の指を突き出す。

「狗鬼が三匹……それから、もう一つ……」

一際強い痛みが走って、夏野は思わず目を閉じた。脳裏に浮かんだ絵が途切れる。

「蒼太。どの辺りが破られたのか、見当がつかぬか？」

伊織に問われて、蒼太はしばし考え込み、北西の方角を指差した。

「便乗するものがおらぬとも限らぬ」

「うむ。お前はゆけ」

恭一郎に頷くと、伊織は結界を閉じに駆けて行った。

伊織が出て行くと、恭一郎は多紀を、夏野と蒼太は佐吉を抱えて、奥の間に移す。

「お前も奥にいろ」

恭一郎は言ったが、蒼太は首を振った。

「いざとなればお前の力が必要となろうが……あの柴田という女は術師だ。お前のことは気付いていないようだが、正体を見破られると後に響く。下手な真似はするでないぞ」

着物の上から守り袋を握り締めて、蒼太は頷いた。

表に出ると、戸を閉める。

すっかり暗くなった空の下、遠くでぽっと篝火が灯った。

林を抜けて来る足音がする。

――速い。

「来るぞ」

恭一郎が鯉口を切った。

同じように夏野が身構えると、林の奥から影が飛んで来た。

†

閃かせた夏野の刀をかわし、狗鬼が飛び退る。

着地すると身体の向きを変え、夏野を下から睨み上げた。

続けて林から出てきた二匹と共に、家の前を囲むと、低い唸り声で威嚇する。

小野沢村で見た狗鬼が脳裏にちらついて、構えた手が震えた。

血まみれの爪。牙。人を噛み砕く不快な音。

牙に挟まった人の指……

狗鬼たちは敏捷に、互いの身を左右に入れ替えて威嚇を続けているが、なかなか近寄ってては来ない。

隣りの恭一郎は微動だにしていなかった。

表に置いた提灯の灯りに、恭一郎の抜き身が光る。

神刀か……妖刀か……

どちらにせよ、狗鬼たちは恭一郎の刀に気圧されているようである。

もしくはこのお方の——

恭一郎の剣士としての技量に、本能で危険を察しているとも思われた。

殺気は感ぜられなかった。

ただ、構えた恭一郎の向こうには、黒く、深い——死の気配というべきものがあった。

「……八辻の剣か。まさか、帯刀しておる者がいるとはな」

林の中から、苑が姿を現した。

出会った時のままであった。山吹色(やまぶきいろ)の着物が微(かす)かに光を帯びている。

否。輝いているのは苑の身体だ。着物から伸びる手足が、銅色の淡い輝きを放っていて、灯りを受けると鈍く反射した。

「おぬし――」

「黒川か。何ゆえここに？　まさかお前……知っておったのか？」

佐吉のことを言われているのだと判った。

「偶然だ。佐吉のことはつい先ほど知ったばかりだ」

「佐吉？　ああ、我が子のことか。――あの子は今、そう呼ばれておるのか」

やはり、佐吉は苑の子であった。

「そうだ」

「しかし偶然とは……お前は随分妖かしに縁があるのだな」

「なんだと？」

「……あの子は無事か？」

「無事だ。術も既に解けている」

「術師が、ふざけた真似を」吐き捨てるように苑が言った。「我が子に人の振りをさせるなど……そいつはどこだ？　思い知らせてくれる」

「待て！」

声を高くした夏野を、苑は嵩高(かさだか)に見下ろした。

目をそらさずに息を吐き、夏野は言った。

「……あの人は誤ったことをしたが、怪我(けが)をした佐吉を助けた人でもある。あの人が佐吉に人の振りをさせたのは、ひとえに佐吉と共にいたいから……佐吉を想うゆえのことだったのだ」

「だからなんだ」

「あの人は佐吉を我が子のごとく大事にしている。おぬしは佐吉を連れて行くのだろう？ならばそれ以上、あの人を傷付けないで欲しい……」

金翅はむやみに人を襲わぬと聞いている。人語を解すなら、その心に訴えることもできるやもしれぬと、夏野は願った。

夏野を値踏みするように、苑が見つめた。

やがて口元に薄い笑みを浮かべる。

「……人の子にしては面白い。よかろう。我が子を取り戻すために私は来た。手向かいせぬなら、術師は見逃してやる」

「そうか。礼を言う」

ほっと胸を撫で下ろしたのも束の間、苑がにやりと笑うと顎をしゃくった。

「――ただ、そいつらはしらんぞ。私を手引きした者は、人の血を見るために骨を折ったのだ。それゆえ、このままでは収まるまいよ」

「なんだと？」

唸り声がして、夏野は柄を握り直し、再び狗鬼と向き合った。

「お前を護る義理はない。せいぜい己の腕で血路を開け。勇ましい助っ人もいるようではないか。――こいつは見ものだぞ」

最後の台詞は、林に投げかけられた。

かさりと枝が揺れた。

林の入り口の、頭一つ抜けた木の上で、二つの赤い目が光る。

「感じるか？　この男の剣――八辻九生だ」

「……八辻の剣か……」

低く、しわがれた声で、木の上の者が応えた。

「そうだ。黒耀様へのよい土産になるぞ」

「黒耀様……」

吟味するようにつぶやいて、押し黙る。

恭一郎が口を開いた。

「鴉猿か？」

「……人の、つけた名など……」

忌々しげに鴉猿は応える。

苑が動いた。戸口の前の夏野たちを横目に、家の裏手に回るようである。

多紀の身を案じたが、狗鬼を三匹も前にしてはどうしようもない。手出しせぬなら見逃してやると言った、苑の言葉を信じるしかなかった。

「話には聞いていたが、鴉猿を見るのは初めてだ」

恭一郎の声には、夏野にはない余裕がある。

「せいぜい……冥土で自慢するのだな……」

「なかなか言うではないか」

恭一郎の物言いに舌打ちすると、鴉猿は何やら白いものをひらひらと狗鬼に向かって振って見せた。

「――殺ってしまえ……！」

扇動された一匹が身を落とすと、勢いよく夏野に向かって飛びかかって来た。

「なつ！」

蒼太が叫ぶ。

身をかわした夏野の目に、次々と襲いかかって来る二匹が映る。

恭一郎に恐れをなしているのか、狗鬼たちは、夏野に狙いを絞ったようだ。

夏野は夢中で剣を振り回した。

幾度目かの攻撃をかわした夏野の剣を、恭一郎が払った。

よろめいた夏野の前で、八辻九生が光る。

咆哮が上がった。

飛び散って来るものに夏野は思わず目を閉じた。

狗鬼の血であった。

ぐいと腕をつかまれ見上げると、刀で狗鬼を牽制しつつ、恭一郎が言った。

「振り回すだけでは斬れぬぞ」

仲間が斬られたからか、攻撃が止まった。

恭一郎の剣は、足を斬り放ったようだ。三本足になった一匹が唸りながら後じさる。

他の二匹も少し後ろに下がったが、そのまま逃げる様子はない。

「すみませぬ」

並んで狗鬼を睨みつけながら、夏野は言った。

「まったくだ。――怖いか？」

「……はい」

恭一郎の問いに、夏野は素直に頷いた。

「あまりにも速く……」

「だが交えるのは一瞬だ。やつらがどれだけ速く駆け回ろうがしるものか。やつらの爪が届くなら、おぬしの剣も届く」

狗鬼を見据えたまま、恭一郎が言った。

「私の剣も……」

夏野がつぶやくと同時に、新たな攻撃が始まった。

†

身をかがめて狗鬼をかわした蒼太は、そのまま転がって飛ぶように立ち上がった。

守り袋はとっくに投げ捨てていた。

下手な真似はするなと恭一郎は言ったが、狗鬼たちが二人に襲いかかるのを、黙って見てはいられなかった。

右手に鍔を握ったまま、夏野に襲いかかる狗鬼を、蒼太は目で追った。

——やめろ！

あの時と同じように、強く念じてみるものの何も起こらない。

——やめろ！

もう一度念じてみたが、変わらなかった。

小野沢村でもげた狗鬼の頭を思い浮かべる。

——千切れろ！

ぐいっと襟首を引っ張られた。狗鬼の爪が鼻先で空を切る。

「下がっていろ」

蒼太を背後へ押しやった恭一郎が、飛びしさった狗鬼を睨んだ。

恭一郎の後ろから、蒼太は狗鬼の様子を窺った。

念力をうまく操れない己に苛立つ。

首をもぐだけの力が使えないなら、心ノ臓を握りつぶしてやる。

そう思って、左手を開いて息を整えた。

狗鬼の胸の辺りを見据えて、指で探る。

同じようにして、仲間のカシュタと盗人頭（ぬすっとがしら）の命を奪った。しばしの時を要するが、己の意志でできることは証明済みだ。

異変を察したのか、狙った狗鬼の動きが止まった。

狗鬼の大きな心臓は蒼太の手に余る。

ぐっとつかんだ瞬間、どくっと脈が触れ、蒼太は思わず手を開いた。

裏切り者……

小野沢村で見た狗鬼の瞳が、見えぬ筈の左目にちらついた。

殺らなければ。

夏野が、恭一郎が、殺られる前に。

そう思うのに、どうしても気を集めることができぬ。心とは裏腹に、力を発揮することを、それで妖魔を殺（あや）めることを、身体が躊躇（ためら）っているようだった。

怖いのか、おれは？

またしても夏野の剣がかわされた。

夏野の張り詰めた気が伝わってきて、蒼太は唇を嚙（か）んだ。

――おれは、どうすれば――

†

目覚めた佐吉は、しばし天井を見つめた。

頭がぼうっとして、自分がどこにいるのかすぐには判らなかった。

灯りが見える方へ顔を向けると、表から獣の咆哮が聞こえて、佐吉は身体を震わせた。

慌てて立ち上がると、ぐらりと視界が揺れる。

「なんだ……？」

柱に手をついて呻いた先から、どっと記憶が流れ込んできた。

浮遊感。

高く、晴れた空を飛んでいる。

まっすぐに伸びた翼が風を切る。

翼が……

思わず確かめた手にはまだ、五本の指がついていた。身体に触れてみるが、いつもと変わらない、人の子の姿である。

いつもと変わらない……？

多紀と暮らしてきた五年の月日が、走馬灯のごとく佐吉の頭を巡った。

その上に、幼い頃の——空や野山の記憶が重なる。

「なんなんだ……」

全て忘れてしまった自分に、根気よく言葉を教えてくれた母親。

痛みを訴える度に薬を煎じてくれ、汗を拭ってくれた……

そんな多紀との想い出を、大きな翼の影が覆っていく。

小さな己の上を、護るように飛ぶ力強い翼。
金色の……
かたっと裏口が鳴って、佐吉は身をすくめた。
床を軋ませ、足音が近付いて来る。
不思議と恐れはなかった。
目の前で、障子戸がゆっくりと開いた。
身体を折って入ってきたのは、六尺を超える大女だ。
全身に仄かな輝きをまとっている。
「リシュト」
女が微笑んだ。
知らないと思った言葉は、もう何年も呼ばれることがなかった己の名だ。
「あ……」
おれはこの人を知っている。
この人は――
「……母さん……」
よろめいた佐吉を大きな手が支えた。そのままふわりと抱き上げられる。
母親の胸からは、晴れた空の匂いがした。

†

「蒼太！」

さっと回り込んだ狗鬼が、振り向いた夏野の横をすり抜け、蒼太に飛びかかった。

間に合わない！

と、一閃。

振り向きざまに恭一郎の放った剣が、空中の狗鬼の首を落とす。

蒼太の安否を確かめる間もなく、正面から襲って来た狗鬼に夏野は剣を振り下ろした。

夏野の剣をかわした狗鬼は、三本足で器用に着地すると、牙を剝きだして咆哮を上げた。

仲間の死に憤った二匹は、夏野と恭一郎、それぞれと相対して猛り立った。

少しずつ目は慣れてきたものの、緊張に息が乱れてきていた。

血の臭いが鼻をつく。眉をひそめて、湿った手で夏野が柄を握り直した時、すっと傍らに恭一郎が立ったのが判った。

触れてなくとも、その大きな背中を肩に感じる。

「恐れるな」

「はい」

小さくも確かな声で夏野は応えた。

二匹が示し合わせたように飛んだ。

左右に飛び交いながら、一息に仕掛けてくる。

飛び上がった狗鬼の爪が、まっすぐに、己をめがけて迫り来る。

既視感が夏野を慄かせた。

刹那、恭一郎の言葉が脳裏をよぎる。

――交えるのは一瞬だ――

――やつらの爪が届くなら、おぬしの剣も届く――

私にもできる――

ぎりぎりまで引きつけて、迷わず斬りつけた。

祖父の形見が、狗鬼の足を、そして首を斬り放つ。

断末魔のくぐもった声が、斬り飛ばされた喉から漏れた。

振り返った夏野の目に、恭一郎の背中が映った。

その向こうには、同じように首を飛ばされた狗鬼の屍が横たわっている。

夏野を振り向いた恭一郎が、口元に微かな笑みを浮かべた。

「お見事」

「あ……」

鷺沢殿のおかげです。

そう告げたかったが、喉に何かが絡んだように声にならない。

夏野に構わず刀に血振りをくれると、恭一郎は蒼太を見やった。

蒼太の前にも、恭一郎が討ち取った狗鬼の屍が転がっている。蒼太は戸口を背にして、じっと狗鬼の屍を見つめていた。

「蒼太、こっちへ来い」

呼ばれて恭一郎を見上げたが、動こうとしない。

恭一郎が足を踏み出して、屍の上から蒼太の腕をつかむと、いつになく手荒に引っ張り上げて足もとに立たせた。

「蒼太、無事なのだな？」

蒼太に近寄ろうとした夏野を、恭一郎が剣を持った手で止めた。

「鷺沢殿？」

夏野には応えずに、恭一郎は林に向かって言った。

「おい、高みの見物もいい加減にしろ」

「……つまらぬ……」

びりびりと手元の白いものを破って、木の上から散らした。

足元に飛んで来た紙片を見やると、符呪箋の切れ端であった。

――鴉猿も術を……

「術師を襲ったのか？」と、恭一郎が問うた。

小野沢村の結界を破るのに、術師の血を使ったようだと伊織は言っていた。符呪箋は鴉猿が作ったものではなく、その術師から奪ったものに違いない。鴉猿はどうやら、それを用いて、狗鬼を操っていたようである。喰らうためではなく、殺めるために襲えと命じたのだろう。

そう推察して身震いしたのち、夏野は怒りに駆られた。

つぶやくように鴉猿が応える。

「お前の、知ったことか……」

「そこに提げているのは、術師の血か？」と、恭一郎が更に問う。

目を凝らすと、鴉猿の腰に瘤のようなものが見えた。

「これか……？」

肩から提げたそれは網袋のようだ。

鴉猿が持ち上げると、徳利でも入っているのか、たぷっと濁った音がした。

「……紙切れもまだある……次は、もっと殺す……」

「なんだと！」

叫んだ夏野を鴉猿が一瞥した。

襲ってくる気はないようだ。知恵はあっても、狗鬼ほどの殺傷力を持たぬのかもしれぬ。

手駒の狗鬼が死した今、新たに出直すつもりらしかった。

「待て」

背中を向けた鴉猿が、恭一郎の声にとどまった。

「取引せぬか？」

「何……？」

「その術師の血と符呪箋を……こいつと引き換えでどうだ？」

ぐいと蒼太の襟首をつかみ、恭一郎は前に突き出した。

はっとした蒼太の傍らで、夏野が叫んだ。

「鷺沢殿！　何を莫迦なことを！」

「そうか？　あの、苑とかいう金翅は、五年経ってもこうしてやって来たぞ。こいつを狙っているものどもも、いずれやって来る。狗鬼やら蜴鬼やらを引き連れてな……ならばこちらで厄介払いもよかろう」

「そんな、鷺沢殿！　何ゆえそのような……」

「黙れ！」

厳しい声で言われて夏野が黙る。

襟首をつかまれたまま、蒼太は顔を上げられない。

──「やっかいばらい」……

知らぬ言葉だったが、胸に突き刺さった。

夏野は気付いていないようだが、恭一郎は本気ではないと、蒼太には判っていた。

何か、考えあってのことであろう。

そう思うものの、恭一郎の言葉に蒼太の胸は慄いた。

「そいつは、山幽の……」

「そうだ。こいつを連れてゆけば、山幽がお宝をくれるらしいな」

「……面白い……」

　ざっと木々を揺らして、鴉猿が下りて来た。

　思ったほど大きくはない。背中が曲がっているせいか、恭一郎より背は低く、肉付きのよい身体は黒い毛で覆われている。鴉猿というだけあって、猿をずっと大きくしたような身体だが、頭は鼠と牛を足して割ったような異形だ。

　恭一郎に出会う前に、蒼太は何度か鴉猿に襲われたことがある。

　狗鬼ほどの敏捷さはないが、力は強い。一度、己の身代わりにつかませた中太の枝を、片手で握り砕いたのを見たことがあった。

「お前は何故……こいつを？」

「たまたま拾ったのだ。子供でも妖力を持つ山幽だ。少しは役に立つかと思ったが、そうでもなかった。この際お前にくれてやるさ」

「ほう……」

「ただではやらんぞ。言ったろう？　お前が術師から奪ったものと引き換えだ。小野沢を襲ったのもお前だろう？　お前がこれで諦めるとは思わんが、そうそう村を襲われてはちと困る」

「……そいつと……刀と、引き換えだ……」

「そいつは断る。こいつは安良様から賜った刀でな。失くしたとなれば俺の首が飛ぶ」

「……安良……」

「そう欲張るな。こいつを連れて行って、山幽からお宝を巻き上げればよいではないか」

「山幽の宝か……やつらに恩を売るのも悪くない……よかろう……そやつの首を落として渡せ……」

「なんだと？」

流石の恭一郎も問い返した。蒼太が顔を上げると、五間ほど先にいる鴉猿の赤い目が光った。皺の寄った口元に嫌な笑みを浮かべている。

「生きたまま連れて行くことはない……山幽どもは……そやつの死を望んでいるのだからな……」

どくっと、心臓が一つ大きく波打つ。

今更なんだ、と己に言い聞かせる。

サスナが――己が殺したカシュタの母親が、己を殺したいほど憎んでいるのは、既に判っていたことではないか――

それでも、はっきり口にされたことが蒼太にはこたえた。

「……山幽どもは、腰抜けばかりだ……やつらは、同族を殺せん……だからこやつを殺す山幽はいない……黒耀様に頼んだのも、こやつを殺せる者がいなかったからだ……本当は黒耀様に、こやつを殺して欲しかったのだ……」

ならばおれは何者なのだ？

握っていた鍔が、ぽとりと地に落ちた。

カシュタを——同族を殺してしまったおれは……

鴉猿がゆっくりと、肩から提げていた網袋を外した。袋の紐(ひも)を手に提げて、反対側の手を恭一郎に差し出す。

「首を落として渡せ……」

「やめてください、鷺沢殿！」

夏野が割って入るように近付いて、鴉猿が身構えた。

「黒川殿。黙っていろと言った筈だ」

「しかし！」

足を前に出し、夏野は引く様子を見せない。

鴉猿が夏野の方を向いた。

「小うるさいやつだ……」

「そいつには手を出すな」

強い声で言った恭一郎に、鴉猿がにたりと笑う。

「殺さぬ……だが……」

ふいをついて斜めに飛んだ鴉猿の腕が夏野に伸びた。

勢いよく払われた腕に、刀を構えたまま夏野が吹っ飛んだ。

「引っ込んでおれ……」

後ろに倒れた夏野から呻き声が漏れた。

「なつ！」きっと鴉猿を睨みつけたが、やはり何も起こらなかった。

――「やくたたず」。

ぐっと、襟元を握る恭一郎の手に力がこもった。

「……人のなりをした者を斬るのは、俺とて寝覚めが悪い。その腕なら容易いだろう。お前が絞め殺せばいい」

「……刀を仕舞え……うまいことを言って、斬られてはたまらぬ……」

「よかろう」

つかんだ蒼太を横へやると、恭一郎は片手で刀を鞘に納めた。

「鷺沢殿！」

夏野が悲鳴に似た声を上げた。

本気なのかもしれない、と、蒼太は思った。

恭一郎のことは信じているのに、胸の内に小さな黒い染みが滲み出る。

少し前に見た「絵」を思い出す。

黒い影と、大量の血。

あれは鴉猿と、己の血だったのかもしれない。

そんな筈はない。

でも、もしもそうなら……

もういい、と、蒼太は目を閉じる。

いずれ別れが訪れるのは知っていた。

「きょう」がおれを放り出すか、「きょう」が死ぬか。

それとも、おれが死ぬか——

今がその時だというのなら、もう、それでいい。

網袋を提げた手を鴉猿が突き出す。

「そら」

投げ出されるように前のめりになった蒼太に、鴉猿の腕が伸びた。

†

甘く見ていた。

力は強そうだが、狗鬼よりは鈍いと夏野は踏んだ。想像していたよりも速く飛んで来た時も、夏野の目は鴉猿の動きを捉えていた。

どう見ても間合いの外にいた筈だった。

だが、当たらぬと思ったその腕が、眼前で二尺は伸びた。

意表を突かれた夏野の腕を、鴉猿の拳が払った。

柄を握る己の両手が胸を強打し、息が止まった。

一瞬遅れて、己のものとは思えぬ呻き声が漏れる。

咳き込みながら、胸を押さえて夏野が身体を起こすと、背中に狗鬼の屍があった。

落とされた首から血が流れ、地面に血溜まりを作っている。
飛ばされた時に放してしまった刀を、急ぎ拾って夏野は立ち上がった。
痛む胸を押さえて顔を上げると、恭一郎が刀を鞘に納めたところだった。
「鷺沢殿！」
何か考えがあるのではと思っていた。
恭一郎が蒼太を犠牲にするなど到底信じられぬ。
しかし……。
小野沢村では百人余りが命を失った。
鴉猿は、その悲劇を繰り返そうと言うのである。
一つの妖かしの命と、百人の人間の命。
どちらを取るのかと問われれば――
網袋を鴉猿が差し出し、恭一郎が蒼太を突き出す。
「そら」
鴉猿の前に投げ出された蒼太を見た刹那、答えの出ぬまま、夏野は地を蹴った。

†

身をかがめて、一直線に飛び込んだ。
気付いた鴉猿が振り回した網袋の下をかいくぐって、腹から心臓を突く。
鴉猿が喘いだ。

らしい。

蒼太を投げ出すと同時に踏み込んだ恭一郎は、居合抜きに、下段から鴉猿の首を討った
恭一郎の右手に八辻九生が光っている。

顔を上げると、ずるりと、鴉猿の首が後ろに落ちた。

叫び声はない。

膝が震えた。

これも震える手で刀を引くと、血飛沫を上げて鴉猿の身体が崩れ落ちる。

「お見事……」

見上げると恭一郎と目が合った。

「……と言いたいところだが、勘弁してくれ。今少しで、おぬしの首を飛ばすところだったではないか」

微苦笑を浮かべた恭一郎に、夏野は唇をわななかせた。

「そ、蒼太が……鷺沢殿が、蒼太を……」

「……俺が本当に、やつに蒼太を渡すと思ったのか？」

「それは……」

「思ったより信用がないのだな、俺は。あんまりだ、黒川殿」

「あ……あんまりなのは、鷺沢殿です。蒼太に……あのようなひどいことを……」

「敵を欺くにはまず味方からだ。それに、こいつは承知していたさ。黒川殿より、余程俺

を買ってくれている。──なぁ、蒼太？」

足元に座り込んでいる蒼太に微笑みかけるも、蒼太は目をそらしてうつむいた。

「なんだ、お前もか？」

流石にこたえたようである。恭一郎の口元から笑みが消えた。

かがみ込んで肩に触れると、恭一郎は小さく溜息をつく。

「──許せ。心にもないことだったが……ひどいことを言ったのは事実だ。だが俺は、守れもせぬ約束をする男ではないぞ？」

地面を見つめたまま蒼太が頷く。

「二言もない」

面を上げた蒼太が、恭一郎を見つめた。

蒼太がもう一度頷くのを見て、恭一郎の顔が少し和らいだ。

未熟者め、と、夏野は己を戒めた。

私はこの方の心も、剣の腕も見くびっていた──

立ち上がった恭一郎に、夏野は深く頭を下げた。

「申し訳ありません」

「謝ることはない。それよりも──」

恭一郎が言いかけた時、多紀の悲鳴が聞こえた。

†

気付けば、うっすら輝くものが去って行くところだった。

飛び起きて多紀は家中を探したが、佐吉は見当たらぬ。

土間の向こうから夏野が恭一郎を呼ぶ声が聞こえた。表戸に駆け寄ろうとして、裏口が開いていることに気付いた。

母親の勘だろうか。

迷わず踵(きびす)を返すと、多紀は裏口から走り出た。

小道を歩んで行く輝くもの——大きな女の背中——が見える。

腕からひらりと佐吉の着物がはためいた。夏野が、苑と呼んでいた金翅に違いなかった。

「待って！」

苑は振り向きもしない。

「待って！　連れて行かないで！」

苑の前に回り込むと、多紀は懇願した。

「お願いです！　佐吉を返してください！」

「返すも何も、この子は我が子ぞ。我が子を手放す莫迦がどこにいる？」

嘲笑を浮かべた苑に、思わずたじろいだ。

佐吉は多紀を見ようとせず、気まずそうにうつむいている。

まさか、記憶が……？

抗おうとせぬ佐吉に焦りが募る。

五尺になろうかという佐吉を軽々と抱えた苑は、戸惑う多紀を鼻で笑った。

「我が子に人の振りをさせるなど——小賢しい」

そのまま立ち去ろうとする苑の足に、多紀はしがみついた。

「佐吉！」

「放せ！」

勢いよく足蹴にされて、一間ほど多紀は吹っ飛んだ。

思わず悲鳴が漏れる。

痛みをこらえて起き上がると、夏野たちが駆けて来た。

「柴田殿」

多紀を支えた夏野が、きっと苑を睨む。

「その女が悪いのだぞ」

「——判った。行ってくれ」

「放して！」

頭を振って駆け寄ろうとしたが、夏野に腕をつかまれたままだ。

「佐吉を返して！」

「判らぬやつだな……黒川、おぬしから言ってやれ。私とその女、非はどちらにある？」

多紀が見やると、夏野は小さく首を振った。

「何を——佐吉は怪我をしていたのですよ！　なのに一人で……」

「やんちゃでな。少し目を離した隙に飛んで行ってしまった。気付いてすぐに追ったのだが、お前は術を使ってこの子を隠した。記憶を奪い、己に似せて……息子だと偽った。おかげで探し出すのに五年もかかってしまったではないか」

術……

刺青を思い出し、一縷の望みをかけて今一度多紀は佐吉の名を呼んだ。術が効いているうちは、佐吉は人の子のままだ。

「佐吉。こっちにおいで。お願いだから、母さんのところに戻って来て」

「無駄だ。術は既に解けている。——見よ」

抱かれている佐吉の襟が開かれると、痣はすっかり消えていた。痣のあったところには既に産毛が生えかけている。

鳥の産毛に酷似していた。

「ああ……」

えぐられたような痛みに、多紀は胸に手をやった。

「酷なことをしてくれたな。我が子がどれだけ苦しんだか……」

己が施した刺青が、佐吉を苦しませているのは知っていた。痛みをこらえる佐吉を見るのはつらかったが、佐吉を手放すことはもっと耐え難かった。

……私は知っていた。

心のどこかで、母性の望みに反して術師の分別が囁いていた。いずれ全てを打ち明ける日が……己の術が、佐吉の本性を抑えきれぬようになる日がくるだろうと。

それがまさか、このような形で――こんなにも早くその日を迎えようとは……

「手放したくなかった。共に……ずっと共に、暮らしたかったのです……」

「人とはまこと、勝手なものよ。鴉猿どもほどではないが、得てして我慢ならん」

言い放った苑が、夏野の後ろにいる蒼太を見やる。

「――お前もそうか？」

首を振る蒼太は、少し前と何かが違っていた。

「無理強いされているのではないのか？」

もう一度首を振った蒼太を見て、多紀に疑念が湧いた。

この子は――もしや――

「ならばよい」

「おい」

抜き身を手にして進み出た恭一郎に、苑は鼻を鳴らしてにやりとした。

「判っている。他言無用というのだろう？　私は、この子さえ戻ればよいのだ。山幽の宝などに興味はない。それに、お前のような男の恨みを買うのはごめんだ。八辻の刀を遣う者に歯向かうほど私は浅はかではない。――やつらのようにな」

表を顎でしゃくって、苑は続けた。

「それとも今ここで私を斬るか？　ならば相応の覚悟をしてもらおう」

しばし睨みあった後、恭一郎が刀を下ろした。

ふっと口の端を上げて、苑が笑う。

「……黒川といい、お前といい……面白い人間もおるものだな」

「――早くゆけ」

「ああ」

遠くから声が聞こえてくる。

異変を察して、村人たちがこちらへ向かって来るようだ。苑に抱かれたままの佐吉が不安げに、闇（やみ）に動く提灯の灯りを見つめている。

踵を返して歩き出した苑に、とっさに多紀はすがった。

「佐吉！」

振り向きざま伸びて来た手が喉に食い込んだ。

伸びた爪が首に刺さる。

ぎりぎりと締め付けられて、多紀は喘いだ。

夏野が叫んだ。

「やめろ！」

「来るなら、こいつを盾にするまでだ」

剣を構えた夏野が唇を噛む。

これが報いか、と、多紀は己に問うた。

我欲に囚われ、佐吉に——我が子に——苦痛を強いた罰が死なのであらば……

新たな涙が一筋、多紀の頬を伝う。

——どのみち、佐吉のいない暮らしなど耐えられぬ。

目を閉じて、多紀が漏らした最後の吐息に、佐吉の叫びが重なった。

「やめて！　母さん、やめて！」

「お前を苦しめたやつだぞ」

「やめてくれよ、母さん……お願いだ」

首にかかった手が緩んだ。

突き放されて、多紀は倒れ伏した。

佐吉が苑の腕から下りて、多紀の前に立つ。

まだ人の姿をしているものの、その身体は苑に似た淡い光を放ち始めていた。

「佐吉……」

「母さん」

今度は多紀をそう呼んだ。

咳き込みながら見上げた佐吉の顔は痛ましげだが、頬には子供らしい色艶（いろつや）がある。つい先ほどまで、身体ばかり大きくて病弱だった子供が嘘（うそ）のようだ。

「おれ……行くよ」

苑をちらりと振り返って言う。

「佐吉、私は……」

「もう、痛くないんだ」

遮るように佐吉が言った。

佐吉の目は責めていなかった。

だが、見たことのない佐吉の潑溂さが、多紀の胸を突いた。

「おれ……本当は空も飛べるんだよ」

涙が溢れた。

滲んだ佐吉の顔が、少しだけ困ったように見える。

「――行くよ」

佐吉が苑に駆け寄ると同時に、目の前が黄金色になった。

大きく力強い、金色の翼。

羽風から思わず目を庇った多紀が再び顔を上げた時、二人は既に飛び去っていた。

闇夜に輝く、大小二対の翼がみるみる遠くなる。

やがてそれらがすっかり見えなくなるまで、多紀は夜空を見つめ続けた。

第七章 Chapter 7

鳴子村へ来る前に、苑は多紀が術師だと知っていたようである。

用心のためか、狗鬼たちを引き連れて多紀の家まで来たらしく、道中にある家の老爺と仕事帰りの若者の二名の他、鳴子村で死者は出なかった。老爺が狗鬼から庇った妻は、突き飛ばされた際に腰を痛めたが、命に別状はない。

佐吉は金翅に攫われたことになっていた。

佐吉が妖かしだったことは、のちに駆けつけた渋谷には明かしていない。

打ちひしがれた多紀を見ておろおろする渋谷に引き止められ、夏野たちは更に三日を鳴子村で過ごした。

伊織と恭一郎は、恵中州府の差間から来た理術師や侃士と共に、妖魔たちの屍の検分や村の確認にあたったが、夏野は蒼太や多紀と時を過ごした。

三日目の朝に、夏野たちは鳴子村を後にした。

街道に出てから空木村に帰る伊織と別れると、一路晃瑠を目指して歩んで行く。

「……いずれ柴田殿は、渋谷殿に打ち明けられましょうか?」

歩きながら、夏野は恭一郎に問うてみた。

「佐吉のことか？」

「はい」

多紀と同じく、渋谷も佐吉に我が子を重ねていた。佐吉が攫われたと聞いた渋谷の悲しみようが、真実を知る夏野を心苦しくさせていた。

「それは柴田殿が決めることだ。二人が夫婦になるならともかく、いたずらに渋谷殿に打ち明ければ、己の立場が危うくなるやもしれぬ」

「でも渋谷殿なら……」

渋谷が多紀を想っているのは、夏野にもすぐ判った。渋谷が多紀に寄り添うことで、多紀の悲しみが徐々に和らいでいけばいいと願わずにいられない。

渋谷殿なら真相を知っても柴田殿を厭わず、過去と合わせて柴田殿を包み込んでくれるのではないか？

そう、願ってもいた。

「死者が出ているのだ。秘密を知る者は少ない方がいい。まあ、あの御仁なら心配いらんだろうがな……俺はむしろ、柴田殿の方が気にかかる」

「――蒼太のことですか？」

多紀は蒼太の正体に気付いたが、苑同様、他言はしないと恭一郎の前で誓った。

二人の絆を見て取っただけでなく、蒼太が自ら望んで恭一郎と暮らしていることを知って、心を動かされたという。

「ああ。守り袋に、過分に歎じていたように思う」

二人の話を聞いていた蒼太が、着物の上から守り袋を押さえた。

山幽は人に最も似ている。佐吉と違って、無理矢理記憶を封じたり、身体を変化させたりする必要がないとはいえ、術師の己をも易々と欺いた守り袋のことを知って、「流石、樋口様」と、多紀は伊織を褒めたたえた。

だが、そこには微かな無念も感ぜられた。

守り袋さえあれば――伊織の助けさえあれば――佐吉を手元に残しておけたかもしれない。そう多紀が思っても不思議ではなく、それが人情というものでもある。

「しかし、佐吉のことは悔いておられました」

息子を失った悲しみは深い。しかし、己の身勝手さから、佐吉に余計な苦しみを課していたのは過ちだったと、夏野たちの前で多紀は恥じ入りながら語った。

母さん、と佐吉が最後に呼んでくれたのが救いになった。今後の身の振り方は決めていないが、これからは己のためでなく、人々のために術を活かしていきたい――とも。

「蒼太のことは他言はしないと、誓われたではないですか。意に反して家族と引き離される悲しみが、此度改めて、身に染みて判った……と」

「だといいがな」

皮肉な笑みを浮かべた恭一郎に、夏野は問うた。

「随分、柴田殿に厳しいのですね。もしや……私のことも疑っていらしたのですか？」

昨年、東都で蒼太の正体を知った夏野を、恭一郎は口止めした上でだが――いとも容易く屋敷に帰した。

「いや」

夏野を見やって、恭一郎は即答した。

「黒川殿のことは少しも」

「そうですか」

信じてもらえた嬉しさに、声が少し上ずった。

「おぬしは蒼太の目を取り込んでいるのだからな。下手に他言はできぬだろう」

「えっ……？」

「それに俺は、こう見えて人を見る目があるのだ。――黒川殿と違ってな」

からかい交じりに恭一郎は言った。

鴉猿と駆け引きする恭一郎を、夏野は一度は疑った。

「そ、それは――鷺沢殿が、あまりにも真に迫った様子で……」

慌てた夏野に微笑んで、恭一郎は顎に手をやった。

「まあ、俺の不徳のいたすところだろうが……渋谷殿にも誤解されたしな」

「渋谷殿に、何を誤解されたのですか？」

「――黒川殿に言うほどのことではない。忘れてくれ」

また子供扱いされた――

苦笑する恭一郎がやや恨めしい。

内心口を尖らせた夏野の隣りを、蒼太は守り袋をいじりながら黙々と歩いている。

†

鳴子村を出る前、夏野と渋谷が多紀の家を訪ねた隙に、蒼太は伊織に問うてみた。

直に訊ねたのでは通じないため、間に恭一郎を挟んでのことである。自ら伊織に話しかけるのは初めてだった。

「まも、い、うく……はす、し、た。ちか……て、ない」

「守り袋を外したのに、力が振るえなかったのは何故かと問うておる」

「その守り袋は、お前の身体の成長を誤魔化すものであって、けしてお前の力を抑えるものではない。つけたままでも、小さな念力は使えるのであろう?」

こくりと頷いたが、腑に落ちない。

では、あのもどかしさはなんだったのだ――?

「理を曲げて、お前に無理を強いているには違いないが……」

そう言って伊織はしばし沈思した。

「だが、力を振るえなかった真の原因は、お前の未熟さにあると俺は踏んでいる。――お前はまだ幼い。山幽が成人した後に仲間の血を飲むのは、老化を防ぐと共に、妖力の衰えを止めるためだと聞いている。けれどもお前は、力が伸びる前に身体の成長が止まってしまった。だからこそ、より強い力を得られるとお前の仲間は言ったそうだが、身体だけでなく心も幼いお前には、新しい力はまだ荷が重いのだろう」

「おれ……おさ、な、ちか、う」

「子供だ」

恭一郎を介さず通じたようである。幼子ではない、と反論した蒼太に伊織は言った。

「お前はまだ、生を受けて十五年ほどだと言ったではないか。俺や恭一郎の半分にも足りぬ。しかも、そのうち五年は一人で過ごした。人も妖魔も、その他の生き物も、個が学べることには限りがあるのだ。仲間でも敵でも、他の命と触れ合ってこそ、多くの知恵がつき、心が育つ。身体の方は致し方ないが、これから先、お前の心が今少し育てば、心に見合った力を使いこなせるようになろう」

黙り込んだ蒼太へ伊織が問うた。

「怖いか？」

心中をずばり当てられて、蒼太は驚いた。

「俺も、怖かった」

伊織の台詞に恭一郎も怪訝な顔をする。

眼鏡を正すと、伊織は蒼太をまっすぐ見つめた。

「常人に見えぬ力——しかも命を奪えるほどの力を得るということは、それに見合った使命を負うということだ。お前と変わらぬ年の頃、お前と同じように、俺は自身を恐れた。

今よりずっと未熟者だったゆえ、己を正しく律することができるかどうか、不安だったのだ。今でさえ、迷いにかられる時が多々ある」

伊織は、十九歳で理一位を賜った異例の英才である。

「お前と俺は違う。お前はお前のやり方で己と向き合ってゆかねばならぬ。だが、古参から言わせてもらえば、迷いも恐れも全て、のちの心の糧となる。一人で思い悩むこともない。俺にできることならば、助力は惜しまぬぞ？」

伊織が微笑を浮かべたのに、頷きで応えて、蒼太は小さく頭を下げた……

——ただし、これからは一層気を付けねばならぬ——

そう言った伊織が思い出されて、蒼太は守り袋に触れていた手を離した。

人の子は一年に二寸ほど背が伸びる。この先、人前で守り袋を外すことは断じて避けねばならなかった。己の正体が公になれば、いかに恭一郎とて庇いきれぬ。

自分たちが、極めて危険な橋を渡っていることを、今更ながら蒼太は痛感していた。

そして、あの「絵」——

昨夜も蒼太は夢に見た。

大きな黒い影が、機を窺っている。

影の向こうに揺らいだのは、見覚えのある森だ。

翁たちを始めとする森の一族の姿が、次々と浮かんでは消えた。

だが、サスナの姿だけが見当たらぬ。

身震いして目を覚ましたが、同じ部屋で眠っていた夏野は健やかな寝息を立てているばかりであった。

――こいつを狙っているものども、いずれやって来る――

恭一郎の言葉が思い出された。

都なら安心だと「きょう」は言うが、本当にそうだろうか？

昨年、シダルは術師と共に晃瑠へやって来た。

己や伊紗のように、人に紛れて都で暮らすものもいる。

いずれまた、誰かがやって来る。

そしてきっと、誰かの血が流れる……

†

晃瑠で新たな暮らしが始まった。

「なっちゃん、今日はお屋敷だったね？」

「はい」

「なんでぇ……お夏はお屋敷かい。じゃ、夕餉はかかあと二人か。つまんねぇな」

「そりゃこっちの台詞ですよ」

兄の言いつけで、夏野は駒木町の指物師・戸越次郎の家に間借りすることになった。

士分とはいえ、若輩者で世話になる身である。

「特別な扱いは不要に願いたい」――そう言って畳に手をついた夏野に、

「じゃ、遠慮なくそうさしてもらわぁ」と、しょっぱなから次郎は砕けた調子で言った。

次郎の妻のまつは、夏野の兄の子守役だった大野保次の妹である。晃瑠に嫁いで二十年余りが過ぎたが、夏野は故郷の州司・卯月義忠の妹だ。初めのうちこそ、まつは夫の態度におっかなびっくりだったが、少しずつ親しみのこもった口調になってきた。

指物師としてそこそこ名の売れている次郎はもうじき五十路になる。子宝には恵まれず、店には三人の弟子がいるが、皆通いだ。

朝餉を済ませて、弟子たちが顔を出す頃、夏野は入れ違いに外へ出かけて行く。

大路ではないが、次郎の店は四条梓橋から一本西にある、月形通りに並ぶ表店の一つだ。次郎の店を含め、小体な職人の店が多い通りだが、それぞれに腕と意地をかけて作り上げた品々には目を見張るばかりである。粋人たちが昼間から、店を覗いて細工物に目を細めたり、集まって語り合いながら茶屋で煙草をふかしたりする様もよく見かける。

刀を差した、いささか場違いな姿で通りを抜けると、夏野は梓川沿いをしばし散歩してから、町内の学問所へ向かう。

東都の学問所だけあって、武士よりも町人の方がやや多い。女がちらほらいるのも夏野を驚かせた。故郷の葉双では、州府といえども、学問所に来るのは男ばかり。特に禁じられてはいないのだが、女は夏野のような変わり者が一人二人、いるかいないかといったところだったからだ。

学問所にて朝のうちに一刻ほど学ぶと、昼からは大抵、笹川町の柿崎道場に出向いて夕刻まで剣の稽古に励む。

　半月に二、三度は学問所ではなく、駒木町の西にある相良正和の家を訪ねる。

　多紀の師だったという相良は、位こそ持たないものの、伊織の信頼篤い理術師だ。伊織や恭一郎より五つ年上の三十七歳で、次郎とはまた違った意味で砕けた人物だった。

　伊織からの紹介状を手に初めて顔を合わせた夏野に、開口一番、相良は言った。

「こりゃまた上玉だ。祝言を挙げたばかりだというのに、樋口様も隅におけない」

「わ、私は——樋口様とはそのような」

　面食らった夏野に、相良はくすりと微笑んだ。

「冗談だ。お堅いところもいいがね……磨けば光る才を持った子だよ、あんたは。流石、樋口様はお目が高い。いい退屈しのぎになりそうだ」

「はあ」

「じゃあ、まずは都を見物がてら、買い物に行こうかね」

「買い物……？」

「女子にしてはあんまりななりだから、少しは女子らしい着物に簪でも買ってやってくれと、樋口様のお達しだ」

「まさか！」

「そのまさか——と言いたいところだが、あの御仁も若いくせにお堅くてな。あんたに、極上の行灯と必要な書を揃えてやってくれとのことだ」

「はあ……しかし、今日は持ち合わせが」

「もうもらってある。樋口様のすることだ。抜かりはないよ」

そう言って相良が夏野に見せたのは、一枚の為替だった。

夏野はすっかり忘れていたが、伊織に渡した兄からの金を、伊織は為替に替えて紹介状に同封したらしい。

気前よく買い物を済ませた後、相良は挨拶がてら、次郎の家まで送ってくれた。

理術師の身分は隠さなかったが、夏野のことは、伊織と事前に申し合わせてあったらしい。伊織からではなく、夏野の兄に頼まれて、学問を教えることになったと、もっともらしく相良は次郎とまつに告げた。塾生でもないのに術を学ぶなど、滅多なことでは口にせぬ方がいいという配慮からであった。

相良の一見真っ黒に見える着物は、よく見ると藍墨茶色で、織り目が細やかな上等の布で仕立ててあった。学者というよりも商家の旦那のような洒落っ気に、気さくな物言いが相まって、次郎もまつも、恐れ入りつつも相良が気に入ったようだ。

そんなこんなで、夏野が東都へ来てもうじき二月になろうとしていた。

――今日は相良の登城日であった。

相良は城下の清修塾で教える傍ら、御城の書庫番も務めている。

ゆえに夏野は、いつも通り学問所の方に顔を出し、そののち柿崎道場へ向かった。

稽古着に着替えると、他の門人に交じって素振りを始める。

立合稽古では馨（かおる）と打ち合う機会を得たが、今日も一本も取れなかった。

夏野に一刻ほど遅れて、仕事を終えた恭一郎も道場へ来たが、手合わせは叶（かな）わなかった。

柿崎道場は都の道場にしては小さいが、六割もの門人が侃士号を持っていて、どの門人も必死である。恭一郎が顔を出すと、手合わせを願う者は引きも切らない。

「今日も、真木（まき）殿から取れませんでした」

着替え直して、蒼太と柿崎の和む縁側に回ると、夏野は恭一郎に言った。

「黒川殿」と、恭一郎は苦笑する。「あれで馨は師範だぞ。そう容易く取らせるものか」

「そうじゃとも。真木を師範にしたわしの面子（メンツ）にもかかわる」

縁側の柿崎も笑った。

「――なんですか、先生？」

これも縁側に回ってきた馨が問うた。

「黒川がな、おぬしから一本も取れぬと嘆いておるのだ」

「何をたわけたことを。おぬしに取られるほど、俺は鈍（なま）っておらん」

「ですが、私とて……」

侃士号を持つ剣士だと言いたかったが、私ごときが厚かましいと思い直した。

「莫迦者（ばかもの）！」

案の定、一喝される。

「数は少なくとも、うちは精鋭揃いだ。侃士になりたてのひよっこなぞ話にならん。おぬし、今日は三矢にも取られていたではないか」

三矢勇吾は、まだ四段止まりの門人である。二十歳と夏野より少し年上で、来年には五段に昇段、つまり侃士号を賜るだろうといわれている才ある若者だった。

「……私が至りませんでした」

肩を落とした夏野をよそに、蒼太が恭一郎を見上げた。

「ひよ……こ？」

「鶏の雛のことだ。転じて、半人前や未熟者のことをいう」

「ひ、な……？」

「ほれ、あの黄色い小さな――」

首を傾げた蒼太に、横から口を挟んだ馨が両手を羽に見立ててばたつかせた。

六尺超えの大男が、雛の真似をしているのである。

恭一郎と柿崎が同時に噴き出した。

ならぬ。

夏野は目をそらして込み上げてくるものを抑えようとした。隣りを見ると、蒼太もうつむいて笑いをこらえているようだ。

「――馨。お前は指南所でもよき師範となれるぞ」

「うるさい」

「とい、の、こ」

「そうだ。鶏の子だ」

恭一郎を睨んだ馨が、蒼太には目を細める。稽古では容赦ないが、馨が心温かい男であることは、夏野を含めここにいる皆が知っている。

「それはさておき」

取り繕うように一つ咳払いをして、馨は言った。

「厳しいことを言ったが、黒川――おぬし、思っていたよりは見どころがあるぞ」

「そうですか」

慰めだと判っていたが、まったく心にもないという様子ではない。

「うむ。氷頭では随分、基礎を積んだな。型もよい」

剣術の基礎は、幼い頃に祖父にみっちり仕込まれた。自分よりも、今は亡き祖父が褒められたようで誇らしい。

しかし……。

「お言葉は嬉しいのですが、先ほどはまこと、身の程知らずなことを申しました。腕が未熟なことは、自分が一番承知しております。現に小野沢でも鳴子でも、狗鬼の前ではただうろたえるばかりで……」

「だが、一匹は一人で見事討ち取ったと聞いたが」

「鷺沢殿がついていてくださったからです。動転していて、一人ではとても」

「それでも、おぬしの手柄ぞ」

強い語気に夏野が見上げた馨の顔は、師範のそれに戻っていた。

「仕合と戦場は多分に違う。道場でいくら腕を見せても、真剣勝負や妖魔狩りだとからきしのやつも多い。殊に都では、妖魔狩りに駆り出されることもないしな。うちはそうでもないが、都の侃士には命懸けで戦ったことのない者がいくらでもいる。この俺とて、妖魔とやり合ったのは数えるほどしかないが、やつらの強さはわきまえているつもりだ。偶然に討ち取れるほど、やつらは甘くない。おぬしに力があればこそ、討ち取ることができたのだ。そのことを忘れるな」

「はい」

「だからといって、慢心してはならぬぞ」

「はい」

「――精進せよ」

「はい！」

夏野が応えると、馨は今度はのんびりと恭一郎を見やった。

「……というところで、そろそろ一杯どうだ？」

「よいな」

「黒川、おぬしももう帰れ。遅くなるとおかみさんが心配する」

「いえ……今日はその、州屋敷の方へ行くので」

「州屋敷？」

馨が問うたのへ、恭一郎が微笑して言った。

「――椎名を待たせているのなら、尚更急いだ方がよいのではないか？」

「そんなことは……ですが、そろそろお暇いたします」

一礼して、夏野は足早に門を出た。

†

氷頭州の州屋敷に着くと、顔見知りの女中の紀世がすっ飛んで来た。

「着替える際に、汗は拭ったのだが……」

「いけません」

二つ年下の紀世に急き立てられながら、夏野は湯浴みをした。

湯浴みから出ると、白緑色の絹の着物を着せられる。焚き染められた香の匂いが、夏野の鼻をくすぐった。

「お紀世、これは一体……？」

氷頭州の州司代を務める由岐彦には、この二月ほどの間に四度会っている。晃瑠に着いてすぐの挨拶の折には、小夜の仕立てた着物を着て形ばかり女の姿をしていたが、その後はいつもの少年剣士の装いで州屋敷を訪れていた。道場帰りならばそれでも構わぬと、由岐彦からは言われている。

「だって夏野様、本日は名嘉屋に参られるのですよ」

「名嘉屋？」

「晃瑠で五指に入る料亭でございます」

「料亭？　由岐彦殿は何も仰ってなかったが」

「どちらにせよ、夏野様一人ではお支度できませんでしょう？　同じことです」

きっぱりと言いながら、手は休めない。

腑に落ちずに夏野は小首を傾げたが、真剣な眼差しで黙々と手を動かす紀世に、それ以上口を挟むのははばかられた。

夏野の、女にしては中途半端な長さの髪を、紀世は器用にまとめ上げていく。

薄く白粉をはたいて紅まで差すと、上から下まで眺めて満足そうに頷いた。

「さ、駕籠が待っております」

「由岐彦殿は……」

「向こうでお待ちですよ」

名嘉屋は三条大橋を越えた、西片町の大川沿いにあった。

大川が見渡せる二階の一間で、由岐彦は待っていた。

「由岐彦殿、本日はかようなところへお招きいただき……」

「堅苦しい挨拶はなしだ、夏野殿。手間を取らせてすまなかった。が、それだけの甲斐はあったな」

装い華やかな夏野の姿を見て、由岐彦は微笑んだ。

「いえ。——よい眺めですね」

照れ隠しに窓に歩み寄って、夏野は感嘆した。

宵闇に、川を行きかう舟の提灯がいくつも揺れている。川沿いの店に並ぶ灯りが川面に映り、細い、光の糸を紡いでいた。

「料理も絶品だ」

「楽しみです」

由岐彦の前には既に酒が出されていた。夏野が腰を下ろすのを見計らったように女将が挨拶に現れ、続いて仲居が先付を運んで来る。

先付、椀物、向付と、どれをとっても、深く繊細な味わいがある。それぞれ口にするごとに夏野は舌鼓を打った。

「美味しゅうございます」

「気に入ってもらえて何よりだ」

「しかし、その、着物まで……」

昨年用意されていたものとは違う、卸し立てであった。帯も履物も同様に新しい。

「義忠から言われておるのでな。たまには然るべき恰好をさせろ、と」

「成程、兄上の差し金だったのですね。まったく兄上は……お忙しいのに、由岐彦殿にもとんだご迷惑を」

「いや、着物は義忠からだが、ここへ呼んだのは私が勝手にしたことだ。……屋敷では話しにくいことがあるゆえ」

「兄上のことですか？」

氷頭州の州司を務める兄・卯月義忠の評判は悪くないが、まだ三十路という若さに危惧を抱く者もいると聞く。氷頭州は卯月家が代々治めてきたとはいえ、いつ、どんなことで足をすくわれるやもしれぬ政の世界であった。

遠く離れた兄を案じて、夏野は由岐彦を見つめた。兄に何か危機が及ぶようなら、明日にでも故郷へ飛んで帰る所存である。

由岐彦が苦笑した。

「案ずるな。義忠のことではない」

「では一体」

「――のちほど話す」

身を乗り出した夏野に、由岐彦はなんとも歯切れが悪い。

杯を干す由岐彦の顔には、微かに憂いが浮かんでいるように見えた。しかし、急を要する話ではなさそうである。夏野は気を取り直して箸を動かした。

「柿崎はどうだ？」

「厳しいです。それに、真木殿、鷺沢殿だけでなく、皆、強くて……」

「鷺沢も顔を出しているか？」

「はい。お仕事の都合があるので、毎日ではありませんが、今日もいらしてました。でも、お手合わせは叶いませんでした。皆、鷺沢殿と稽古したがるので、同じ道場にいてもなかなかご指南いただけないのです」

「さようか……」

由岐彦も氷頭州で一、二を争う剣士である。晃瑠では、都詰めの氷頭剣士が揃う秋吉道場に通っていた。

次々と運ばれてくる料理を口に運びながら、しばし互いの道場について語り合った。

最後に出された水菓子を食べ終えると、ゆっくりと茶を含む。晃瑠で五指に入る料亭だけあって、茶も色、香り、味、どれを取っても抜きん出ている。

灯りを映す深い黄金色の茶を覗き込みながら、夏野は、飛び去った金翅の親子を思い出した。

それから、渋谷や多紀のことも。

――渋谷殿は、柴田殿に想いを打ち明けられただろうか？

慎み深い御仁だが、殿方なれば、今少しはっきり物を言った方がよいのではないか？

などと、いらぬことを思いやっていると、茶碗を置いた由岐彦が言った。

「夏野殿」

「はい」

居住まいを正した由岐彦に、夏野も茶碗を置いて背筋を伸ばした。

いつになく硬い顔をしている。

兄上のことではないのなら、もしや、母上に何か――？

「夏野殿」

「はい」

「そなたのことだが……」

「私ですか？」

「そうだ」

まっすぐな面差しで、由岐彦は続けた。

「……すぐにとは言わぬ。だが私はいずれ、そなたを妻に迎えたいと思っている」

「えっ？」

「私と、夫婦として共に生きてもらえぬだろうか？」

二度瞬（まばた）きして、ようやく事態を把握した。

「め、め、滅相もない」

「滅相もない？」

何やら傷付いた顔をした由岐彦に、夏野は慌てた。

「わ、私ごときが由岐彦殿の——いえ、それよりも、前に申した筈（はず）です。私は剣を……」

「私は、妻が剣術を嗜（たしな）もうと、一向に構わぬ」

「そ——その、都には学問を学びに……」

「学問も大いに結構だ」

「し、しかし、その、私は——その」

「……誰ぞ、心に決めた男でも？」

「まさか！」

「ならばよい」と、由岐彦は微笑した。

由岐彦殿が、私を——？

「ですが、その、私は……」

「そなたの志は承知しているつもりだ。言ったろう？　急ぐ話ではないのだ。そなたのことは幼い頃からよく知っている。二年前に帰郷した折に、そなたを見て驚いた。竹刀を振り回して義忠を追いかけていた子供が、一人の麗しき女性に変化していたゆえ」

「わ、私はいまだ男勝りと言われて——」

「それは剣術のことであろう？　もしくは男どもの、ひがみか照れ隠しだ。今宵のそなたを一目見れば、誰もそのようなことは口にすまい」

由岐彦の真摯な眼差しが面映くて、夏野はうつむいた。

「——すぐにとは言わぬ」

由岐彦は繰り返した。

「だが、心に留め置いていて欲しい。いずれそなたが心決める時がくるまで、私はゆるりと待たせてもらおう。けして不自由はさせぬ。剣術だろうが学問だろうが、そなたの好きにして構わない。私もできる限り力添えしよう」

心決める時が……くるのだろうか？

この、私にも？

呆然自失のまま駕籠に揺られて家に帰ると、迎え出た次郎とまつが目を丸くした。

「馬子にも衣装たぁ、このこった……」

「何言ってんだい。なっちゃんは、ここらではちょいと見かけない器量良しだよ。今まで気付かないなんて、あんたの目は節穴かい」

「じゃあ、なんでおめぇも驚いてんでぇ……」

挨拶もそこそこに着替えると、手桶に水を汲んできて化粧を落とす。

火照ったままの顔に、冷たい水が心地良かった。

部屋へ戻ると、名嘉屋での出来事がまるで夢のように思えた。だが、衣紋掛けの着物も畳んだ帯も、幻ではない。

しかし――

男物の着物や刀は、夏野が帰る前に既に屋敷から届けられていた。丁寧に刀を包んだ風呂敷を解くと、ぱたりと手元に紙包みが落ちた。

開いてみると、一本の真新しい下緒である。

一見茶色のそれは、灯りの下でよく見ると鳶色と桑染色の二種の糸で織られていた。繁打の揃った織り目に、職人の細やかな技を感じる。由岐彦が夏野のためにあつらえた物に違いなかった。

手にした下緒を、櫛や簪には見向きもしない夏野には格好の贈り物である。夏野はぼんやりと見つめた。

由岐彦殿と、夫婦になる……

思いも寄らぬことだったが、あり得ぬ話ではない。もとより、卯月家と椎名家は縁続きだ。卯月家の数ある縁故の中でも、椎名家こそが、卯月家の右腕として、ここ四百年ほど氷頭の政を支えてきた。ましてや由岐彦は義忠の幼馴染み(おさななじ)でもある。両家のつながりを考えれば、由岐彦と夏野の縁組はもっともだと思われた。

義忠は既に承知していると、由岐彦は言った。

世間の目には政略結婚と映るだろうが、嫁ぐのは顔も知らぬ男ではなく、幼少の頃から見知っている由岐彦だ。相手として申し分ないどころか、自分には過ぎた人物だと夏野は思わずにいられない。

だが……

剣術も学問もこれからだと、意気込んで東都に来たばかりである。

今は、とても考えられぬ――

一つ深い溜息(ためいき)を漏らすと、夏野は下緒を包み直し、文机(ふづくえ)の引き出しにそっと仕舞った。

†

《九日の七ツに来られたし。くれぐれも遅参せぬように》

二日前に、恭一郎が相良から受け取った文(ふみ)にはそう記されていた。

ゆえに朝のうちだけ取立に出ると、昼過ぎには高利貸・さかきまで戻って来た。

相棒である町人剣士の後藤亮助(ごとうりょうすけ)が他の者と連れ立って出かけて行くと、榊は恭一郎を店の奥にある金蔵へといざなった。

「高子殿から文が届いた」

「そうですか」

鳴子村の武家に金を届けて欲しい――というのが、伊織のいる空木村へ行く際に榊から受けた頼みごとだった。持たされた五百両の為替は、渡す前に換金するようにとも言われていた。渡す相手が金に困っていることを、他者に知られぬための措置である。

教えられた屋敷へ赴くと、当主ではなく、その母親に出迎えられた。

高子と名乗った老母はおそらく還暦を少し過ぎた、榊と同じ年頃だと思われた。

何か曰くがあるのだろうと推察したが、己が口を挟むことではない。行く前も、帰ってからも、恭一郎は余計な口を利かなかった。

「世話になったの。改めて礼を言うぞ」

「大したことではありません」

「……お互い歳だ。もう、会うことはなかろうな」

内蔵を開けながら、つぶやくように榊が言った。

――話したいのだろう。

誰にでも常には心に仕舞いこんでいることを、ふと誰かに打ち明けたくなる時がある。

「高子様は一体……？」

「昔の女よ……と言いたいところじゃが、文字通り、高嶺の花でな。家が決めた相手とやらに、あっという間に攫われてしもうたわ」

そう言って榊は自嘲を浮かべたが、若き二人が想い合っていたことは想像に難くない。

この御仁、やはりただの因業爺ではない――と、恭一郎は微笑んだ。

「――行けばよいではありませんか」

夫を亡くして既に十年だと、高子は言っていた。

「うん？」

「駕籠で行っても、三日はかからぬでしょう。費えなら、榊殿はうなるほどお持ちだ」

「莫迦を言え。三日も駕籠に乗ったら腰が立たぬわ……」

苦笑しながら、榊は千両箱の後ろから、油紙に包まれた薄い箱を取り出した。

こちらは反対に、伊織から東都の相良へ渡すよう言付かったものである。しかもただ渡すのではなく、時を待って御城の書庫へ届けろという。

時がくる前に相良の手元にあると、相良に危険が及ぶ。つなぎがあるまで、お前が責任を持って保管せよ――そう、伊織からきつく言われていた。

友の頼みと請け負ったものの、そんなに物騒な物ならば長屋に置いておかぬ方がよいだろう。そう判じて榊に頼み、しばし金蔵の隅を使わせてもらった。

「ほれ」

渡された箱の封を確かめて、恭一郎は頭を下げた。

金蔵の錠前を閉めて、榊が満足げに頷く。

きますよ」

「先ほどの話か？」

「ええ。この世にまだ生きているのなら……今一度会えるのなら、地の果てまでも私は行きますよ」

「私なら行きますが」

「なんじゃ？」

「榊殿」

「鷺沢……」

五尺ちょっとの榊が、腰を伸ばして恭一郎を見上げた。

榊は恭一郎が、妻と死別したことを知っている。

「おぬし、見かけによらず、情に篤い男じゃの」

「お互い様です」

「言いおるわ」

口の端を上げて互いに笑みを交わすと、恭一郎は五条大路を御城へ向かった。

†

東の清和門(せいわもん)から来るようにと、相良の文にはあった。

大老(たいろう)の庶子とはいえ、御城に足を踏み入れるのは初めてだ。

相良から——というよりも、伊織から手配りがあったのだろう。文に同封されていた通行切手を見せると、さほど待たされずに中に通された。

書庫は御城の北東の一角にあった。隣りには、理術師と都師が勤める清修寮がある。

案内の者は、書庫の守衛に恭一郎を引き渡したが、その場で帰りを待つらしく、守衛の横に置かれた床几に腰を下ろした。守衛が紐を引くと、少しして奥から男が一人現れる。

「鷺沢殿ですか？　拙者が相良正和です」

「鷺沢恭一郎と申します」

恭一郎を上から下まで眺めて、相良が言った。

「ふむ。噂通りの男振りですな」

「相良殿こそ、噂通りの粋人で」

「樋口様からお聞きか？」

「いえ、黒川殿から」

「ふふ、そうか。お二人は同じ道場に通っているのでしたな」

奥の小部屋へ案内されると、向かい合って座った。

「こちらが、樋口理一位から預かったものです」

封を確かめると、包みは開けずに相良が微笑んだ。

「御足労かけましたな」

「いえ。確かにお渡ししましたゆえ」

案内の者を待たせているし、特に居座る理由もない。一礼して帰ろうとした恭一郎を、相良が引き止めた。

「何か？」

「今しばらくお待ちあれ——おっと、いらしたようだ」

相良が部屋を出て行ったので、残された恭一郎は仕方なく座り直した。

やがて戻って来た相良の後ろの者を見て、恭一郎は黙って平伏した。

「あ……どうか面を……私です。一葉です」

面を上げるとかしこまって膝を揃えた少年が、上気した顔でこちらを見ている。

相良は恭一郎たち二人を置いて、部屋の外に出たようだ。

「神月一葉様。ご尊顔を拝し恐悦至極にございます。某、鷺沢恭一郎と申します」

「そのような……兄上……あ、兄上とお呼びしてもよろしいでしょうか？」

「御随意に」

「わ、私のことは、一葉、と。私は弟です。礼を尽くしてくださるには及びませぬ」

伊織め……。

友の心遣いに内心苦笑しながら、表には微笑を浮かべて見せた。

「承知した。——一葉。これでよいか？」

「はい！」

元気よく応えた一葉は、礼服を着ていない分、志伊神社で見かけた時よりも幾分幼く見えた。今年十五歳になったというのに、同い年の空木村の良明などと比べると、色白でまだ線も細い。

だが、父上に似て、実に聡慧な顔つきをしている……

腹違いでも弟だ。間近でまみえることができて嬉しくない筈がない。

「花祭りで、志伊神社を訪ねて来たな」

「はい。その……せめて兄上のお顔を、と、樋口様と父上にお願いしたのです」

「目が合った」

「ええ。兄上のことは、樋口様から前もって教えられていました。頭一つ抜けた大男の隣りにいる筈だ、と」

「成程」

「おそらく十くらいの男児を連れているだろうとも、仰っていました」

「そうか」

「……兄上の御子ですか？」

「まさか。遠縁の子を引き取ったのだ」

「しかし父上は、その、鷺沢家にそのような縁続きの子はいないと仰っていました。ですから私に……兄上に探りを入れて来るよう命ぜられました」

まっすぐ己を見て言う一葉に、恭一郎は小さく苦笑した。

「遠縁と言うのは嘘だ。あの子供は、旅の途中で出会ったみなしごでな。父上はそのことをとうにご存じに違いない。おぬしと俺をからかったのだ」

己の子供なら、父・神月人見にとっては初孫である。ゆえに蒼太が本当に恭一郎の子供であれば、何がなんでも対面を果たしていただろう。蒼太については、真偽を問い質されてもいないから、人見はおそらく伊織にでも聞いて、蒼太が血縁ではないことを既に知っていると思われる。

がっかりしたか、安心したか……

父親としては前者、大老としては後者だろうと、恭一郎は父の心情を推し量る。

「そうでしたか」

少なくとも、一葉はがっかりしたようだ。

「もしもそうなら、私は叔父になると思ったのですが……このことについては、直に訊ねてみよと、樋口様もはぐらかされるばかりで……名を、蒼太というそうですね」

「よく知っている」

「滅多にお会いできませぬが、兄上のことは樋口様とお会いする度に、こっそり教えていただいているのです」

「そうらしいな。俺も一葉のことは、多少伊織から聞いている。歳の割に難しい書を読むとか、弓が得意だとか」

恭一郎が言うと、一葉は嬉しげにはにかんだ。

「弓は年初めに五段に昇段しました」

「ほう。それはすごい」

「ですが……兄上と違って、剣術の方は今一つで……」

「その分、俺と違って、学問に秀でているようだからよいではないか」

「とんでもない。私など、兄上の足元にも及びません」

「何を」

莫迦なことを、と言いかけて、恭一郎は一葉の面持ちに気付いた。

口元を引き締めて、思い詰めた目をしている。

まだ十五歳の少年だが、そろそろ元服しようかという年頃でもある。敬慕する兄に一目会いたいという純真さからだけで、伊織に対面の手配を求めたのではなかったらしい。己の出生が兄の人生を大きく変えたことを、充分に理解しているようである。

一葉は生まれた時から、大老職を継ぐべく育てられてきた。

己の立場は承知していても、まだ見ぬ兄への後ろめたさを抱えていたのやもしれぬ。

そう思って、恭一郎はできるだけ穏やかに言った。

「一葉。父上の跡を継ぐのはおぬしぞ」

「しかし兄上、こうしてお会いして——私はやはり、兄上こそが……」

「ごめんこうむる」

「ですが」

一葉を遮って恭一郎は問うた。

「俺は父上を尊敬しているが、お前はどうだ?」

「私ももちろん、大いに尊敬しております」

「父上の英明かつ有徳なお人柄、また、その公明正大な政は高く評価されている。まこと、比類なき秀逸な御方だ。お前は、父上のようになりたくはないのか？」

「問われるまでもありませぬ」

「——俺はまっぴらだ」

「兄上？」

呆気にとられた一葉に、恭一郎は真面目な顔で頷いた。

「俺はな、一葉、もう三十年も好き勝手にやってきたのだ。そうさせてくれた父上には感謝にたえぬが、父上のようになりたいとは毛ほども思わぬし、またそのような器も才も持ち合わせておらぬ。父上やお前と違って、俺にあるのは剣の才だけだ」

「そんなことはありませぬ。父上は、兄上への信頼篤く……」

懸命に訴える弟が、恭一郎を微笑ませた。

「ありがたい話だが、父上とてお前の他に世継ぎを考えてはおらぬ。これもまた勝手なことを言うが、お前が嫌でないのなら、父上のためにも、俺のためにも、是非とも跡目を継いでくれまいか？」

「私は、その……」

「もっとも、お前がどうしても嫌だと言うなら致し方ない。父上には気の毒だが、養子という手もある。まあ、お前がどちらの道を選んでも、俺は兄として助力は惜しまぬぞ」

冗談めかして恭一郎が言うと、一瞬ののち、一葉が安堵の表情を見せた。

一葉が何か言いかけた時、襖の向こうから相良の声がした。

「一葉様、そろそろ……」

「判りました」

襖の向こうへ応えておいて、一葉が恭一郎に向き直る。

「残念ながら、もうゆかねばなりませぬ。あの、これを……」

懐から取り出したのは、紙に包んだ幅二寸、厚さ一寸ほどの丸い物であった。

「その……蒼太は甘い物が好きだと、樋口様にお聞きしましたので」

おやつをくすねてきたのだと、心持ち誇らしげに一葉は言った。

甥かもしれない子供に、叔父らしいことを何かしたかったらしい。弟の心遣いを思うと、何やら胸が熱くなる。

「兄上にも何かお持ちしたかったのですが、その、私の自由になるものは少なく……」

「そのような気遣いは無用だ。お前は弟で俺は兄だぞ。お前がそう言ったのではないか」

にっこり笑って言うと、一葉も口元を緩めて頷いた。

「だがこいつは貰っていくぞ。蒼太が喜ぶ」

「はい、是非」

「俺の弟――いや、蒼太のもう一人の兄からだと伝えておく」

恭一郎が言うと、一葉は照れたように微笑んだ。

懐に包みを仕舞う恭一郎を見ながら、一葉が言った。

「私は……羨ましいです。兄上と共に暮らすことができる蒼太が……」

「九尺二間の裏長屋暮らしだ。窮屈で、お前なぞ半日で逃げ出すさ」

「そんなことはありませぬ。屋敷暮らしの方が余程窮屈です。そのことは、兄上がよくご存じではありませぬか？」

「そうだな」

恭一郎が苦笑すると、一葉も笑った。

頰に浮き出たえくぼが、父の人見にそっくりだ。

「兄上」

「うむ」

「……また、お会いしていただけますか？」

「俺の台詞だ」

嬉しげに頷くと、一葉は立ち上がって部屋の外へ出た。

「先に一葉様を送り出しますゆえ……」

そう言い置いて一葉を送って行った相良が、戻って来て恭一郎の前に座り直す。

「もっとゆっくりしていただきたかったが、一葉様の世話係は、御簾中様が手配りされた者でしてな」

「私と対面など、とても許しませぬな」と、恭一郎がにやりとすると、

「さようで」と、相良も苦笑した。

幸い、今年に入って大老が新しく選んだ教育係が相良の知己だという。今日はその教育係が稀書を借りに行くという名目で、外出が叶ったようだ。

「一葉様は身も心も健やかにお育ちです。大老は、よきお世継ぎに恵まれました」

「まことに。私も一安心です」

そう言って微笑んだ恭一郎を見つめて、相良が口角を上げた。

「樋口様が仰った通りですな。実に面白い御仁だ」

「伊織が何を言ったかしりませんが、あいつは時折、役目を利用して大法螺を吹くのですよ。相良殿も留意しておいてください」

「ははは。私は樋口様の、そのようなところが殊に気に入っているのですよ」

笑い飛ばすと、相良は恭一郎が持って来た包みを差し出した。

「これは、お持ち帰りください」

「しかしこれは、御城の書庫へと……」

言いかけて、恭一郎ははたと思い直した。

俺と一葉を引き合わせるために、伊織が仕組んだことならば――

封を切って、相良が中の箱を取り出した。恭しく蓋を開けると、持ち上げて箱の中身を恭一郎に見せる。

「蒼太といいましたかな、鷺沢殿のお子は？」

俺の子ではない、と言う前に、中に納められた書を見て、思わず舌打ちが漏れた。

「お子様へ、樋口様から贈り物です」

「伊織め……」

猫が三匹踊る表紙には、流麗な字で「御伽草紙(おとぎぞうし)」と書かれていた。

†

香具山橋(かぐやまばし)で恭一郎を待つことなく、手習いから蒼太はまっすぐ長屋へ帰った。

御城を訪ねると言っていた恭一郎は、既に戻って杯を手にしていて、蒼太を見やって微笑する。

「早かったな」

「きょう、も」

「うむ」

頷いた恭一郎は、どことなく楽しげだ。

「おし、ろ?」

御城で何かいいことでもあったのかと思って訊ねると、杯を置いて恭一郎が言った。

「うむ、御城でな、一葉に会ったのだ」

「おと……と」

なんだ、そんなことかと思いつつも、風呂敷包みを置いて、恭一郎の前に座った。

思いがけない対面に喜び、一葉の心がけや振る舞いに感心した様子である。笑顔の恭一郎を見るのは蒼太にとっても喜ばしいが、一葉のことというのがなんとも面白くない。

それでも志伊神社で感じたような、嫉妬や羨望はもうなかった。

鳴子村で、蒼太は恭一郎への信頼を新たにした。やがて別れが訪れるとしても、今、こうして共に暮らしている日々がただありがたい。

それに言葉はよく判らねど、恭一郎の家の事情はなんとなく理解している。

「きょう」の父親は「たいろう」といって、何やらすごく――おそらく山幽の翁よりも高い身分であること。「かずは」の母親――これは「きょう」の母親ではない――が「きょう」を好いていないこと。ゆえに「きょう」は、父親とも「かずは」とも滅多に会えぬということ……

おれの方が、「かずは」よりもずっと、「きょう」のことを知っている。

子供らしい優越感に満足して、蒼太は恭一郎の話に聞き入った。

「一葉がな、お前が俺の子ではないと聞いて、残念がっていた」

「さん、ね、ん？」

「叔父になり損ねたと言ってな。御簾中様は一人娘だし、父上の弟――つまり俺の叔父だが――は、維那で婿養子となっているから、従兄妹らと会うことは少ない。会えたとしても、一葉は遅くに生まれたから、連中とは歳も合わぬ。年下の近しい親戚がおらぬから、お前が俺の子なら、兄貴風を吹かせられると思ったのだろう」

おれだって、「きょう」の子がよかった……

ちらりと見ただけの一葉に、蒼太は初めて親しみを覚えた。

「だからな、一葉とお前は同じ年頃だが、どうか一葉のことは兄だと思ってやってくれ」

「あ、に」

唐突に言われて面食らう。

「そうだ。姿形からして、お前と一葉の方が、兄弟としてもおかしくないだろう。……しかし、とすると俺はやはり、お前の父親か……」

顎を撫でる恭一郎を見ながら、蒼太はいささか恥じ入った。

一葉はどうやら、己よりずっと大人らしいと、感じたからである。

恭一郎のことで一葉に競争心めいた感情を抱いた己がひどく子供に思えた。

「それはさておき、これはその新しい兄からお前へ土産だ」

差し出されたのは、蒼太の片手に余るくらいの紙包みだった。

包みを開くと、中には更に油紙に包まった菓子が入っていた。

丸く厚みのある、型で押された饅頭である。

一口食べると、なんとも濃厚な餡がみっちり詰まっているのだが、小豆ではないその狐色の餡がなんなのか、蒼太には判らぬ。

「きょう?」

「うん？　ああそれはな、蓮の実で作られた餡だ」

「はす、のい……」

初めて食べる味であった。

「うま、い」

「そうか。よかったな」

「ん」

　蒼太にしてはじっくり味わいながら、それでも恭一郎が杯を干す前に食べてしまうと、蒼太は油紙を恭一郎に見せた。油紙に貼られた紙には、蒼太がまだ習っていない漢字で何やら書かれている。

「き、わ……わ、げ……っ」

「季和という菓子屋の、和月という饅頭だ」

　字を覚えようと、じっと紙を見つめた蒼太に、恭一郎が苦笑した。

「そんなに気に入ったか？」

「ん」

「……母上と同じだな」

　そう言うと恭一郎は、目を細めて蒼太を見た。

　恭一郎の母親は恭一郎が十代の頃、病で亡くなったと聞いている。

「その菓子は、向井町、五条大路に店を構える老舗の看板だ。亡くなった母上の好物でな。よく買いにやらされた。一葉のおやつだけあるが、子供がおいそれと口にできるような代物ではないぞ」

「……み、おし、や」

「そうだな。みよし屋の大福といい勝負かもしれん。みよし屋といい、季和といい、お前は結構舌が肥えておるな」

以前、馨に馳走してもらったみよし屋という菓子屋の大福を、蒼太はいたく気に入っていて、雑用の駄賃を貯めては時折一人で買いに行く。

恭一郎の酒を買いに行ったり、柿崎や樋口宮司の遣いをしてもらえる駄賃は、八から二十文といったところだ。そこらの大福が一つ四から十文なことを考えれば、五十文のみよし屋の大福は、蒼太でなくても、庶民にはなかなか手の出ない菓子であった。

だが、それだけの価値はあると蒼太は思っている。

菓子だけでなく、店の手代や番頭も気に入っていた。どう見ても裕福な家の子供とは思われぬ蒼太の、たどたどしい人語を聞いても嫌な顔一つせぬ。一つしか買わなくても、十個買う客と同じように扱ってくれるのだ。

店の名が書かれた紙を油紙ごと畳んで、蒼太は大事に己の行李に仕舞った。

次に小遣いが貯まったら、早速買いに行ってみようと思う。

それにしても、このような菓子をぽんとくれるとは——

「かす、は……よ、い」

「一葉が良いやつとな？」

「ん」

蒼太が頷くと、恭一郎は笑った。

「お前の言う良いやつとは、お前に菓子をくれる者たちのことだろう。馨に先生、黒川殿と……小夜殿もそうか」

「ぐじ、さ、ま」

　菓子はくれないが、好いている樋口宮司の名前を出して蒼太は反論した。

「それを言うなら伊織もだな。——伊織からも土産があるぞ」

　平たい箱から猫の絵のついた草紙を取り出して、蒼太に渡す。

「い、お……」

「うむ。伊織も良いやつよ」

　何やら皮肉な笑みを浮かべて、恭一郎が言う。

「その書はな、俺が大層苦心して空木から持ち帰った物だ。心して読めよ?」

　見た目はただの絵草紙だが、己には判らぬ価値があるのやもしれぬ。そう思ってこくりと頷くと、蒼太はそっと指で表紙を繰った。

　——四半刻ほど経った。

　蒼太が寝転がって絵草紙を読み、恭一郎が飯の支度を始めた頃に、表からおずおずと恭一郎を呼ぶ声がした。

　恭一郎が戸を開けると、見覚えのある志伊神社の若い出仕が立っている。

「理一位様から宮司様のもとへ文が届きまして……こちらは鷺沢様へとのことだったのでお持ちしました」

「それはご足労かけました。宮司様にもよろしくお伝えください」

丁寧に挨拶を交わして出仕を見送ると、早速文箱を開けて文を取り出す。

随分、長い文であった。

読み進むほどに、恭一郎の顔が険しくなる。

心がざわめいた。

ふっと頭に絵が浮かんで、蒼太は身を固くした。

真っ赤な血溜まり。

中に倒れているのは――

第八章
Chapter 8

ちと話がある、と恭一郎に言われて、夏野は立ち止まった。

稽古帰りの門人が一人、二人、何事かとこちらを見やって行く。

「あの、先ほどの」

いつになく硬い顔の恭一郎に、夏野は叱責を覚悟した。

今日は恭一郎と手合わせする機会を得た夏野だが、向き合った途端に萎縮してしまい、思ったように打ち込めなかった。もちろん恭一郎にはかすりもせず、三本とも、軽くいなされて立合稽古を終えていた。

失笑は買わなかったものの、貴重な稽古を無駄にしたと、夏野は落胆を隠せない。

「うむ。ここでは話しにくいことゆえ、馨のところに行こう」

師範の馨も一緒となると、もしや早々に破門されるのでは——と、一抹の不安が湧いて、うつむいて恭一郎の後に続いた。

馨は師範の中では唯一の住み込みで、道場の裏の小屋で暮らしている。

「一体なんなのだ、恭一郎？」

座って待ち構えていた馨の言葉を聞いて、破門はないと夏野は踏んだが、不安が消え去った訳ではない。

夏野が座るのを待って、恭一郎は馨に切り出した。

「鳴子村での出来事を話したろう」

「ああ」

「……術師が殺された」

術師——というと。

「し、柴田殿が、ですか？」

「そうだ」

夏野の驚き声に、恭一郎は静かに応えた。

「昨日、伊織から文が届いた」

八日前だ、と恭一郎は言った。

朝のうちに按摩を頼んでいた渋谷は、多紀が現れないのを不審に思い、昼過ぎに家を訪ねてみた。すると多紀は土間の血の海に倒れ伏しており、既にこと切れていたという。

「血の海……」

とっさに、苑が戻って来たのではないかと思った。

我が子を攫い、術を施すことで人の振りをさせ、苦痛を強いた多紀が、やはり許せなかったのかもしれない、と。

鴉猿は討ち取ったし、鴉猿の持っていた術師の血の残りや符呪箋などは、伊織によって処分されていたが、探せば他のものや手段で結界を破ることができるだろう。

手間暇かけてまで金翅は人を襲わぬというが、他の妖魔同様、人を疎んでいることには変わりない。人よりずっと力は強く、狗鬼や蜴鬼には劣るが、鋭利な爪も持っている。人を一人切り裂くなど、金翅にもお手の物だ。

村の者が襲われたのではないことから、苑が一人で報復を果たしたのではないかと、夏野は思ったのだった。

だが、そんな夏野の推測は、恭一郎の言葉に打ち消された。

「手斧で殺られたらしい」

「手斧？　では、下手人は――」

「小野沢村の者だ」

「なっ……」

恭一郎の語ったところによると、多紀の殺害にかかわったのは、下手人三人に、案内が一人。明け方に多紀を訪ねて、多紀が戸を開けたところを襲ったらしい。

「匕首の刺し傷が二つと、手斧の傷が幾つか……首に打ち込まれたのが致命傷となったようだが、それがなくとも長くは持たなかっただろう、と」

匕首と手斧を持った三人に、寄ってたかって殺されたのかと夏野は身震いした。

どれほどむごたらしい殺され方をしたのか、想像するだけで恐ろしい。

「下手人の、匕首を使った二人の内、一人は逃げたままだ。もう一人は小野沢に戻った後に自害した。手斧を使った者と案内の者は、既に捕縛されている」

三人の下手人は小野沢村の者で、それぞれ家人を狗鬼に殺されていた。案内をしたのは鳴子村の老婆で、その夫は鳴子村での死者の一人、妻を庇って狗鬼の牙にかかった老爺であった。

「しかし、何ゆえ柴田殿を？」

表向き、佐吉が金翅の子だということは知られていない。多紀は妖魔に子供を攫われた同情すべき母親だった筈だ。

「噂が噂を呼んだようだと、伊織の文にはあった。あの夜、金翅が飛び去ったのを見た村人は少なくなかったらしい。見た者は口を揃えて言ったそうだ。一つではなく二つ、大小の輝くものを見た、となの村人は小野沢村の話を聞いている。小野沢と違って、妖魔どもは何ゆえ、柴田殿の家だけを狙ったのか。何ゆえ、金翅は佐吉を攫って行ったのか……つなぎ合わせていくと、どうも柴田殿が怪しい、と」

「そんな」

「しかも誰かお節介なやつが、柴田殿の素性を探り出したらしい。術師ということが知れた途端、柴田殿は村八分となった」

――術師がよからぬことを企てて、金翅の恨みを買ったのだろう――

――邪な術で、妖魔を捕まえて人の子として育てていたようだ――

——だから塾から破門されたのさ……——

あることないこと、噂が飛び交った。

多紀は最後まで佐吉は我が子だと言い張ったようだが——また、それは多紀にとっては、けして嘘ではなかったに違いない——術師であることは渋谷も知っており、素性が明らかになったからには隠し通せることではない。

——これからは己のためでなく、人々のために術を活かしていきたい——

そう決心した多紀である。

ゆえに村八分にされながらも、神妙に日々を過ごしていたという。

渋谷がいるから、表だって多紀をこき下ろす者こそいなかった。だが、多紀を庇う渋谷の尽力も空しく、噂はとどまることをしらずに広まっていった。

「手斧を使った者は、下山という名で、三十路前の農民だ。小野沢での襲撃の際に、妻と二人の子を狗鬼に殺されている。上の子は七つ、下の子は四つだった」

夏野は眉をひそめた。

「自害したのは女で、嫁取り前の一人息子と、嫁にくる筈だった娘を殺られた。この者は数年前に夫を亡くしていて、身寄りは叔母が一人。田植え前の祝言を実に楽しみにしていたらしい。逃げたのは若い男で、下山と同じく、妻と子を亡くした。子供は一人子でまだ二つにもならぬ赤子だったそうだ」

「なんと」

馨が痛ましげにつぶやく。

夏野は言葉もなく、じっと畳を見つめた。

小野沢村での赤子の亡骸には、胴から二つに嚙み割かれたものもあった。

赤子だけでなく、子供の亡骸を見つける度に、用人に殺された弟の螢太朗と重ね、残された親兄弟の心痛を思い、狗鬼への憎しみを夏野は燃やした。

「下山は柴田殿の噂を聞きつけて、他の二人を誘い、鳴子へやって来た。村では二軒の家を訪ねている」

「鳴子で殺されたのは、若いの一人と、老爺が一人だったな？」

「そうだ。若いのは農家の次男だった。二親と兄は、下山の尋常ならぬ様子に気付いて、復讐の誘いをうまく断り、のちに村役場に届けている」

「もう一軒は案内の老婆か」

「……何十年も前に子供を二人、流行病で亡くしたそうだ。身寄りも皆他界していて、老爺と二人で細々と暮らしていたという」

「そうか……なればこそ、恨まずにはいられなかったのだな」

馨が言うのを聞いて、夏野は顔を上げ、強い声で言った。

「しかし、殺したのは狗鬼――ひいては狗鬼を操っていた鴉猿です。柴田殿を恨むのは筋違いではありませんか」

「そうとも、筋違いだ。だが……」

苦渋の色を浮かべて馨が応えた。

多紀の噂を聞いた下山は、わざわざ久世州三橋町まで行って、多紀の素性を確かめていた。多紀が志半ばで塾を出たことは事実だが、それが多紀の意志であったことは知らなかったようだ。

――邪な術に手を出して塾を破門され、その後に諸国を渡り歩いて妖魔どもの恨みを買ったのさ。あいつの子が妖魔だったかどうかはしらねぇが、あいつとあいつの子を狙ってやつらが来たことは間違えねぇ。とんでもねぇとばっちりだ。全てはあの女が悪いのだ。あの女のせいで、村は滅茶苦茶になった。あの女のせいで、俺は女房子を一度に亡くしたんだ。こいつはまっとうな仇討ちさ……――

捕縛された下山は、そう訴えているという。

唇を噛む夏野に、恭一郎が言った。

「鴉猿に殺された術師は、黒桧州に住んでいた理術師のようだ。旅の途中で襲われたらしいが、亡骸は出ておらぬ。鴉猿の言ったことを覚えていよう？　始まりはどうかしらんが、苑がいようがいまいが、やつは人里を襲うつもりだった」

「ですから、筋違いだと……」

「だが、佐吉のことがなければ、襲われたのは黒桧の村だったやもしれぬ」

確かに苑が佐吉を探していなければ、小野沢村が襲われることはなかったやもしれぬ。

もしくは初めから佐吉が鳴子村にいることが知れていれば、百人余りの死者を出したのは鳴子村だったやもしれなかった。

　しかしそれらは仮想に過ぎぬ。

「……どこの村が襲われようと、人の命は同じです」

「本当にそうか？」

　問われて、思わず夏野は恭一郎を見つめた。

「襲われたのが他の村なら――殺されたのが己の妻子でなければ、下山という男は、仇討ちなど考えもしなかっただろう」

「それは――そうかもしれませぬが……卑怯です」

「卑怯？」

「仇討ちなら、狗鬼や鴉猿を討ち取ればよかったのです。柴田殿を――女性を三人がかりで襲うなどあまりにも卑怯ではありませんか」

「そうだな」

「大体、柴田殿を殺したところで、亡くなった者が帰ってくるでなし……」

「それでも時には抗えぬのが、人の弱さだ」

「ですが」

「いや、人の欲深さか……」

　今度はつぶやくように言って、恭一郎は自嘲するように口元を歪めた。

　欲深さとはなんのことだろうか？

恭一郎と向き合ったまま夏野は考えた。

己の妻を攫って死に至らしめた男と術師を、恭一郎は討ち取っている。だが、それこそ正当な仇討ちであった。

私だって……

弟の螢太朗殺しを指図した者は、夏野が知る前に、既に由岐彦によって討ち取られていた。しかし、それらの者が生きていたならば、恭一郎と同じように、夏野も仇討ちを決心したことだろう。

死んだ者が生き返る訳でもないのに仇を討つのは、人が弱いからなのだろうか？

殺したいと、仇の死を願うことは、人の身勝手な欲望に過ぎないのだろうか……？

「黒川殿なら、選ばぬか？」

「何をです？」

「たとえば弟御と見知らぬ子の命。二つに一つしか救えぬとしたら、どちらを選ぶ？」

「どちらかしか救えぬとしたら……」と、夏野は口ごもる。

螢太朗を。

とっさにそう思ったことは否めない。

人の命は同じだと、言った先から私は命を選んでいる……

畳みかけるように恭一郎が問うた。

「ならば、弟御一人の命と、見知らぬ百人の命なら？」

「そんな」

選べぬ、と、夏野は小さく頭を振った。

姉としては螢太朗を救いたい。

だが、そのために百人の命を犠牲にすることは、人として許されぬ……

黙って見上げた夏野へ、試すような眼差しを恭一郎は向けた。

「鳴子村で、黒川殿はのちに言ったな。俺が鴉猿の前で、蒼太一人の命と村人百人の命を秤にかけたのではないかと思った、と」

「ええ」

「蒼太の命と、見知らぬ百人の命……どちらかを選ばねばならぬのなら、俺は迷わず蒼太を選ぶ」

「恭一郎」

「鷺沢殿」

馨と夏野の声が重なった。

「それで生じる責めや罪科は、俺が全て負う」

この方はいまだ悔いている、と、夏野は思った。

奥様を護れなかったことを――

蒼太との約束にこだわる恭一郎の心底には、奏枝と我が子を亡くした後悔が癒えぬ傷となって残っているのだろう。

切なさが顔に出てしまったのか、恭一郎はしばし困ったような顔をしてから、微苦笑を漏らした。

「卑劣なことを問うて悪かった。黒川殿の迷いこそが義だ」

「そうだ恭一郎。たとえ話なぞ、するだけ無駄だ。鴉猿を討ち取ったことで、お前は蒼太を護り、次に襲われたやもしれぬ村を救ったのだぞ。それでよいではないか。わざわざ黒川を迷わせるようなことを言うな」

「だから悪かったと言っておるではないか」

「ならばもっと神妙にしろ」

「やれやれ……」

小さく肩をすくめて夏野の方へ向き直ると、恭一郎は言った。

「黒川殿の言ったことはもっともだ。下山のしたことは間違っていると、俺も思う。恨むべきは狗鬼、更にはやつらを操った鴉猿だ。下山は、柴田殿を逆恨みするくらいなら、村の再建に尽力すればよかったのだ」

しかし、人の心はそう易しくない。

下山を卑怯だと言う資格が、自分にあっただろうか？

「……だが、本当のところ、剣士でもない者が、妖魔を討ち取るなど至難の業だ。柴田殿を殺したところでどうしようもないことは、下山も承知していたのではないかと俺は思うのだ。仇討ちなど言い訳に過ぎぬ。やつはただ、何かを、誰かを、恨まずにおられなかったのだろう。此度のことでやつに同調する気はさらさらないが、そういった弱さと身勝手さは俺にも覚えがあるゆえ、つい至らぬことを口にしてしまった」

「いえ、鷺沢殿はそのようなことは」

「馨も黒川殿も、俺を買い被っておるのさ……」

夏野の言葉に苦笑を漏らして、恭一郎は話を伊織の文に戻した。

多紀を殺した手口からして、下山は死罪を免れぬだろうとのことだった。

仇討ちを訴えているという下山だが、正気を失っているようには思えない。むしろ、下山の雄弁さは死を覚悟の上での空元気のようだ、と、伊織は記している。

何かを、誰かを、恨まずにおられなかったのだ――と、恭一郎の言ったことを夏野は胸の内で反芻した。

下山と違い、老婆は沈黙を守り続けているそうである。

老婆はおそらく、事の無意味さを知っていたに違いない。

だが、抗えなかった。

恨む気持ちを抑えられなかった。

なればこそ、多紀が殺されることを知りながら、下山たちを案内したのだろう。

憤りが鳴りを潜めて、代わりにやるせなさが夏野の胸に満ちた。

「……でもやはり、私には判りません。下山という男も、老婆も、もっと他にやりようがあったものを……」

「それを言うなら、殺された術師もだろう？」と、馨。「俺の聞いた限りでは、その女にも非はあった。だからといって、自業自得というにはあまりにも哀れな始末だが……人の気持ちとは、かくも厄介なものよ」

腕を組み、暗然とした馨の言葉が胸に染み入る。

「黒川殿」

「はい」

温かみのある声で恭一郎に呼ばれて、夏野はうつむいていた顔を上げた。

「鳴子で伊織が、蒼太に言っていた。迷いも恐れも全て、のちの心の糧となる――となし

「……ならば、よいのですが」

「そうなるさ。黒川殿は俺なぞより、ずっと器が大きい」

「まさか」

「剣にも術にもかかわってゆくからには、この先いくらでも迷いの生じる時がこよう。だが、伊織の見込んだ黒川殿だ。おぬしの選ぶ道なら、まず間違いなかろう」

「――鷺沢殿こそ、私を買い被っておられます」

夏野が口を尖らせると、恭一郎は微笑んだ。

暇の挨拶ののち、馨を置いて小屋の外に出ると、ふと蒼太のことが気になった。

「鷺沢殿は、蒼太にもこのことを？」

「ああ。昨夜、話して聞かせた」

蒼太はなんと思ったろうか？

ちりっと左目が微かに疼いて、夏野は少し不安になった。

「道場で見かけませんでしたが、本日は何処に？」

「さあな。相変わらず、飽きずにあちこち出歩いておるからな。宮司様に届け文を頼まれたか、どこぞに饅頭でも買いに行ったか……」

恭一郎は笑って見せたが、夏野はどことなく嫌な予感を抱えて家路に就いた。

†

通りから二階を窺っていると、番頭が出て来て、どすの利いた声で言った。

「餓鬼の来るところじゃねぇ。失せな」

もう一度ちらりと二階を見上げて、蒼太は仕方なく歩き出した。通りの角まで来て振り返ってみたが、番頭はまだじっと蒼太の方を睨んでいる。

茜通りを、蒼太はいつになく重い足取りで、大川へ向かって歩いた。

朝のうちに手習いに行ったのだが、どうも身を入れて学べなかった。

——何かあったか？——

樋口宮司は声をかけてくれたが、蒼太は押し黙って応えなかった。

塞ぎ込んでいる蒼太を気遣ったのか、半刻ほどして別室から戻って来た宮司は、文と駄賃を蒼太に渡した。

——これをな、二入神社まで届けてくれぬか？——

蒼太に否やはなかった。

梓川沿いを歩いて二条梓橋を渡り、更に北の一条大橋を西へ渡って二入神社へ向かった。

二入神社の出仕に文を言付けると、今度はゆっくりと大川沿いを南へ歩いた。

歩きながら、昨夜、恭一郎が語った話を蒼太は思い返した。

佐吉が「母さん」と呼んでいた術師が、殺されたという。

やはり、と思った。

恭一郎が文を読んでいる間に、頭に浮かんだ絵があった。

血の海に、人が一人倒れ伏している。

うつ伏せゆえに顔は判らなかったが、着物には見覚えがあった。

多紀の死には驚かなかったが、その下手人が妖かしではなく人間だと聞いて、なんともいえぬ不気味さを蒼太は感じた。

夜中に二度、目を覚ました。

一つ目の夢は、鳴子村で見たものに似ていた。

故郷の森で暮らす、かつての仲間たち。清涼な森の中に、少しずつ黒い霧が満ち始める。やがてすっぽりと黒い霧に包まれた森の中から、一つ、二つ、黒い影が去って行く……

二つ目の夢は覚えていない。

恐ろしい夢だったことは確かだ。なのに、何一つ思い出せない。

禍々しさだけが尾を引いて、蒼太を不安に陥れた。

鳴子村から帰って来てそろそろ二月になる。このように長い時を挟んで予知めいた夢を見たことなぞ、今までなかった。

——案ずるな——

そう、「きょう」は言ったが……

平和な都で、安穏と暮らしていた己を、蹴り飛ばしてやりたかった。

苑は五年の月日をかけて、人里に住む佐吉を探し出した。

都にいようとも、仲間に追われる己が見つかる日も、そう遠くはないに違いない。

「蒼太」

呼ばれて振り返ると伊紗がいた。

五条大橋の真ん中だ。

行きかう人々を避けるように伊紗は欄干に身体を預けて、蒼太を見下ろした。

「腹ごしらえしようと部屋を出たら、可愛げのない子供が、私の部屋を見上げてたって教えられてね。お前だと思ったよ」

「いさ……」

「一体どうしたんだい？　お前の方から会いに来るなんて、初めてのことじゃあないか。鷺沢の旦那に何かあったのかい？」

小さく首を振った。

「じゃあ、なんだってんだい？」

問われても蒼太は口を結んだままだ。

二入神社を後にしてから、悶々と歩き続けて、蒼太はいつの間にか伊紗のいる嶋田屋の前にいた。恭一郎でも夏野でもなく、妖かしの伊紗なら、己の不安を判ってもらえるような気がした。

――己と同じく、妖かしでありながら、都に住む伊紗になら。

だが、蒼太は他人に胸の内を打ち明けることに慣れていない。

一体、何をどう話したものか……

そんな蒼太の葛藤を見て取ったのか、伊紗は顎をしゃくった。

「こんなところじゃなんだから、私の腹ごしらえに付き合いな」

頷いて、蒼太は伊紗の後に続いた。

伊紗の行きつけだという店は、大川沿い、六条大路の裏に店を構える六亭という小料理屋だった。

「こりゃ、瑪瑙姐さん」

「二階、いいかい？」

「空いてますよ。こちらは姐さんの？」

「私が子持ちに見えるのかい？　親類の子でね。どうやら家出して来たらしいよ。放っては置けないからね。ちょいと話を聞いてやんなくちゃなんない」

艶やかに微笑した伊紗に続いて、蒼太も階段を上る。

家出……

何気なく言った伊紗の言葉が、妙にずしりと胸に響いた。

「お前も何か食うかい？」

「いら、ん」

「遠慮することはないさ。飯より甘い物の方がいいね。ちょいと！　悪いけど、これでこの子に饅頭でも買って来ておくれな。餡子のたっぷり入ったのをね」

「はいよ」

持って来た酒を置くと、伊紗からいくばくかの金を貰い、給仕が駆け出して行った。

「さて……」

杯を口に運ぶ伊紗に、ぽつりぽつりと蒼太は語った。妖かしにはそれぞれの種族が使う言葉の他に、およその種族と通じ合える共通の言葉が存在している。ただ、十歳にして一族から追放された蒼太は、妖かしの言葉もあまり知らなかった。

言葉も話の中身も、人に聞かれては具合が悪い。

声を低めて、どちらもおぼつかない妖かしの言葉と人語とを織り交ぜて語る蒼太に、伊紗も小声で問うたり、相槌を打ったりした。

二本目の酒と膳が空になる頃、伊紗が言った。

「要するに、お前は怖いのだね？」

伊織と同じく、ずばりと言われて蒼太はうつむいた。

「鷺沢の旦那が、その女のように殺されちまうんじゃないかって思ってるんだろう?」

その通りだった。

覚えていない二つ目の夢はおそらく、己が恐れていること——つまり、己のせいで恭一郎の命が失われてしまうこと——だったのではないか?

「ありうることだね」

はっとして見上げた蒼太に、小さく鼻を鳴らして伊紗は言った。

「蒼太。人っていうのはね、一人一人は弱っちろいんだが、ひとたび群れになると恐ろしい怪物になることがあるのさ。私はもうなんべんもそういう人の群れを見たことがある」

思い出すように、薄い嫌な笑みを口元に浮かべる。

「その術師を殺った男だって、殺すだけなら一人でも充分だった筈さ。なのに、同志を募ったり、老婆を煽ったり……賭けてもいい。初めの一撃を見舞ったのは、その男じゃないよ。そのくせ、一度たがが外れると始末に負えない。そういう男は本当は、一人じゃ何もできない意気地なしなのさ」

伊紗の歳を聞いたことはない。だがおそらく、何十年、もしかしたら何百年の間、それこそ数えきれないほどの人を、伊紗は見てきたのだろう。

「昨年、獄門になった富樫永華という女を覚えているだろう?」

蒼太は頷いた。

術師と共に幼児を次々攫い、その心臓を喰らっていた女であった。捕縛されて十日と経たずに打ち首となっている。

「あの女が市中を引き回されるのを、私は見ていたよ」

――人喰い！――

――けだもの！――

人々は口々に言いながら、永華に石を投げつけたという。

「――人を空恐ろしいと思うのは、ああいう時さ。同族の子を次々と殺したあの女もそうなら、あの女に石を投げつけた連中もそうだ。あの女の死はもう決まっていた。なのにあいつら……いや、だからこそやったのだろうね。どうせ死ぬなら、やっちまえってね。石(いし)塊(くれ)一つなら構わないだろう――みんなやってることじゃあないかってね。同族をあんなむごいやり方で殺すなんて、鴉猿どもだって考えないさ」

打ち首になったとは聞いていたが、それより前のことは知らなかった。

妖かしと違って、人の身体は弱い。山幽は人とあまり変わらぬ作りだが、少なくとも妖魔特有の治癒力に恵まれている。

いくら悪事を働いたとはいえ、死罪が決まっている仲間をわざわざ大勢でいたぶる人の心が、蒼太には理解できなかった。治る前に死に至ると判っているなら尚更(なおさら)だ。

「……お前のことがばれたら、旦那は都にいられなくなるだろうね。それどころか、正義を振りかざすやつらは、旦那のことを放って置かないだろう」

人が群れになって「きょう」を襲う……

「旦那は強い。一人、二人――いや、十人、二十人なら相手にできるやもしれないね。だが、百人、二百人と続いたらどうする？　旦那とて殺られちまうに違いないよ。いくら旦那が強いといったって、黒耀様じゃあるまいし、旦那はただの人間なのだからね」

伊紗の言うことを蒼太はじっと聞いていた。

恐れと悲しみが混じり合い、蒼太をからめ捕っていく。

申し訳程度に口を付けた饅頭を、伊紗が懐紙に包んで差し出した。

「そろそろ行かなきゃなんない。お前も、今日のところは旦那のもとへ帰るんだね」

「い、さ」

饅頭を受け取りながら伊紗を見上げた蒼太の胸には、一つの決意が宿っていた。

†

茜通りをぷらりぷらりと戻り店の暖簾をくぐると、番頭の繁治が一瞥して言った。

「遅かったな」

「そうでもないさ」

七ツまでには戻れと言われていたが、借金のない伊紗である。蔦田屋の主が売れっ妓の伊紗を大目に見ていることもあって、番頭の言うことなど歯牙にもかけぬ。

「――客が待っている」

「そうかい」

繁治が心の中では、自分を欲していることを伊紗は知っている。だが、番頭の分際で商売物の女に手をつけるのはご法度だ。ふふんと、微かに鼻を鳴らして階段を上がって行くと、背中に燃えるような繁治の視線を感じた。

生き物の精気が好物の仄魅である。中でも嫉妬や欲望に満ちた人の男の気が、伊紗は気に入っていた。

——いい「餌」になりそうなんだがね。

そう思いつつも、繁治に手を出すのは控えている。

女の嫉妬は怖いというが、伊紗からしてみれば、男のそれとてさして変わらぬ。しかし、厄介ごとは極力避けたい妖かしの身だ。繁治を焚きつけるような素振りをしたことを、伊紗は少しだけ後悔した。

「瑪瑙でございます」

「うむ」

声を聞いて客の正体を知った伊紗は、手早く襖を開閉して部屋へ入り、客の前へ座った。

「そろそろ来るんじゃないかと思っていたよ」

二十代半ばの若い男だった。長めの総髪を後ろでくくり、縞の地味な着流し姿だが、浄衣でも着せれば神職に就く者にも見えるやもしれぬ。背筋を伸ばして座った男の前には、手つかずの徳利が三本も並んでいた。

伊紗は黙って杯に手を伸ばし、手酌で酒を注ぐ。

「瑪瑙、か」

「店ではね。外では伊紗のままだ。あんたは？」

「孝弘。槙村孝弘だ」

　以前聞いた名と違う。この孝弘と名乗る男と伊紗は長い付き合いだった。蒼太の他に伊紗が知る、数少ない山幽の一人だ。事あるごとにつなぎをつけてはいるものの、互いに多くを語った覚えはない。直に会うのも二年ぶりだった。

「ふうん。なんだかえらそうな名だね」

「そんなことはどうでもいい」

　じろりと睨んだ男へ、杯を干してから、伊紗は薄い笑みを浮かべて応えた。

「話を聞こうか？」

「……間瀬にある村が二つ、続けざまに襲われた」

「間瀬というと――黒桧の南にある州か」

「襲われたのはむしろ氷頭の北だ。那岐の小野沢村と手口が似ている」

「鴉猿どもか。ご苦労なこった」

　鼻で笑った伊紗を一瞥して、孝弘は続けた。

「……黒耀様が手を貸したのではないかという噂だ」

「黒耀様が？」

「術師を見たという話もある。年老いた――屍のような男だった、と」

「なんだって？」

眉をひそめた伊紗とは裏腹に、孝弘はうっすら口元を緩めた。

「お前の探す者やもしれぬな」

「……それで知らせに来てくれたのかい？」

「もののついでだ。あと一つ二つ用を済ませたら、私は間瀬へ向かう。ことの真偽を確かめるためにな。委細が判ったら知らせよう」

「助かるね」

にやりとした伊紗を、孝弘は見つめた。

「晃瑠に住みついて一年になるな。よく耐えられるものだ。お前も。蒼太も」

周りを囲む結界しか持たぬ町村と違い、四都には結界の内側にも様々な術が張り巡らされている。なんとか人目を誤魔化して結界の中に入れたとしても、妖力を振るえぬ上に、見えない檻に閉じ込められているような息苦しさに、長逗留する妖かしはまずいない。

「こう言っちゃあなんだが、あの紙切れのおかげらしいね」と、伊紗は苦笑した。

「符呪箋か」

「鷺沢の旦那に羈束されてこのかた、あのなんとも嫌ぁな感じが減ったのさ。まったくなくなったってんじゃないがね。慣れれば耐えられなくはない。——もっとも、蒼太は違うよ。あの子は初めから、都の術をさほど苦にしていないみたいだった。大した器だよ」

なればこそ、孝弘は晃瑠まで出向いて来たのだろうと、伊紗は思っている。昨年、恭一郎に羈束された後に、伊紗は蒼太や恭一郎のことを孝弘に知らせていた。

「……あんたの探し人ってのは、蒼太のことなのかい？」

　己がある術師を追っているように、孝弘も誰かを探していることは知っていた。ただ、何を考えているのか、己よりも更に手の内を見せぬ孝弘が誰を探しているのか、今のところ伊紗には見当がついていない。

「判らぬ」

　つぶやくように言った孝弘は、とぼけているようには見えなかった。

「それにしても、鷺沢恭一郎に蒼太……八辻の剣を持つ男と森を追われた山幽か。実に面白い取り合わせだ。それにもう一人いたな。蒼太の目を取り込んでしまったという……」

「夏野だね。鳴子で鴉猿どもを討ち取ったのは、鷺沢の旦那と夏野だよ」

「ほう……若き女子（おなご）にしてはなかなかの腕前だな」

「なぁに、まだまださ。鷺沢の旦那の足元にも及ばないよ」

　にやりとした伊紗に、珍しく、それと判らぬほどの微笑で応えると、孝弘は言った。

「お前が望むなら、その鷺沢という男から符呪箋を取り上げてやるつもりだったが、しばらくその必要はなさそうだな」

「ふふ。ちょいといい男なのさ。縛られているのも悪くないと思わせるような、ね」

「呑気（のんき）なものだ。――また来る」

　孝弘のために襖を開いてやりながら、伊紗は忍び笑いを漏らした。

「何が可笑（おか）しい？」

「なんだか、いろんなことが回り始めたような気がするのさ……」

†

蒼太がまた、寝返りを打った。

空木村でも鳴子村でも、似たような夜があった。

こいつなりに思うところがあるのだろう、と、目を閉じたまま恭一郎は、己から少し離れたところで丸くなっている蒼太を意識した。

晃瑠までの旅中、蒼太は夏野のことはもとより、妖力のことで何やら思い悩んでいた様子だった。幾度か声をかけようかと迷いつつ、鳴子村で自ら伊織に力について話を切り出した蒼太に安心して、成りゆきを見守りながら恭一郎は東都へ帰って来た。

一時屈託していた蒼太も、戻って来てからは落ち着いたように見えた。夏野が同じ東都にいることも、蒼太にとって大きな支えになっているようだ。

此度の出来事を経て、蒼太は昨年よりずっと夏野に親しみつつあった。己の目を取り込んだ者だからか、夏野自身の人柄か——おそらくその両方だろうが——蒼太が自分以外にも心許せる人間がいるのは良いことだと、恭一郎は思っている。

反面、新しい懸念(けねん)が生じてきた。

蒼太を晃瑠へ連れて来て、一年余りが経った。

都なら、妖魔に襲われることはまずない。蒼太や伊紗のようにうまく人に化けて紛れている妖かしも中にはいるだろうが、妖力が振るえない上に見つかれば己の身が危うい。蒼太を襲うために、都に潜り込む者がいるとは考え難い。

人に見つかることを、恭一郎はさほど問題とみなしていなかった。危険な真似をしているのは承知の上だが、人間相手なら戦うなり逃げるなり、いくらでもやりようがある。伊織や馨という心強い味方がいるし、いくつか裏のつてもなくはない。いざという時には、大老(たいろう)の息子という身分も多少は役に立つだろう。

恭一郎の懸念はもっぱら、蒼太の妖力のことであった。

伊織曰く、蒼太の力はまだ定まっていない。力はあるのだが、蒼太自身が未熟なために、自身の意思でうまく操れないらしい。

守り袋は蒼太の力を抑えるものではないとも伊織は言ったが、術の張り巡らされた都では、通常の妖力を発揮するのも難しい。

――このまま、ずっと都で暮らすことはできまい。

蒼太が想像以上の力を備えているというのは朗報だった。この先、蒼太が一人でも生きていけるよう、力を伸ばせる場を整えてやりたかった。また、いかに伊織の術をもってしても、子供の成長を誤魔化せるのはせいぜい数年だろうと恭一郎は踏んでいる。

今すぐどうこうという話ではない。

だがいずれ、なんとかせねばなるまい……

闇(やみ)に、蒼太が再び動く気配がした。

「蒼太」

「……ん」

「眠れぬのか？」

「んん」

小さくかすれた声で否定する。

「寒いか？」

寒がりの蒼太を思いやって、恭一郎は問うた。しばらく暖かい陽気が続いていたが、この二日ほどは天気が悪く、今夜もややひんやりしている。

「……さう、く、な……い」

「そうか」

「……ね、う」

「うむ」

暗がりに腕を伸ばして蒼太の背中に触れた。

ぴくりと微かに震えた背中を、そっと撫でてやる。

夜の闇に、その背中はひどく小さく感じた。

第九章
Chapter 9

取立から戻って来た恭一郎が、夏野たちを見て小さく目を見張る。

夏野は急いで立ち上がり、一礼した。恭一郎の後ろには相棒と思しき男がいて、こちらは夏野よりも、上がりかまちに腰かけたままの伊紗に目を奪われている。

「黒川殿？」

「申し訳ありません。蒼太のことで、急ぎ伝えたいことがあって参りました。言伝を頼んで帰るつもりだったのですが、じきに戻られると言われまして、こちらで待たせていただきました」

八ツが鳴ってから半刻ほど過ぎた時刻であった。

恭一郎が相棒と番頭に暇を告げると、三人で灰色の空の下へ出た。

どんよりと厚い雲が、心にも重くのしかかってくるようである。

「どこかそこらの店へ入るか？」

「いえ、急いだ方がよいので、堀沿いへ」

高利貸・さかきのある駒木町は、幸町と並んで城下町として賑わう町である。表通りには店が並び、夕刻までは行きかう人々が引きも切らないが、堀沿いなら船着場の他はさほど人通りがない。

黙々と歩いて五条堀川を渡り、堀の南側を五条大橋へ向けて歩き出してから、夏野はようやく事を話し始めることができた。

——どこで聞きつけたのか、昼下がりに柿崎道場で稽古をしている夏野のところへ、伊紗が突然訪ねて来た。

一度は夏野を騙した妖かしだが、どこか憎み切れないものがある。懐かしい思いに駆られたのも束の間、伊紗の話を聞いて夏野は慌てた。

蒼太が恭一郎に内密に、晃瑠を出て行こうとしている。三日前、蒼太の方から都を出る手助けをして欲しいと頼んできたと、伊紗は言った。

兎にも角にも恭一郎に伝えねばならぬと、夏野は馨に恭一郎の勤め先を聞き、伊紗を伴って、道を尋ねながら高利貸・さかきまでやって来た。

「今なら六ツが鳴る少し前に門が閉まるだろう？」と、伊紗。「だから七ツに、久金大路の手前にある谷藤って万屋の前で待ち合わせることにしたのさ」

都の門は全て、時の鐘にかかわらず、卯刻三ツに開き、酉刻三ツに閉まる。

他人事のように伊紗がのんびり言うのへ、恭一郎が舌打ちした。

「道理で昨夜、様子がおかしかった」

「そうでしたか」

「しかし何ゆえ、そこまで思い詰めているのか……」

盆の窪に手をやり考え込んですぐに、恭一郎はじろりと伊紗を睨んだ。

「まさかお前」

「旦那は勘が鋭いね」

伊紗は首をすくめたが、悪びれずに応えた。

「だがね、力は使ってないし、嘘も言ってないよ。自分のせいで旦那がひどい目に遭うんじゃないかって、私に言ってきたのは蒼太だよ」

「お前はしかし、それを煽るようなことを言ったのだろう」

「ふふ……私と同類にしちゃあ、あの子があまりにもまっすぐなんで、つい」

仄魅は腕力は持たぬが、幻術で心を惑わし、操る。

恭一郎の推察に、夏野も遅まきながら気付いた。伊紗は多紀のことで動揺した蒼太の不安を、わざわざ増幅させるようなことを何か口にしたのだろう。

「ひどいではないか、伊紗」

「私が人でなしなのは、お前も既に知っての通りさ」

怒りを込めて言う夏野をからかい、伊紗は笑った。

「蒼太はまだ子供なのだぞ」

「だからだよ。人が人に対して、どれだけ非道になれるか、早々に知っておいた方がいいだろう?」

一つ溜息をついて、恭一郎が言う。

「まったく、余計なことをしてくれた」

「そうかい？」

顎を持ち上げ薄く笑った伊紗は、事の成りゆきを楽しんでいるようだ。

「蒼太が怯えていたのは本当だよ。夏野が言った通り、あの子はほんの子供なのさ。まだこの世のことも、人のことも、自分のことだって判っちゃいない」

川面を見つめて、気怠げに伊紗はやや歩みを緩めた。

気が急いている夏野は苛立ちを覚えたが、ちらりと見えた伊紗の瞳に、小さな闇を見たようで、開きかけた口を閉じた。

「誰かがついててやらなきゃならないよ。いろんなことを教えてやらなきゃならないのさ。良いことをしたら褒めてやり、悪いことをしたら叱ってやる誰かが、あの子には必要なんだ。なのに旦那、あの子は一人で行こうとしているんだよ」

お前がそう仕向けたのではないか。

そうなじろうとした矢先、恭一郎が夏野を見やった。それと判らぬほどに微かに首を振り、夏野を押しとどめる。

「本当の親がいたってね、子供は何度でも迷うもんなんだ。父ちゃん母ちゃんに好かれたい。嫌われたくない。見捨てられたらどうしよう、って。なさぬ仲なら尚更さ。だから迷った挙句に、こうしてふらりと家を出て、自分と旦那を試したくなるんだよ。……でもね旦那、叱るのはいいけど、突き放しちゃ駄目だよ。子供ってのは、ちょいと突き放しただけで思い詰めちまう……勝手にしろと言われると、反対に不安になるのさ」

「……覚えておこう」

恭一郎を見上げて、伊紗はふふんと笑った。

「男親は総じて口下手だからね。それにこちとら、伊達に年を食っちゃいないさ。……子供には、何度だって言ってやらなきゃならないんだ……お前は私の宝なんだってね」

「そういうものか？」

「ああ。旦那もそうやって育てられた口だろう？　だからこうして、まっとうな人間になったじゃないか」

「そうか？」

「そうさ。……何度言っても、足りないことなんかないんだよ。子供ってのは、何がきっかけで思い詰めちまうか判らないんだから……言わなくても判るなんて、思い上がっちゃあいけないよ。あんまり偉そうにしていると、ある時ふいに、本当にいなくなっちまうことだってあるからね」

伊紗の赤い唇に、薄く浮かんだ笑みは自嘲に見えた。恭一郎に語る伊紗の言葉からは一抹の悔いと寂しさが感ぜられる。

――蒼太が自分の子を殺した。螢太朗を殺したのも蒼太だ。一緒に仇を討とうじゃないか……そんな風に昨年、伊紗は夏野を騙した。

それは嘘だとのちに判明したが、どうやら伊紗が我が子を失くしたことは本当らしいと、夏野は踏んだ。

「お前も、子供を失くしたことが？」

恭一郎が問うた。

「そいつは命令かい？」

「いや……話したくなくば、構わぬ」

ふん、と伊紗は鼻を鳴らした。

「ちょいとおしゃべりが過ぎたようだね。人に身の上話をするほど、落ちぶれちゃあいないつもりだよ」

それからにやりとして続ける。

「だがね、寝物語としてなら、いつか話してもいいよ」

「覚えておこう」と、恭一郎が苦笑する。

「それより、あの子の気持ちは判ったろう？　後は旦那次第だが、あの子は一人で待っているんだ。早く行っておやりよ。そのためにこうして知らせに来たんだからね」

「そうしよう。……礼を言うぞ、伊紗」

「ふん」

もう一度鼻をならして、だが満更でもなさそうに伊紗は口角を上げた。

腹ごしらえをしてから店に戻るという伊紗とは、五条大橋の手前で別れた。

じきに七ツが鳴ろうかという時刻である。

「おぬし、これより先まで行くと、夕餉に間に合わぬだろう」

「そう思って、同じく駒木町から通っている磯田殿に言伝を頼んで来ましたが……」

「俺がゆかぬと見越してか？」

笑う恭一郎に、夏野は口を尖らせた。

「そういう訳ではありませぬ」

万が一、恭一郎が捕まらぬ時は、もちろん夏野自身が蒼太を連れ戻しに行くつもりだった。しかし、伊紗ではないが、訳を話しても恭一郎はもしやゆかぬと言うやもしれぬと考えてもいた。

それはけして恭一郎が蒼太を疎んでいるからではなく、恭一郎なら蒼太の選ぶ道を行かせてやるのではないかと思ってのことである。

「勝手にしろ、か。俺が言いそうなことだな」

伊紗の言ったことだが、己の胸の内を読まれたようで、夏野は目を落とした。

「はあ、その……」

「――あの女から見たら、俺なぞ、いまだ青二才もいいところであろうな」

「伊紗は一体、いくつになるのですか？」

「さあな。あの手の女に歳を訊ねるほど、俺も野暮ではないゆえ」

くすりとしたのも束の間、恭一郎は真顔になって夏野を見つめた。

「家に一報入れてあるなら、このまま共に来てもらえぬか？」

「それは構いませぬが……よいのでしょうか？」

蒼太の無事を確かめたいのは山々だが、家族のように互いを思い合う二人である。自分がいない方がよいのではと思わなくもない。

「伊紗の言ったことを聞いたろう？　男親とは総じて口下手だそうだ。俺一人では、どうも心許(こころもと)ないゆえ……」

冗談めかしているが本心らしい。

「おぬしと蒼太には特別な絆(きずな)があるではないか。あいつも黒川殿には懐いておるし、俺には意地を張っても、黒川殿の言うことなら素直に耳を傾けるやもしれぬ」

「……私でお役に立てるのなら、喜んで」

「かたじけない」

歩きながらも小さく頭を下げられて、夏野は恐縮した。

二人並んで、五条大路をひたすら西へ急いだ。

久金堀川を渡る頃、七ツを知らせる鐘が鳴った。

皐月(さつき)の半ばゆえ日暮れまでまだ時はあるものの、一日中曇っていた空は春の終わりとは思えぬほど、どんより低い。

人の波を縫いながら、一人伊紗を待つ蒼太を思って、夏野は胸に手をやった。

†

七ツの鐘が鳴ったというのに、伊紗が現れぬ。

久金大路から西門まで一里弱。蒼太と伊紗の足なら半刻とかからぬだろうが、気が気ではない。

雨の気配に、誰も彼もが蒼太の前を急ぎ足で通り過ぎて行く。どの店もそれを承知していて、無駄口は叩（たた）かず、言葉少なに客に応対していた。

――七ツに、「谷藤」という万屋の前で――

三日前、伊紗はそう言った。

自分一人では門を抜けられぬゆえ、堀前の宿場町までついてきて欲しい――

伊紗から話を聞いて晃瑠を出て行く決心をした蒼太は、その場で伊紗にそのように頼み込んだ。

――いいよ――と、伊紗は二つ返事で諾した。――ただし、手形を用意しなきゃならないからね。三日後でどうだい？　三日後の七ツに落ち合おうじゃないか――

三日間、何度も考えた。

……やはり己は出て行くべきだ。

何度考えても、最後はそう思い至る。

晃瑠は――否、恭一郎のもとは離れ難かった。

くる日もくる日も一人で逃げ回っていた蒼太がようやく得た、安住の地といえる存在が恭一郎であった。

人間の恭一郎と妖(あや)かしの自分。

互いの命の長さと強さの違いから、やがて別れがくることは出会った時から承知していた。だが、それはもっと遠い先のことだと思っていた。

鳴子村で己の死を覚悟した時は、まだ易(やさ)しかった。

多紀の死を「見て」から、蒼太は知った。

己が愛する者の死は、己自身の死よりも、ずっとずっと耐え難い。

あるのかないのかまだよく判らぬ力も、もとより都では振るいようがない。己が役立たずと知りつつ、これから先も恭一郎と共には暮らせぬと、蒼太は思い詰めていた。

「坊、待ち人はまだ来ないのかい？」

声をかけてきた店の手代を、蒼太は見上げた。

小さく首を振って、蒼太は店の看板を指差して問う。

「た、に、ふ……し？」

「そうだよ。うちが谷藤だ」

「な……っ」

「七ツはとっくに鳴ったがねぇ……」

店の名は、来た時に一度確かめていた。七ツに人と待ち合わせしているのだと蒼太が言ったのも、伝わってはいるようである。

このまま伊紗が来なかったら、己は一体どうするのか。

恭一郎には何も言っていない。言葉はおぼつかなくとも、伊紗にはきっちり口止めをしておいた。長屋へ帰れば、恭一郎はいつも通り笑顔で迎えてくれるだろう。

だがそうすると、決めた心がまた鈍る……

一度得た安らぎを、自ら捨てるのは難しい。都の外へ出れば、以前の、一人で逃げ暮らす日々が待っていることは承知の上だが、それでも恭一郎を知らぬ前に戻りたいとは、蒼太は露ほども思わなかった。

——共にゆかぬか？——

昨年、ふらり東都に現れた妖魔の王・黒耀は、そう言って蒼太を誘った。蒼太が断ると、黒耀は微笑んで言ったものだ。

人の恭一郎が逝くまで、長くとも五、六十年。それまでせいぜい考えてみるがよい、と。

実際に恭一郎と共に過ごした時はたった一年だが、蒼太の思いはあの時と変わらぬ。

短い間でも至福の時だった。想い出はもとより、恭一郎の身を護るためと思えばこそ、一人で行くことにも耐えられる。

気まぐれな黒耀だ。いずれまたどこかで出会うやもしれぬが、同じ誘いがかかるとは限らぬ。今頃は、誰か他の者と暮らしを共にしているやもしれなかった。

それならいい。

黒耀のためだけでなく、己のためにも蒼太は願った。

己が恭一郎に出会ったように、彼の者にも、特別な誰かが現れるといい。

その者を想うだけで、生きている喜びを感じられる誰か。

その者の幸せが、そのまま己の幸せになるような誰かが――

「おい、そこの笠を一つ」

「ありがとうございます」

日暮れ前の空は鈍色で、華やかな都の景色もくすんで見える。

降り出す前に門を抜けたい。

人混みの中、蒼太は再び伊紗の姿を探した。

――「きょう」はもう、「いえ」に戻っただろうか。

まだ遅いとはいえない時刻である。

恭一郎のことだから、己の身を案じてくれるだろうが、それはもっと後のことだ。また、明日になれば、晃瑠に戻った伊紗がうまく伝えてくれる筈であった。

恭一郎の亡き妻の奏枝が作ったという子供の搔巻には、多分に未練があった。しかし、今夜からは野山に寝起きする身である。搔巻を背負って行くことはできぬ。その代わりといってはなんだが、懐にはいつも通り、奏枝の形見である手鏡を忍ばせてきた。

恭一郎がその昔、奏枝に贈ったというその手鏡は、時折、蒼太にしか見えぬ絵を映し出す。奏枝の想いのこもったそれは、これから再び一人となる己のささやかな慰めとなるだろうと、蒼太は思っていた。

ふと鏡を覗いてみたくなったが、思い直して、代わりに蒼太は懐から手形を出した。

先だって、空木村への行き帰りに使ったものである。

恭一郎が書付や文を放り込んでいる箱から探し出し、二枚一組に重なっていたのをそのまま持ち出して来た。達筆で漢字ばかりの手形だが、道中で何度も目にしているゆえ、間違いはない。恭一郎と己の分、二枚の内一枚には、蒼太が唯一書くことができる漢字が記されている。

――「蒼太」。

恭一郎がつけてくれた、己の人名だった。

我が子が男児だったらつけようと、恭一郎が考えていたとっておきの名である。

明日から、この名で呼ばれることはない。

そう思うと、切なさが胸に込み上げてくる……

†

「蒼太」

声と共に、ぬっと手元に影が差した。

伊紗の声ではない。顔を上げると、見知らぬ男が微笑んでいた。人の姿をしているが、男が山幽であることは一目で判った。

見つかった――

慄いたのは一瞬だった。男の、己と同じ鳶色の瞳に、なんとも言えぬ懐かしさが込み上げて、蒼太を動けなくした。男はそんな蒼太の肩にそっと触れ、少しだけかがんで囁いた。

『怯えるな、シェレム』

人には聞こえぬ声で男が口にしたのは、蒼太の本当の名だ。目を見開いた蒼太に、男は続けた。

『伊紗に頼まれて来たのだ』

『「いさ」に……？』

「あの……旦那様がこの子の……？」

先ほどの手代が、遠慮がちに男へ声をかけた。

「私か？」

蒼太の手から手形を取り上げると、男は手代に掲げて見せて、微笑した。

「私は鷺沢恭一郎という者だ。この子は鷺沢蒼太。――私の子だ」

穏やかに言う男に、手代がほっとした様子で頷く。

「さようで……いえね、ずっと待っていたものですから、こちらも気になりまして……坊、よかったね。お父様が一緒なら安心だ」

にっこりする手代の声が耳に遠い。男に促されるままに、蒼太は谷藤を後にした。

『「いさ」は？』

『厄介事が生じてな』

『やっかいごと？』

『お前をかくまっていた、この鷺沢という男が危ない』

手形をかざして言う男の顔からは、笑みが消えていた。

『「きょう」が？』

息を呑んだ蒼太を、男が急かす。

『伊紗が既に向かっている。私たちも急ごう』

頷いて、蒼太は男と共に足を速めた。

†

「その子なら、つい先ほど、お父様が連れて行かれましたよ」

「父親が？」

谷藤の手代の言葉に、夏野は恭一郎と顔を見合わせた。

二人が去るのをずっと見ていた訳ではないが、手形を持っていたから門へ向かったのだろうと手代は言った。

すぐさま恭一郎と二人で走り出したが、久金大路を越えてすぐに足を止める。

「待ってください」

違う。

そう感じると同時に左目が疼いた。

人が行き交う中、じっと宙の一点を見つめる。ふっと、束の間音が途切れたかと思うと、目を閉じていなくてもうっすら青白い軌跡が浮かび上がってきた。

「こちらです」

久金大路を南に折れて、夏野は軌跡を追った。恭一郎も無言でついて来る。

以前は切れ切れにしか見えなかった軌跡だが、今の夏野には、淡くとも一本の糸がはっきり見える。僅かの間ながら、伊織や相良の教えを経て、気を集めるすべを夏野は確実に学び取っていた。

五条堀川を渡り、六条大路を越えると、街の様相が変わった。一見、呑み食い処が連なる盛り場のようだが、明らかな陰の気配が漂っている。

「ここらは千成と呼ばれている土地だ。香具師ややくざ者がうろつく、黒川殿には縁のないところだ」

怯んだ夏野を見やって、恭一郎が言った。

「そんなところへ、蒼太は何故……」

万屋の手代の話からすると、無理矢理連れ去られたようではない。しかし、昨今は人買いや子攫いなど、都も随分物騒になったと聞いている。蒼太が誰について行ったのか判らぬが、まっとうな人間が子供をこんなところに連れ込むとは思えなかった。

無事でいてくれ……

一町ほど進むと、軌跡は左に折れていた。表店の間にある、半間ほどしかない細い道を入ると、中は迷路のように入り組んでいる。ところどころにぼんやりと行灯の灯りが滲み、人の気配はあるものの、表通りの喧騒からは切り離されたようにひっそりしているのが不気味であった。

——惑わされてはならぬ。

目を凝らして、微かな青白い軌跡をたどりながら、右へ左へ細い道を折れて行く。やがて一つのくぐり戸の前に来ると、夏野は後ろの恭一郎を仰ぎ、頷いた。

✝

男は「孝弘」と人名を名乗った。

『——「きょう」に何が？』

『私もよくしらぬ。ただ、伊紗とは古い付き合いだ』

この孝弘について、蒼太は久金大路を小走りに南へ駆けた。

千成という柄の悪い土地まで来ると、孝弘は見知らぬ小道へ足を踏み入れた。蒼太も迷わず後を追う。

たどり着いた屋敷は、あまりにも小さく質素な造りだった。だが、ぐるりと囲む板塀と、狭いながらも手入れの施された庭から、ただならぬ屋敷だと蒼太は踏んだ。

外からは中の気配が感ぜられない。視界の悪い曇り空の下で、屋敷は不気味な静けさを湛えている。

恭一郎にどんな危険が迫っているというのか。

覚えていない夢のことを思い出して、不安に心がかき乱される。

僅かに開いた戸から中へ入ると、孝弘に続いて忍び足で廊下を渡る。襖戸を開いた孝弘の横から飛び込むように座敷へ入ると、蒼太は恭一郎の姿を探した。

行灯が一つだけ灯された薄暗い座敷の隅で、影が動いた。

恭一郎ではない。

「い、さ？」

薄闇に浮かんだ女が一歩踏み出すと同時に、後ろから伸びて来た孝弘の手が、蒼太の左手をねじ上げる。

「――っ！」

とっさに伸ばした右手も容易くつかまれ、後ろに回された。

『何をする！』

蒼太には応えず、孝弘は影に声をかけた。

『約束通り、連れて来たぞ』

孝弘を振り切ろうと、後ろ手に両手をつかまれたままもがく蒼太が見上げると、仄かな灯りに女の顔が浮かび上がった。

驚愕に身体が抵抗を忘れた。

『サスナ……』

己が殺したカシュタの母親であり、己を賞金首にした張本人であった。

また一歩近付いたサスナは、灯りに照らされ、蒼太の知る限り変わらぬ姿を現した。人の歳にして二十二、三歳。化粧っ気はないが、鳶色の髪と目が映える白い肌をしている。

『シェレム……都に隠れていたのだね……』

見下ろすサスナの唇が怒りにわなないている。

『長居はできぬ。早く殺れ』

静かに言い放って、孝弘は蒼太を突き出すようにつかんだ腕に力を込めた。腕と肩に痛みが走って、蒼太は呻いた。

袖に隠れていたサスナの手には細身の懐剣が握られている。震える手でサスナが鞘を取ると、抜身が灯りを映して鈍く光った。

『ずっと、探していた……』

ぐっと蒼太は、つかまれている両手の親指を握り込んだ。

伊紗に裏切られたとは思わなかった。どういう次第で孝弘が蒼太の居場所を突き止めたのかはしらぬが、いつかはこういう日がくると心の底ではどこか承知していた。

この期に及んで、言い訳はするまい。

口を結んで、蒼太はサスナをまっすぐ見つめた。

カシュタを殺す気などなかったと、森でも何度も訴えた。そのことに偽りはないのだが、カシュタの心臓を「旨い」と感じた己の心が操られていたとは思えなかった。

シダルはそんな、デュシャにあるまじきおれの本性を見抜いていたのではないか……？

山幽は――デュシャは仲間を殺せぬ。

そう、鴉猿も言っていた。

その証拠に――懐剣を握るサスナの両手は、哀れなほどに震えている。

おれは迷わなかった。術中にあったとはいえ、なんの罪もないカシュタを、躊躇いもせずに殺めてしまった……

『おれが殺した』

『シェレム……』

『カシュタは、おれが殺した。だから……』

誰に強いられている訳でもないサスナが、自分の意志で、デュシャの禁を破ってまで己を手にかけたいのならば逆らうまい。

心を決めた途端、驚くほどの清閑さが胸に満ちた。

鳴子村で死を覚悟した時には諦めしかなかったが、今は違う。その昔、故郷の森で全身で感じた自然の雄大さ——その力が、今まさに己と共にあるように感じた。

『おれはもうにげない』

『なんだと？』

背中から孝弘の声がした。流石に意表を突かれたようである。

サスナは頰を紅潮させ、口元を歪めた。

『莫迦にして……私は殺るよ。カシュタの命は、お前の命であがなってもらう……』

揺れる切先が胸に突きつけられるのを感じて、蒼太は目を閉じた。

死ぬことが怖くないと言えば嘘になる。

でも、よかった……

恐怖ではなく、安堵から、閉じた目がうっすら潤んだ。

「きょう」じゃなくてよかった……

ふいに、つかまれていた腕が引かれ、切先が胸から離れた。

「誰だ？」

誰何する孝弘の声に目を開くと、左目が疼いた。

『蒼太！』

夏野の声が頭に響く。

廊下へ続く襖戸が、音もなく表から開いた。

ふっと灯りが揺らいだかと思うと、転瞬、白刃を閃かせて影が飛び込んで来る。

影を恭一郎だと認めた刹那、蒼太の中で何かが爆ぜた。

孝弘の手が離れたのが判った。

夢中で身体を投げ出すと、眼前で青い火花が散った。

†

「蒼太！」

夏野が自身の叫び声を聞いた時には、恭一郎の刀は蒼太の首筋にあった。

刃先は紙一重で止まっている。

びりっと、落雷後のように、空気が震えた。

瞬く間の出来事だった。

ほんの少し前に——夏野は恭一郎と共にくぐり戸を抜け、屋敷に忍び込んだ。

襖戸の向こうに、蒼太以外の気配も感じ取った二人は、息を潜めて機を窺った。

誰何された時、恭一郎は既に鯉口を切っていた。

開いた襖戸から夏野が蒼太の姿を認める前に、風のごとくすり抜けた恭一郎が女に向かって斬り込んでいた。

何かが蒼太の中で爆ぜたように見えた。手を放した男の身体がそのまま後ろへ吹っ飛ぶ。

自由になった蒼太が、女の前に——恭一郎の剣の前に、その身を投げ出した。

刀と刀が打ち合わさったかのごとく、火花が散った。

紙一重で刃を抑えたのは、蒼太の妖力か、鷺沢殿の力量か……

今になって、夏野の胸は早鐘を打ち始めた。

恭一郎が無言で刀を引くと、どさりと音を立てて、蒼太の後ろの女が座り込んだ。

弾け飛んだ男が手をさすりながら立ち上がるのを見て、夏野は慌てて剣を抜いた。男は恐れぬ顔で夏野と恭一郎、それから蒼太を順に見やる。

「これは——天意とでもいおうか。鷺沢恭一郎に、夏野……姓は黒川だったか」
二十二、三歳に見える男と、蒼太の後ろの、男と同じ年頃の若い女は妖かしだと、夏野の左目が告げていた。
が、夏野がそれを口にする前に恭一郎が問うた。

「お前は山幽か？」

「そうだ。人里では槙村と名乗っている。槙村孝弘だ」

「……この女はもしや、蒼太が殺めた赤子の母か？」

はっとした夏野が見上げると、孝弘の口元に微かに笑みが浮かんだ気がした。

「流石、……が見込んだ男だけはある」

よく聞き取れなかったが、恭一郎の妻のことだと判った。

「奏枝を知っているのか？」

「亡くすには惜しい者だった」

つぶやくように応えると、夏野と恭一郎を交互に見やって言う。

「無礼をした。刀を引いてくれぬか？　私はただ、話に聞いた蒼太に会ってみたかっただけだ。この女は私が連れてゆくゆえ」

嘘だ、と思った。

蒼太がどれほどの妖力を秘めているのか、試すつもりだったに違いない。

睨みつける夏野を意に介さず、孝弘が女に頷いて見せる。

と、女は激しく頭を振り、蒼太を抱き込み、その喉笛に懐剣をあてた。

「蒼太！」

叫ぶと同時に、頭の中に声が聞こえて夏野は眩暈を覚えた。

『嫌だ！　私は許さない！』

『無駄だ……お前には殺せぬ』

右手で刀を構えたまま、鈍く痛み始めた頭に左手をやる。

「黒川殿？」

「声が……」

『カシュタを殺した……』

『もうやめるのだ。こいつを殺したところで、お前の息子は戻らぬ』

『殺して、逃げた……』

『お前が——森が、追い出したのだ』

『こいつのせいで森が……』

『濡れ衣もいいところだ』

『翁が……森が襲われた……』

女の腕の中で、蒼太が目を見開いた。

『森が？』

「森が、襲われた……？」と、夏野は聞いたままをつぶやいた。

「なんだと？」

蒼太たちの声に重なり、夏野の脳裏にぼんやりと絵が浮かぶ。

黒い霧に覆われた森から、散り散りに出て行く影がある。

逃げて行く山幽か、森を襲った者たちか……

孝弘が興を示して、夏野を見つめた。

「成程。我らの言葉も解するのか。——面白い」

淡々と言う孝弘に、夏野は問うた。

「襲われた森というのは、蒼太の故郷か？」

「そうだ。間瀬州の人里が二つ、山幽の森が一つ、おそらく同じ者たちに襲われた。人里はしらんが、この女を含め、森にいた山幽の半分は逃げのびたようだ。だが翁の一人が死に、紫葵玉が奪われたと聞いている」

『こいつのせいだ。何もかも』

蒼太をなじる女の顔は、憎しみからではなく、苦しみから歪んでいた。

同じだ……

この女性も、柴田殿を殺した男と変わらぬ。

愛する者を亡くした悲しみに、誰かを——蒼太を——恨まずにいられなかったのだ——

やり切れない思いと共に夏野は刀を納め、静かに女を見つめた。

「……蒼太を騙し、あなたの子供を殺すよう仕向けた者たちは、私が既に討ち取った」

女は人語を解さないようだが、孝弘が通弁して囁くと、驚いて夏野を見上げた。

「蒼太を放してやってくれ。あなたの子を殺めてしまうなど、思いも寄らぬことだったのだ。同じように、森が襲われたことも、あなたには予期せぬことだったのではないか？」

『何を言う』

言い返した女の声に、後悔の念を感じた。

もしも、襲った者の目的が紫葵玉だったとしたら、蒼太を賞金首にすることで、女は森が紫葵玉を有していることを世に知らせたことになる。

仲間の半数を殺され、逃げ出すしかなかった女は自責の念に苛(さいな)まれ、蒼太を恨む心の糧としてしまったのだろう。

『全ては、こいつが……』

ぐっと、女が蒼太に懐剣を突きつけるのを見て夏野は慌てた。

「やめろ！」

蒼太のためというよりも、女のために夏野は叫んだ。

女が剣に不慣れなことは一目瞭然(りょうぜん)だった。今度こそ恭一郎は見逃すまいと、夏野は確信していた。女が蒼太の首をかく前に、恭一郎が女の腕を斬り飛ばすだろう。

鍔鳴(つばな)りがした。

隣りを見やると、恭一郎が刀を鞘に納めたところであった。

納めた刀を鞘ごと腰から外し、膝(ひざ)を折って恭一郎は蒼太の後ろの女を見つめた。

「これと引き換えに、蒼太を返してくれ」

恭一郎が刀を滑らせるように前に押し出すと、蒼太を抱いたまま、女が後じさる。

『この者は――一体何を――』

「鷺沢殿……」

突然のことに、夏野は言葉が続かなかった。

「八辻の剣は、千両を下らぬと聞くが……」

孝弘が言うのへ、恭一郎が応えた。

「代わりに俺の命を——と言いたいところだが、俺の命などお前たちには一文の価値もなかろう。見ての通りの浪人だ。この刀の他、これといった財はないんでな。それに、千両で蒼太の命があがなえるのなら安いものだ」

それから改めて女を見やる。

「その刀は、黒耀へのよき土産になると、金翅が言っていたものだ。悪い取引ではあるまい。そいつと引き換えに、蒼太を自由にしてやってくれ」

『莫迦な……』

孝弘を介して恭一郎の意を知った女は更に動揺した。

「正気の沙汰とは思えぬが……はったりではなさそうだな」

「はったりは相手をみてかますものだ。お前には通用すまい」

挑むように恭一郎は孝弘を見た。

「女に伝えろ。蒼太を置いてゆくのなら刀はくれてやる。蒼太を許せとは言わぬ。ただ捨て置いてくれればいい。だが——どうしても殺るというのなら逃がしはせん。俺はこの場で仇を取るぞ。我が子を殺される恨みは、その女がよく知っておろう」

あなたも既に知っている……

恭一郎の心中を思いやって、夏野は立ち尽くした。

『……許さない』

絞り出すように女が言った。

『許すものか！』

「待て！」

†

夏野の叫びと同時に、蒼太はサスナに突き飛ばされた。

よろけた蒼太は、恭一郎の刀の上に倒れ込む。

鞘の上からでも刀の、ひやりとした陰の力を感じて身が総毛立つ。

身体を起こして振り返ると、見下ろすサスナと目が合った。

『私は……許さないよ』

もとより許しを乞う気はなかった。

こくりと頷くと、蒼太は足元の八辻九生を拾ってサスナに差し出した。

『「きょう」は、言ったことは守る』

サスナはじろりと刀と蒼太を一睨みすると、無言で踵を返して裏庭へ続く障子戸を開けた。そのまま振り返りもせずに、縁側から裏庭へと駆けて行く。

孝弘は反対に近寄って来てかがむと、蒼太が差し出した八辻九生を蒼太の腕ごと押し戻した。蒼太の額に孝弘の額が近付くと、頭の中に直に声が響いた。

『その刀は鷺沢に返してやるといい。八辻の刀にふさわしい者の手に……』

『でも』

『よいのだ。刀だけでは意味がない。使いこなせる者がいてこその八辻の剣だ』

はっとした蒼太に、孝弘は少しだけ目を細めた。

『私の名はムベレト』

『ムベレト……』

確かめるように蒼太がつぶやくのを聞いて、孝弘は顔を上げた。

「もうゆかねばならぬ。お前たちも早々にここを去るがいい。――鷺沢」

「なんだ?」

「これは私が勝手にしたことだ。伊紗は知らぬ」

言いながら懐から手形を取り出し、恭一郎に渡した。

恭一郎が頷くと、孝弘は密(ひそ)やかな足取りで、サスナを追って裏庭へ下りた。

板塀の、角から四枚目の板を迷わず外すと、孝弘はサスナを促して塀の向こうへ消えた。

やがて、微かだが遠ざかって行く櫂(かい)の音が耳に届く。

「どうやら塀の向こうは佐竹川(さたけがわ)らしいな。舟なら、大川を急げば、閉まる前に南門を抜けられる」

塀を睨んで言う恭一郎に、蒼太はおずおずと、腕に抱いていた刀を差し出した。

「かた……かえ、す」

孝弘の言葉を伝えると、恭一郎は手にした八辻九生を見やった。

「そうか。女はともかく、あの男なら持ち去るだろうと踏んだのだが……」

刀を腰に戻すと、恭一郎は一つ小さく溜息をついて膝を折った。

同じ高さになった恭一郎の目は静かだが、責めているようでもある。気まずさにうつむいた蒼太の前に手形を広げて、恭一郎は蒼太の名を指で示した。

「お前の名だ」

見知っている文字に、こくっと蒼太は頷いた。

二枚目の、同じ箇所を指差して恭一郎は言う。

「俺の名だ」

蒼太の名と違って、漢字が三つ並んでいる。

「この上になんと書かれているか、判るか？」

二人の名の上には同じ二つの漢字が記されているが、蒼太には到底読めぬ。助けを求めて夏野を見やると、そっと肩に触れて夏野が言った。

「鷺沢、だ。鷺沢殿と蒼太の姓だ。家名ともいう。蒼太と鷺沢殿は同じ家の者なのだと、そこには書かれているのだ」

「と、えん……の、こ」

恭一郎の言葉を思い出して蒼太が言うと、恭一郎がやっと目元を緩めた。

「それがな、蒼太。母上の身内は少なく、皆別姓なのだ。母上が亡くなってからは、俺が唯一鷺沢の名を継ぐ者になった。少し調べれば判ることだ。ゆえに、余計な腹を探られぬためにも、お前をいっそ俺の子にしてしまおうと思うが、どうだ？」

おれが、「きょう」の「こ」になる……？

「いや――間違っておるな。俺の子になってくれぬか、蒼太？」

蒼太に否やはない。

だが……

多紀の死に様が頭をちらついて、蒼太は返答を躊躇った。

「――俺が死ぬのが怖いか？」

問われて蒼太は頷いた。

「俺も怖い」

嘘偽りのない声だった。

「いつ死んでもいいと、捨て鉢だったこともあったが、それは生に対する執着を失っていた時でな……奏枝を亡くした直後のことだ。もう何も失うものがないと思うと、己の命さえどうでもよくなる」

若き頃を思い出したのか、ふっと恭一郎は小さく自嘲を漏らした。

「馨や伊織や先生のおかげで、あれからまた少しずつ、失いたくないものが増えてきた。お前はその最たるものだ。ゆえに今は己の死も怖いが、お前を失うことはもっと怖い」

知らない言葉が混じっていたが、己が恭一郎を想うように、恭一郎も己を想ってくれているのだということが伝わってきた。

おれも失いたくない。

だから、おれは――

「……おれ、も」

絞り出すように言った蒼太に、恭一郎は目を細めた。

「嬉しいことだ」

恭一郎の笑顔を見て、蒼太も噛み締めていた口元を緩めた。

「これは俺の勝手な考えだが、お前はやはり、奏枝が引き合わせてくれたような気がしてならんのだ」

二人が出会った那岐州玖那村の丘には、恭一郎の妻子の亡骸が埋まっている。

「あんな思いは二度とごめんだが――神ならぬ俺たちだ。この先も、どうにもならぬことが起きるやもしれん」

――「きょう」もおれも、互いに、どちらかが死ぬのを恐れている……

「だからと言って、お前を手放す理由にはならん。お前は俺の身を案じて一人で行こうと決めたらしいが、となると、俺は今よりもっとお前の身を案じねばならなくなる。飯は食っておるか、怪我はしておらぬか、寒い思いをしておるのではないかと気を揉んで、夜もおちおち眠れなくなるに違いないぞ」

恭一郎が言うのへ、夏野ももっともらしく頷いて付け足す。

「そうだとも。蒼太や伊紗はどうかしらぬが……人というのは実に弱い生き物なのだ。ゆえに、そのような心労が続くと身体に毒が回ったように病になり、血を流さずとも死に至ることがあるのだぞ」

「やま、い……」

病というものが今一つよく判らぬ蒼太だが、人の身体が妖かしよりずっと弱いことも、恭一郎の母親が「やまい」で死したことも知っている。

己がいれば恭一郎は「ひと」に殺されるかもしれず、己が去れば「やまい」で死ぬかもしれないと、蒼太は迷った。

「だからな」

珍しく、どこか困ったような顔をして恭一郎は続けた。

「だから――せめてお前が一人前になるまで、俺の手元にいてくれまいか？」

「いち、に……ま、え……？」

「うむ。お前がどの人里でも困らぬよう、今少し言葉を学び、どんなやつにも負けぬよう、力を振るえるようになれば、俺も安心だ。そのための助力は惜しまぬ。その上で、いつかお前が一人で行きたいというのなら、俺は止めぬ」

――「きょう」が死ぬと、おれは悲しい……

おれが死ぬと、「きょう」が悲しい……

いいや、そんなことよりも。

「おれ……」

涙が出そうになって、ぐっと拳を握りしめた。肩に触れたままの夏野の手が温かい。

「ほ、と……い、た……くな……」

——本当は行きたくない。

「すと……きょ、と……」

——ずっと、「きょう」と暮らしたい。

たったこれだけのことが、うまく言えない己に腹が立つ。

「ならばゆくな」

顔を上げると、面映げな恭一郎と目が合った。

「ゆくな」

恭一郎が繰り返した。

泣くまいとこらえた蒼太の耳に、ぽっと一つ、雨音が響いた。

三人で天井を仰ぐと、ぱらぱらと雨が屋根を叩き始める。

「降ってきたな」

無人になった屋敷を後にして、夏野を先頭に急ぎ足で小道を抜けた。久金大路に出ると、恭一郎が居酒屋の親爺にかけ合って番傘を二本手に入れる。

「蒼太は私と」

夏野が言うのへ、蒼太は恭一郎と夏野を見比べた。

人は「さむい」と「かぜ」という「やまい」になりやすい——

冬に樋口宮司（ひぐちぐうじ）が言ったことを蒼太は思い出した。雨に打たれて、恭一郎が風邪でも引いたら事である。蒼太は慌てて恭一郎の傍（そば）を離れ、夏野の傘の下に入った。

蒼太の心遣いを知ってか知らずか、恭一郎と夏野は顔を見合わせ、一緒に小さく噴き出した。

「さて、帰るか」

「はい」

夏野が応えると同時に、蒼太の腹が鳴った。

「こ、此度（こたび）は私では——」

「言うには及ばぬ。蒼太？」

「は、らへ……た」

朝餉を食べたきりである。緊張が解けた今、ひどい空腹を感じていた。

「いい時刻だ。何か食って帰ろうではないか」

「……き、わ」

少し甘えてもいいような気持ちになって、一葉にもらった饅頭の菓子屋の名を蒼太は口にしてみた。

向井町（むかいちょう）、五条大路沿いなら、ここからさほど遠くない。

恭一郎が苦笑した。

「覚えていたのは褒（ほ）めてやるが、あそこは売り切れ御免の殿様商売だ。いくらなんでもこの時刻まで開いておるまい」

無念に口を尖らせると、恭一郎は苦笑しながら続けた。

「甘やかすようだが、たまにはよかろう。近々買ってやるゆえ、今日のところは諦めろ」

「やく、そ……く」

「うむ。俺に二言はない」

「あの、それならば、和泉屋(いずみや)はどうでしょう？　この時分ですから白玉も出ておりましょうし、夕刻にはちょっとした食べ物やお酒も出すと、主(あるじ)が言っておりました」

白玉は蒼太の好物である。

見上げると、にやりとして恭一郎が応えた。

「──よいな」

「では急ぎましょう」

「ん」

増していく雨脚にしかめ面の人々の間を、蒼太を真ん中にゆく三人の足取りは軽い。

終章
Epilogue

相手の竹刀を跳ね上げ、払った己の竹刀が、綺麗に胴に決まった。

「一本！」

師範の三枝源之進の声を聞いて、丁寧に一礼しながらも夏野は嬉しさを隠せなかった。

高段者と打ち合う機会がなかったせいもあるが、今日は一本も取らせなかった。

余程悔しかったのだろう。取られた三矢が小さく舌打ちした。

「よいぞ、黒川。三矢、踏み込みが甘い」

「はい！」

夏野と三矢、若き二人の声が重なった。

滅多に褒めぬ三枝の言葉に、嬉しさが増す。

「こら！　何をにやけておるか！」

横から馨にどやされて、夏野は口元を引き締めた。

とばっちりはごめんだというように、肩をすくめて三矢が去って行き、その後ろをからかい交じりに飯島が追う。

「これしきのことで、にやにやしおって。慢心するなと言ったろうが」

「申し訳ありません」

深々と頭を下げて、夏野は着替えるために納戸へ向かった。

以前は物置だったという納戸には、夏野のために簡単な仕切りが施され、狭いながらも着替えられるようになっていた。特別扱いを好まぬ夏野だが、これぱかりは致し方ない。

男たちはいつも通り、表の井戸端で実に楽しげに談笑している。途切れ途切れに声が聞こえてくる中、夏野はあらかじめ汲んでおいた桶の水に手拭いを浸して汗を拭った。

夏野の、けして豊かとはいえぬ胸には、さらしが巻きつけてある。

背丈はこの二年ほど変わっていない。他にさしたる成長も見られないのだが、晃瑠にきてから、どうも己の身体が丸みを増したようで、夏野は戸惑い始めていた。

これまで一向に気にしていなかった少年剣士の装いも、何やらちぐはぐに感ぜられてきた今日この頃である。とはいえ女物の着物で暮らす踏ん切りは、まだとてもつけられぬ。

ふうっと一つ溜息を漏らすと、いつも通り袴を穿いて紐を結び、祖父の形見の一刀を腰に差した。

表に出ると、門人が二人、三人と連れ立って帰って行くところだった。

それらの者を見送るように、西側に張り出た縁側に柿崎と蒼太が腰かけている。傍らには着流しの恭一郎の姿も見えた。

夏野を見ると、蒼太は微かに目を輝かせた。

人見知りで無愛想な蒼太だが、「懐いている」と恭一郎が言った通り、夏野には様々な顔を見せるようになっていた。

夏野が微笑で応えると、蒼太は手にした椀から何やら取り出し、夏野に差し出した。

「あま、な、と」

「これはかたじけない」

三粒の鶸色の豆を手のひらで転がしてから、一粒をつまんで口に入れた。

旬のえんどう豆に、贅沢にもふんだんに砂糖が使われている。

稽古の後だけに、砂糖の甘さがじんわり身体に染み入るようだ。

「うむ、旨い」

夏野が頷くと、蒼太も嬉しげに口元に笑みを浮かべた。

「――伊織から文が届いてな」

仕事の都合で恭一郎は稽古には顔を出さなかったが、蒼太を迎えがてら、道場へ出向いて来たらしい。

「下山は死罪となった」

佐吉が金翅だったという証拠は挙がらず、公の記録では多紀は子供を妖魔に攫われた上に惨殺された、気の毒な女となっていた。

しかし村人たちは半信半疑のままで、渋谷は一時は村を出ようと決心したそうである。

「柴田殿を想っていた渋谷殿には、村人も下山と同罪に思えたのであろうな」

下山のことは、次男を狗鬼に殺された家の者が、下山から復讐を持ちかけられたのちに役場に届け出ている。これはまだ陽の高いうちで、多紀が殺されたのは一夜明けた朝方であった。役場の者が同日に対処していれば、多紀はむざむざ殺されることはなかったやもしれぬ。

それが此度、役場の者は知らせを受けてすぐ村の顔役たちにつなぎをつけたのだが、多紀の噂を耳にしていた顔役たちは、話し合いの末、みんなして放って置こうと決めたことが、恵中州府の差間からきた役人の調べで判明した。

「そんな……」

それなら、村人も同罪と渋谷が考えても無理はない。

まさかと思って放って置いたと顔役たちは釈明したそうだが、とても信じられぬ。渋谷も同じ思いだったに違いないと、夏野は推察した。

——人が人に対して、どれだけ非道になれるか——

伊紗の言葉が胸に痛い。

その渋谷が村を出て行くのを思いとどまったのは、下山を案内した老婆のためだという。

下山の死罪が決まった同日、老婆は家に帰された。殺害には手を貸さず、多紀が殺されるとは知らずに案内したということで、お咎め無しとされたのである。伴侶が死していることや、老い先短い命も考慮されたと思われる。

誰もいない家に戻った老婆は、その日のうちに庭木で首を吊り、自ら命を絶とうとした。

「幸い、通りかかった村の子供らが気付いてな。子供らに頼まれ、渋谷殿が手当てにあたり、そののち、共に暮らすことにしたそうだ」

「そうでしたか」

物悲しさで満ちた胸に、一つ小さな光が灯(とも)った気がした。

渋谷には老婆を恨む気持ちもあったろう。

だがこうして、許し、労(いたわ)り合おうとする者もいる……

ふと、あの女はどうしただろうかと、夏野は思い出した。

槙村孝弘と名乗った山幽が連れ去った――復讐の念をたぎらせながらも、ついに蒼太を手にかけることができなかった女のことだ。

許さないと、消える前に女は言ったが、彼(か)の者が蒼太を襲うことは二度とあるまいと思われた。

おそらく……

女が真に許せぬのは蒼太ではなく、一連の不幸な巡り合わせであり、それに対してなすすべを持たぬ自分自身でもあり……

恭一郎が探ったところによると、あの屋敷は「赤虎(あかとら)」という二つ名を持つ裏稼業の元締めの別宅らしい。孝弘と赤虎の両者にどのようなつながりがあるのかは、孝弘と知己の伊紗も知らぬようだ。

――あの男とは、いずれまた会う。

蒼太は孝弘を知らぬと言った。しかし蒼太を「試した」孝弘との再会は、夏野だけでなく、蒼太も恭一郎も確信しているようである。

ふいに蒼太が顔を上げ、空の一点を見つめた。

つられて空を仰いだ夏野の目に、どこから飛び立ったのか、一羽の鷹が、天に吸い込まれるようにみるみる上昇してゆくのが映った。

額に手をやり、陽射しの眩しさに目を細めると、都の結界を抜け、いまや点となった鷹に、生みの母親と連れ立って飛び去った妖かしの子が重なる。

――おれ……母さんの子じゃないの？――

そう問うた佐吉の顔は、今にも泣き出しそうであった。

仲間のもとへ戻った佐吉は、多紀の死を知らぬ筈だ。

苑に多紀の命を乞い、別れ際にも多紀を「母」と呼んだ佐吉だった。

……柴田殿が同じ人間に殺害されたと知ったら、佐吉は一体なんと思うだろう？

当然の報いだなどとは、けして思うまい。密かに柴田殿の死を悼み、筋違いの同族殺しをした人間を侮蔑するのではなかろうか……

――人とはまこと、勝手なものよ――得てして我慢ならん――

そんな苑の言葉も思い出されて、夏野はつい溜息をついた。

いつの間にか甘納豆を食べ終えた蒼太が、椀を置いて縁側から下りた。

「椀と手を洗って来い」

未練がましく砂糖の付いた指を舐めていた蒼太が、恭一郎に言われて井戸へと駆けて行く。その後ろ姿を、柿崎が微笑ましげに見送った。

「おぬしも、父親業が板についてきたの」

「はあ……」

似ていないのをいいことに、これまで「遠縁の子」だと言い張ってきたが、実は蒼太は己の「隠し子」だったのだと、恭一郎は先だって皆に告げた。蒼太の年頃と合わせて、斎佳にいた時分にできた子供だということにしたのである。

驚かれるよりも、「さもありなん」と皆に頷かれて、複雑な顔をした恭一郎が、夏野や馨には可笑しかった。

――言われてみれば、面差しがどこか似ている――

――判るぞ。あの、人を食ったような面構えのことだろう――

冗談交じりにだが、そんなことを言う門人まで現れる始末であった。

近頃は夏野の目にも、二人が本物の親子のように映る時がある。顔立ちは似ていないのだが、ふとした仕草や表情が似て見えるのだ。

二人の絆の強さの表れだろうと、夏野は思っている。伊織の術の効き目も、多少はあるやもしれなかった。

柴田殿と佐吉も、樋口様の助力があれば……

そう胸の内でつぶやいて、夏野は打ち消した。

今更言っても詮無いことであった。

ただ、苑が現れなくとも、多紀はやがて佐吉に真実を明かしたのではないかと、夏野は思っている。

愛する我が子が苦しむ姿に、いつまでも耐えられる親はいない。

己が課している苦しみとあらば尚更だ。

いつまでも術で佐吉を縛り付けてはおけぬと、胸の内では多紀もきっと知っていた。ゆえにいつか、佐吉を想う心が多紀の我欲を凌いだだろうと、夏野は信じたかった。

実の母親と去って行ったが、佐吉は多紀を恨んではいなかった。

己を苦しめていたのが多紀だと知ると同時に、そうせざるを得なかった多紀の気持ちを佐吉は解したのだろう。

苑のことがなければ、佐吉もまた、耐えうる限り柴田殿と暮らしたのではないか――？

なさぬ仲にも、実の親子に劣らぬ絆が育まれることがある。

蒼太や鷺沢殿のように……

人と妖魔でありながら、家族として暮らすこの二人にも、いつか別れが訪れる。

それは避けられないことだと知りつつ、少しでも長く二人が時を共にできるよう、夏野は切に願った。

軽快な足音と共に、蒼太が井戸から戻って来た。

濡れた手に椀をつかんでいる蒼太に、恭一郎は懐から手拭いを取り出した。面倒臭げだが、恭一郎に言われているのか、蒼太は着物ではなく手拭いで椀と手を拭う。

　こういうところは、躾の行き届いた武家の子供らしい。「みっともない上に、着物が傷む」と、小言を聞きながら育った幼少の頃を思い出して、夏野は微苦笑を漏らした。

「あ、すみませぬ」

　蒼太が広げた手拭いを見て、夏野は慌てた。

「うん？」

「小野沢でお借りした手拭いを、返しそびれていました。今、思い出しました」

　小野沢村で恭一郎が差し出してくれた手拭いには、蒼太が手にしているものと同じ「みよし屋」の文字が染め抜かれていた。後日、丁寧に洗っておいたのだが、行李に仕舞いこんだまま、今の今まですっかり忘れていた。

「明日にでも持って参りますので……」

「なんだ、そんなことか。返すには及ばぬ。こいつが正月に菓子屋からもらってきたものだ。得意客でもないのに、おまけで二本もくれたらしい」

「よろしいので……？」

「ああ。――構わぬだろう、蒼太？」

　恭一郎が蒼太に問うと、「ん」と、蒼太も頷いた。

　手拭い一つのことなのに、何故だか心が浮き立ってきた。

　そういえば……と、郷里の女子たちが噂していたことが頭をかすめた。

都では、好いた者同士が、互いに手拭いを贈り交わすとか……

恭一郎に――己にも――「その気」がないのは明らかである。

莫迦莫迦しい。

小さく頭を振ったものの、何やら火照ってきた頰へ夏野は手をやった。

「なつ。す……き」

左目を通じて、稀に心が通じ合う蒼太である。胸中を読まれたかと、驚いて夏野は蒼太を見やる。

「な、何を――」

「だい、ふ、く」

手拭いを掲げて、嬉しげに蒼太が言った。

みよし屋が大福が売りの菓子屋であることは、夏野も聞き及んでいた。

「あ……うむ、私も大福は好物だ」

取り繕うように応えた夏野の目に、忍び笑いを漏らす柿崎が映った。

ちらりと盗み見ると、恭一郎はちょうど近付いてきた馨の方を見ている。

「なんだ？　楽しそうだな」

皆を見回す馨の頭上の空は高く、真っ白な積雲が目に清々しい。

手をかざして、夏野は再び真夏の東都の空を仰いだ。

解説

吉田伸子

二〇一五年三月に刊行された『西都の陰謀 妖国の剣士4』で第一部が完結した「妖国の剣士」。その第二部がいよいよ始動する。「妖国」のファンにとっては、待ってました！の朗報である。

シリーズの新たな門出に合わせ、第一部となる全四巻を新装版として刊行することになり、第一巻が刊行されたのが二〇二二年十月。続く本書が第二巻となる。カバーに登場人物のイラストを用いたソフトな印象の旧版と比べると、新装版第一巻は物語の舞台である晁瑠（あける）と思（おぼ）しき街のイラストが使われていて、ぐっと重厚な感じになっている。そうそう、これなんですよ、これ！

旧版の表紙はキャラを前面に押し出していて、そちらはそちらで味があったのだが、本音を言えば大人の読者にとっては、若干手を伸ばしづらいかも、と思っていた。なので、新装版の表紙に「！」となったのだ。

というのも、シリーズ第一部全四巻、いや一巻だけでもいいのだが、読んでいただければわかるからだ。この「妖国の剣士」が、重厚な異世界ファンタジーであることが。一度読み始めると、次、次、と続きが読みたくなるし、何より、大人の読者こそハマるのでは、と思っていたのだ。

「第二部」のスタートを待ち望んでいたファンのみなさまには第二部第一巻の刊行まで今しばしお待ちいただくとして、この新装版が新たな読者の開拓につながって欲しいし、既に読まれている方は、新装版で復習を、ぜひお勧めしたい。旧版と読み比べてみるのも一興かと思います。

さて、本書「妖かしの子」である。念のためざっと一巻のあらましを書いておく。物語の舞台は安良という国だ。東都、西都、南都、北都という四つの都と大小二十三の州からなる島国であり、燕が滑空する姿のような形をしていることから「飛燕の国」と称されることも。東西南北、それぞれの州都は「晃瑠」、「斎佳」、「貴沙」、「維那」で、東都・晃瑠は安良国一の大都であり、現国皇である二十五代目「安良」は、この晃瑠に城を構えている（一巻表紙のお城です！）。

安良国の国史によると、妖魔から人を守るために、安良がこの世に生まれ出たのは、千百年前。初代の安良が神として人前に現れたのは、「大凶作が三年続き、集落が次々と妖魔に襲われ、人が激減した翌年」のことだった。妖魔と戦う人々に、安良は二つのものをもたらした。一つは「術」で、もう一つは「剣」。今日「理術」と呼ばれるその術によって、人々の防御は格段に上がる。

「理術」を学び、使いこなせる者は限られていたが、使命を帯びた彼らが各地に造営した妖魔除けの結界によって、人々は平安を取り戻した。とはいえ、未だに妖魔は人々にとって脅威であり、そんな人々を剣で守るのが、士分の役目だ。

本書のメインキャラの一人、黒川夏野は、女ながらも祖父に手解きを受け、幼い頃から剣の腕を研鑽してきた侃士（国に認可された道場で五段になると、侃士号が与えられる）である。少年剣士の姿で旅を急ぐ夏野は、人間に化けた「仄魅」という妖魔に騙されたことで、妖かしの目を、自分の目に取り込んでしまう。以来、夏野には妖魔の影が見えるように。

夏野が目指していたのは晃瑠で、幼い頃に攫われた弟・螢太朗を探すためだった。やがて、晃瑠にたどり着いた夏野は、不思議な縁に導かれるように、安良国一の腕前と言われる剣士・鷺沢恭一郎と、片目の少年・蒼太と出会う。この恭一郎と蒼太が、残るメインキャラの二人だ。実は、蒼太は「山幽」という妖魔であり、蒼太が失った片目こそが、夏野が自らの左目に取り込んでしまったものだった。「目」で通じ合った二人と、蒼太と共に暮らす恭一郎。この三人を中心に、「妖国の剣士」シリーズは進んでいく。

一巻がシリーズ全体の「起」だとすれば、二巻の本書は「承」だ。恭一郎の親友であり、安良国に五人しかいない理術師のトップ「理一位」である樋口伊織。その伊織に夏野は弟子入りすることになり、伊織が暮らす空木村へと赴く。その道中、夏野は行方しれずとなった息子を探している、宮本苑と名乗る女性と出会うのだが、この女性、実は「金翅」という妖魔で、後々、この苑が本書のキーパーソン（人には非ずだが）となっていく。

伊織は、晃瑠の八大神社の一つ、志伊神社の宮司を務める樋口高斎の長男だ。宮司という家柄故か、樋口家には時折「見える」者が生まれるのだが、伊織がまさにそれで、幼い頃に自分の力を自覚した伊織は、宮司の後継を弟に譲り「理術師」の道を選んだ。「理一位」の身分を偽り、晃瑠ではなく鄙(ひな)びた空木村に暮らす伊織は、自らを「若くして隠居した不届き者」と冗談混じりに言うものの、実は空木村に移ったのは、理術を更に極めるためでもあった。

夏野が伊織のもとで「理術」を学んでいる頃、晃瑠の都では恭一郎と蒼太の関係にも変化が。恭一郎の父親は安良国の大老(たいろう)である神月人見(こうづきひとみ)。彼が若い頃に身分違いの恋をした末に恭一郎が生まれたのだ。十七年後、嫡男(ちゃくなん)の一葉(かずは)が生まれたことで、後継は一葉となったものの、それまでは庶子とはいえ大老の血を引くただ一人の男子が恭一郎だった。自らの血筋故の厄介ごとから遠ざかるためもあり、恭一郎は神月家とは距離を置いていたのだが、ここにきて異母弟の一葉と再会。二人の絆(きずな)の強さを目の当たりにした蒼太は、ざわざわとした心を抱えてしまう。

ある日、晃瑠にいる蒼太が、夏野に危険が迫っていることを知る。「山幽」である蒼太には「見える」のだ。その旨を文で伊織に伝えた恭一郎は、蒼太とともに空木村へと急ぐ。伊織がその文を受け取ったのと時を同じくして、夏野の目には、蒼太の危機が映っていた。二人がこちらに向かっている、との伊織の言葉に、夏野は声を震わせる。「見たのです。蒼太が……狗鬼(こうき)に襲われるところを」

ここから、空木村に着いた恭一郎、蒼太、そして夏野と伊織の身に何が起こるのか。冒頭、夏野が出会った苑という女は、四人とどんなふうに関わってくるのか。この先は、ぜひ実際に本書を読んでいただきたい。

　本書のメインキャラは、夏野、蒼太、恭一郎の三人だ、と前述したが、この三人には共通していることがある。それは、かけがえのないものの「喪失」だ。夏野は年端も行かない弟（攫われた弟のその顛末は一巻で明らかになります）を失っている。蒼太は仲間の妖魔に謀られ、大罪を犯したことによって一族を追放され、自分の居場所を失っている。そして、恭一郎は、自らの命よりも大事に愛しんでいた妻と子を失っている。三人が三人とも、〝傷〟を抱えているのだ。そして、その傷は、誰にも触れられたくないし、誰にも触れることはできない。自分一人で抱えていくしかないのだ。

　この三人がどうやってその〝傷〟と向かい合い、乗り越えていくのか。それが「妖国の剣士」シリーズ第一部に通底するテーマであり、だからこそ、カジュアルな異世界ファンタジーとは一線を画す、重厚なものとなっているのだ。

　加えて、夏野には、向き合うものとして自身の性、がある。今はまだ少年剣士の姿格好をしているとはいえ、この先、ますます心身が変化していくわけで、彼女がどうやって自身の女性性と折り合いをつけていくのか、こちらもまた本書の読みどころ。

　伊織の前で、ぽつりと「……女は損です……」と漏らしてしまった夏野に、伊織は説く。身体が不向きなのか、才がないのか、どれだけ稽古を積んでも侃士になれない者もいる。夏野はどちらも備えていたから侃士になれたのだ、と。そして「術に関していえば、女であることはけして不利ではないぞ」と。伊織のこの言葉は、シリーズのこの先も、夏野を支えるものとなるのだが、それはまだ先の話なので、ここでは書かない。

「喪失」の話に戻ると、本書ではここに苑も絡んでくる。興を削ぐことになるので、これ以上は書かないが、この、苑が探しているという行方しれずの息子がらみの話、めちゃくちゃ沁みます（「もう、痛くないんだ」という言葉に、思わず落涙でした、私）。

　本書の最後、「遠縁の子」だと言い張ってきた蒼太を、恭一郎が自分の「隠し子」だと、つまり自分の子だ、と皆に告げる、という箇所がある。さらりと描かれているけれど、これ、苑のエピソードと対になっていると同時に、恭一郎と一葉の再会にざわついた蒼太の心の決着にもなっていて、この辺りの知野さんの筆は絶妙だ。

「目」を通じて深まっていく夏野と蒼太の絆も、夏野が恭一郎に抱く淡い想い（そうなんですよ！）の行方も、ますます目が離せない「妖国の剣士」シリーズ。続く三巻、四巻ともに、期待が裏切られることはない、と保証します！


（よしだ・のぶこ／書評家）

ハルキ文庫

妖かしの子 妖国の剣士❷ 新装版

著者 知野みさき

2013年10月18日第一刷発行
2022年12月18日 新装版 第一刷発行

発行者 角川春樹

発行所 株式会社角川春樹事務所
〒102-0074 東京都千代田区九段南2-1-30 イタリア文化会館

電話 03(3263)5247(編集)
03(3263)5881(営業)

印刷・製本 中央精版印刷株式会社

フォーマット・デザイン 芦澤泰偉
表紙イラストレーション 門坂 流

ISBN978-4-7584-4531-3 C0193 ©2022 Chino Misaki Printed in Japan
http://www.kadokawaharuki.co.jp/[営業]
fanmail@kadokawaharuki.co.jp[編集] ご意見・ご感想をお寄せください。